궁귀검신 2부 7

조돈형 新무협 판타지 소설

초판 1쇄 찍은 날 § 2005년 4월 20일
초판 1쇄 펴낸 날 § 2005년 4월 30일

지은이 § 조돈형
펴낸이 § 서경석

편집장 § 문혜영
편집책임 § 장상수
편집 § 유경화 · 서지현

펴낸곳 § 도서출판 청어람
등록번호 § 제1081-1-89호
등록일자 § 1999. 5. 31
어람번호 § 제2-0579호

주소 § 경기도 부천시 원미구 심곡1동 350-1 남성B/D 3F (우) 420-011
전화 § 032-656-4452 팩스 § 032-656-4453
http://www.chungeoram.com
E-mail § eoram99@chollian.net

ⓒ 조돈형, 2004

ISBN 89-5831-510-5 04810
ISBN 89-5831-103-7 (SET)

※ 파본은 본사나 구입하신 서점에서 교환하여 드립니다.
※ 저자와 협의하여 인지를 붙이지 않습니다.

조돈형 新무협 판타지 소설

궁귀검신 2부

弓鬼劍神

7

목차

제55장 이간계(離間計) __ 7
제56장 파국(破局) __ 37
제57장 배반(背反) __ 83
제58장 만변환환쇄금진(萬變幻幻鎖禁陣) __ 117
제59장 홍로상일점설(紅爐上一點雪) __ 147
제60장 색출(索出) __ 173
제61장 구출(救出) __ 205
제62장 천하제일인(天下第一人) __ 237
제63장 암운(暗雲) __ 267

제 55 장

이간계(離間計)

이간계(離間計)

두두두두.

일단의 군마가 무당산 북동부의 원화관(元和觀)으로 들어섰다. 초입에서 주변을 경계하던 사내들이 잠시 긴장하는 빛을 띠었으나 이들을 제지하기는커녕 오히려 깍듯이 인사를 했다.

"워워."

고삐를 낚아채는 것만으로 비호와도 같이 내달리던 말을 간단히 제어한 사내들이 일제히 하마를 하였다. 꽤나 오랫동안 달렸는지 의복엔 뽀얀 먼지가 내려앉아 있었고 연신 투레질을 하는 말들도 지친 기색이 역력했다.

"고생들 했다. 가서 술 한잔씩 걸치고 푹 쉬도록 해. 사마 소저에게도 쉴 곳을 마련해 주고. 최대한 정중히 모시도록."

딱히 누구에게라고 말할 것 없이 간단히 명령을 내린 위지청은 허리를 살짝 굽혀 대답을 대신하는 마등에게 잠시 눈길을 주고는 몸을 돌렸다.
"날 언제까지 잡아둘 생각인가요?"
막 몸을 돌리던 위지청의 시선이 사마유선에게 향했다.
"날 언제까지 잡아둘 것인지 물었어요."
포로로 잡혀온 신세이기는 해도 사마유선은 시종일관 당당했다.
"그것은 뭐라 장담할 수 없겠소. 당장이 될 수도 있고 내일이 될 수도 있소. 어쩌면 꽤 오랜 시간 동안 우리와 함께 지낼 수도 있겠지만. 모든 것은 그가 마음먹기에 달린 것이오."
"흥, 그래도 명색이 천하를 도모한다는 사람들이건만 고작 이따위 흉계밖에 꾸미지 못한다니 참으로 한심스럽군요."
사마유선의 얼굴에 경멸의 빛이 떠올랐다.
"그쪽에선 흉계라 생각하겠지만 이쪽에선 나름대로 묘계(妙計)라 할 수 있소. 그러니 쓸데없는 생각 하지 말고 따라주길 바라오. 최대한 편의를 배려해 줄 테니."
위지청은 전혀 개의치 않는다는 표정이었다.
"배려 따윈 필요없어요. 당장 나를 보내줘요."
"그것은 안 된다고 했소. 다시 한 번 분명히 말하건대 소저가 자유로운 몸이 되는 것은 전적으로 그에게 달린 것이오. 그리 알고 소식이 오기나 기다리시오."
사마유선의 말을 단박에 잘라 버린 위지청은 수하에게 눈짓을 보내 그녀를 데려가게 하더니 곧 북천의 천주가 거처하는 회심각(回心閣)으로 발걸음을 옮겼다.

'음.'

가벼운 발걸음으로 회심각에 들어서던 그는 방문을 열기도 전부터 밀려드는 기운에 흠칫했다.

기분 나쁠 정도로 묵직하고 착 가라앉은 느낌.

'흠, 내가 없는 사이에 무슨 일이라도 생긴 건가? 그러고 보니 다들 불안해하는 모습이던데.'

그는 정문을 지키던 경계병, 그리고 회심각으로 걸어올 때까지 만났던 다수의 사람들이 평소와는 달리 풀이 죽어 있던 얼굴이라는 것을 떠올리며 지체없이 방문을 열었다.

임시방편으로 사용하는 곳이라 어쩔 수는 없겠지만 천하를 좌지우지하는 북천의 천주가 대소사를 관장하는 곳이라고는 생각되지 않을 만큼 협소한 집무실, 그러잖아도 좁은 그곳에 십수 명의 사람들로 가득 차 있었다.

'뭔 일이 터져도 단단히 터졌군.'

그들이야말로 북천을 움직이는 실질적인 수뇌들이었다. 그는 직감적으로 뭔가 큰일이 생겼다는 것을 알 수 있었다.

"오고 있다는 소리는 들었다. 어서 와서 앉아라."

위지요가 손짓을 하며 말을 했다.

모든 이들의 시선을 한 몸에 받게 된 위지청은 그들에게 살짝 허리를 굽혀 예를 표한 후 자리에 앉았다.

"그래, 갔던 일은 잘되었느냐?"

위지요가 물었다.

"만족할 만한 성과는 얻지 못했으나 그래도 헛된 시간을 보내지는 않았습니다."

"너희들이 떠난 이후 철혈마단에서 흑풍인가 백풍인가 하는 놈들을 파견했다는 정보가 들어왔다. 괜히 보낸 것은 아닌가 싶었는데 그나마 헛된 시간이 아니었다니 다행이구나. 그래, 삼시파천이란 자는 그자들이 상대했겠구나?"

"그렇습니다. 저희들이 도착했을 때엔 이미 싸움이 벌어지고 있을 때였습니다."

"어찌 되었느냐?"

위지요가 다소 신중한 음성으로 물었다. 그러자 바로 곁을 지키고 있던 우문걸이 재빨리 끼어들었다.

"허허, 천주는 너무 뻔한 걸 묻는군. 흑풍과 백풍이라면 철혈마단에서도 최정예들이 아니던가? 소문에 듣자 하니 철혈마단의 단주는 그들만으로도 천하를 도모할 수 있다고 큰소리를 친다더군. 뭐, 어느 정도 허풍이 있다곤 해도 그만한 실력이 되니까 허풍도 떠는 것일세. 그것만으로도 이미 결과는 나온 것이나 다름없지. 죽었을 게야. 혹여 운이 좋아 살아남았다 하더라도 십중팔구는 말꼬리에 끌려가는 신세로 전락했을 것이고. 그렇지 않느냐?"

"……."

우문걸은 자신의 말에 확신을 가지며 위지청에게 질문을 던졌다. 하나 잠자코 듣고 있던 위지청은 단지 침묵을 지킬 뿐이었다. 그의 행동에서 뭔가를 느꼈는지 위지요가 입을 열었다.

"네 표정을 보니 일이 단순하게 끝난 것 같지는 않구나."

"그렇습니다."

"엥? 단순하지 않다니? 하면 우리가 생각지도 못한 일이 벌어졌단 말이냐?"

우문걸이 깜짝 놀라 되물었다.

"예. 소문대로 흑풍과 백풍의 위력은 대단했습니다. 만약 그들과 싸운다면 어찌 대처를 해야 할지 난감할 정도로 엄청났지요. 그런데 삼시파천이란 자는 더 대단했습니다."

순간, 회심각엔 뭐라 말로 표현하기 애매한 정적이 감돌았다. 그 정적을 깨고 위지요가 다시 물었다.

"그럼 그자가 추격을 뿌리치고 도주했단 말이냐?"

위지청이 나직이 한숨을 내뱉더니 힘없이 고개를 흔들었다.

"도주한 것이 아니라 아예 패퇴시켰습니다."

"뭣이!"

깜짝 놀란 우문걸이 벌떡 일어났다.

"패퇴라니! 그게 진정이란 말이냐?"

"예. 흑풍과 백풍 모두 치명적인 타격을 입으며 패퇴하고 말았습니다. 삼 분지 일 정도가 목숨을 잃었고 나머지 반수도 큰 부상을 당했지요. 흑풍과 백풍의 대주들도 역시 치명적인 부상을 당하고 쓰러졌습니다. 그리고 무엇보다 놀라운 것은……."

"노, 놀라운 것은?"

우문걸이 자신도 모르게 마른침을 꿀꺽 삼키며 물었다.

"나롬 노선배까지 목숨을 잃었다는 겁니다."

다른 사람들과는 달리 그때까지 침착성을 유지하고 있던 위지요도 이번에는 놀라지 않을 수 없었다.

"나, 나렴이라면? 설마 하니 뇌정검(雷霆劍) 나렴을 말하는 것은 아니겠지?"

"뇌정검이 맞습니다."

"이럴 수가 있나……."

의자에서 반쯤 엉덩이를 떼었던 위지요는 도저히 믿어지지 않는다는 표정으로 털썩 주저앉고 말았다. 다른 이들의 반응 또한 그와 다르지 않았다.

뇌정검 나렴.

비록 중원무림에는 많이 알려지지 않았지만 세외 쪽에선 뇌정검 나렴이라는 이름은 경이로움 그 자체였다.

나이 서른에 시작해 무려 십 년 동안 이어진 비무행(比武行).

꼭 삼백 번을 채우고서야 끝난 비무행에서 그는 단 한 번도 패하지 않았다. 오직 전대 북천의 천주가 천주의 자리에 오르기 직전에 가졌던 마지막 싸움에서 승부를 가르지 못하고 물러선 것이 그의 최초의 실패라면 실패였다. 하지만 그것만으로도 나렴의 명성은 하늘을 찔렀고 그의 비무행은 지금까지 전설로 이어져 내려오고 있었다.

그런 나렴이 비록 얼마간의 명성은 얻었다지만 그에 비하자면 한낱 애송이에 불과한 인물에게 쓰러졌다는 말이니 그 누가 믿겠는가?

"놈이 암계를 쓴 것은 아니더냐?"

과거 나렴의 비무행에서 이백구십구 번째 상대였고 그의 쾌검을 감당하지 못하여 패배당했던 우문걸은 나렴의 패배를 인정하지 못하겠다는 태도였다.

'그 쾌검이란 정말…….'

나렴 정도의 인물에게 애당초 암계 따위가 통할 리가 없었다. 을지호와 나렴의 대결을 똑똑히 지켜보았던 위지청은 그때를 잠시 떠올리는 것만으로도 당시의 긴장감이 다시 느껴지는지 자신도 모르게 눈을 감고는 전율감에 몸을 떨었다.

"둘은 검을 뽑기만 하면 쓰러뜨릴 수 있는 가까운 거리에서 마주 보고 있었습니다. 그리고 각자의 무기를 잡고 상대의 눈과 눈을 노려보며 기회를 살폈지요. 하지만 그들은 상대의 허점을 파악하지 못했던 모양입니다. 아니, 어느 누가 보더라도 그들의 자세에서 허점을 찾기란 불가능했을 겁니다. 팽팽했던 대치는 그렇게 한참이나 계속되었지요. 한데 승부는 일순간이었습니다. 어떻게 시작되었는지 알기도 전에 이미 끝이 나고 말았습니다."

"졌다는 말이더냐?"

"예. 뇌정검 선배의 검이 삼시파천의 허리를 갈랐으나 역부족이었습니다. 승리를 거두기에는 상대의 검이 너무 빨랐습니다."

"……"

꿈결처럼 중얼거리는 위지청의 말에 질문을 던졌던 우문걸은 물론이고 경악을 금치 못하며 경청하고 있던 모든 이들이 하나같이 입을 다물고 말았다. 그저 장강의 앞물결은 언젠가 뒷물결에 밀려 흘러 나가게 된다는 진리를 다시 한 번 되새김질할 뿐이었다.

"그러나 소득이 아주 없는 것은 아니었습니다."

문득 정신을 차린 위지청이 다소 커진 음성으로 입을 열었다.

"그건 무슨 뜻이냐?"

"요행히도 그와 함께 다니던 여인을 사로잡을 수 있었습니다."

"계집 따위를 잡아서 어따 쓰게? 그리고 남자라면 인질을 잡고 협박을 하는 그따위의 행동을 해선 안 된다."

우문걸이 인상을 찌푸리며 말했다.

"인질을 삼으려고 한 것은 아닙니다."

"하면?"

"결론적으로 그리는 되었습니다만, 사실, 그녀를 사로잡은 것은 삼시파천에게 한 가지 요구를 하기 위함이었습니다."

"요구라니?"

위지청의 말에 어폐가 있었기에 되묻는 우문걸의 안색은 그다지 좋지 않았다.

"무당파의 장문인을 죽이라는 요구였습니다."

황당하기 그지없는 말이 아닐 수 없었다. 피식 웃음을 터뜨린 우문걸이 혀를 차며 말했다.

"쯧쯧, 쓸데없는 짓을 하였구나. 아무리 계집에 미친 사내라도 그따위 짓을 할까? 혹 네 요구를 이행하려 한다 해도 그가 어찌 무당파의 장문인을 죽일 수 있다는 말이냐? 인의장막으로 겹겹이 보호를 받고 있는 그를 말이다."

"꼭 죽이는 것을 바란 것은 아닙니다."

"허! 이거야 원."

점점 알 수 없는 소리였다.

죽이라고 요구했다고 하고는 또 그것을 바란 것은 아니라는 위지청의 말을 쉽게 이해할 수 있는 사람은 아무도 없었다.

"좀 더 설명이 필요할 것 같구나. 네가 심중에 담고 있는 말을 해보거라."

위지요가 그의 말을 재촉했다.

"서찰을 넘겼습니다."

"가만있자… 서찰이라면 우리에게 그의 행적을 알려주었던 그 서찰 말이더냐?"

"예. 그것을 넘겨주었습니다. 그리고 그것이 무당에서 전해진 것이라 하였습니다."

서찰이라는 말이 나오자마자 위지청의 의도를 파악한 위지요는 그럴 줄 알았다는 듯 고개를 끄덕였다.

"그랬구나. 하지만 쉽게 믿지는 않았을 텐데?"

"상황이 상황이니만큼 믿기 싫어도 믿을 수밖에 없지요. 최소한 확인은 하고자 할 것입니다."

"흠, 네 말대로라면 일이 꽤나 흥미롭게 되어가는 것 같구나. 뇌정검을 쓰러뜨릴 정도로 강하다면 기적이 일어날 수도 있겠어. 저들끼리 자중지란도 일어날 수 있겠고. 소림 때문에 큰 걱정을 하고 있었는데 어쩌면 상상도 하지 못했던 큰 기회를 잡을 수도 있겠구나."

"소림에 무슨 일이 생겼습니까?"

그러잖아도 주변의 공기가 심상치 않음을 느끼고 있던 위지청이 재빨리 물었다.

"후~ 소림을 빼앗겼다."

힘없이 대답을 하는 위지요의 입에서 짧은 한숨이 흘러나왔다.

"소, 소림을 말입니까?"

"조금 전 장백선옹이 그렇게 전해왔다."

"중천 놈들이 감히!"

분노를 참지 못한 위지청이 버럭 소리를 질렀다. 비록 주력이 무당산 인근으로 이동을 했다지만 소림을 지키는 이들은 북천 전력의 사할에 육박할 정도로 막강했다. 이미 소림을 비롯하여 화산, 종남 등이 무너진 상황에서 이들을 위협할 수 있는 세력 따위는 존재하지 않았다. 그가 아는 한 그런 세력이 있다면 오직 중천뿐이었다.

"중천! 그놈들이 뒤통수를 친 것입니까?"

흥분할 대로 흥분한 위지청이 물었다. 그는 이미 중천이 개입한 것이라 단정짓는 모습이었다.

"아니다. 적은 전혀 엉뚱한 인물들이었다. 아니, 가문이라 해야 하나?"

순간, 위지청의 얼굴에 의혹의 빛이 물들었다.

"가문이라니요? 대체 그놈들이 누굽니까?"

"을지 가문."

낯선 이름이었다.

"을지 가문이라면……."

"너도 들어보았을 것이다. 을지소문이라고."

고개를 갸웃거리던 위지청의 입에서 비명과도 같은 경악성이 터져 나왔다.

"궁귀!"

"전대 패천궁의 궁주도 함께였다. 뿐만 아니라 은밀히 군자산을 해독한 소림사의 무승들과 포로로 잡혀 있던 고수들까지 합세한 모양이더구나."

그제야 어째서 북천의 수뇌들이 하나같이 무거운 표정으로 회심각에 모여들었는지 이해를 한 위지청은 흥분된 마음을 가라앉히고 물었다.

"피해는 어느 정도입니까?"

"반수 정도는 당한 것 같다."

반수라도 엄청난 피해였다. 게다가 소림사를 빼앗겼다는 것은 인근의 화산과 종남까지 빼앗길 수 있다는 것이었고 나아가 하남성에서의 영향력 상실을 의미했다. 그렇다고 이미 벌어진 일을 되돌릴 수도 없는 법. 중요한 것은 소림을 빼앗긴 상황에서 어찌 대처할 것인지 후속 대책을 마련하는 것이었다.

"어찌하실 생각입니까?"

"조금 전까지만 해도 회군하여 소림을 다시 찾는 것으로 중지를 모았다. 그만큼 소림이 지니는 가치는 큰 것이니까. 하나 네 말을 듣고 보니 계획을 조금 수정해야 할 듯하구나."

"너무 늦지 않겠습니까? 시간을 주면 줄수록 벽은 견고해지는 법입니다. 인원도 늘 것이고."

소림이 수복되었다는 것을 알면 무너진 문파들의 잔당들은 물론이고 지금껏 숨죽이고 있던 많은 이들이 하나둘 모습을 드러낼 터, 그것은 분명 북천에게 부담으로 작용할 것이었다.

"알고 있다. 그러나 네가 계획한 일이 어찌 되어가는지는 보고 가야겠지. 그것을 확인한 이후에 움직여도 늦지는 않을 것 같구나. 운이 좋으면 정도맹과 무당이라는 두 마리 토끼를 잡을 수도 있어. 물론 네 계획대로 진행되어야겠지만 말이다. 그래, 그자는 무당으로 향했느냐?"

 "예. 부상이 심해 보이기는 하였으나 아마도 지금쯤이면 도착했을 겁니다. 어쩌면 벌써 난리가 났을 수도 있겠지요."

 담담히 대꾸하는 위지청의 뇌리엔 어느새 흑풍과 백풍을 상대로 믿을 수 없는 실력을 보여줬던 을지호의 모습이 떠오르고 있었다.

 '분명 뭔가가 터질 겁니다. 그것도 아주 확실하게.'

*   *   *

 백도무림의 최후 보루라 할 수 있는 정도맹과 무당파, 그리고 각 문파의 수장들이 한데 모여 앞으로의 일들을 논의하고 대책을 세우는 옥허궁의 회의실.

 늘 어둡고 무거운 분위기가 주류를 이루었던 그곳에 웬일인지 호탕한 웃음이 끊이지 않고 있었다. 평소에는 보이지 않았던 술잔들이 찻잔을 대신하여 그 자리를 차지했고 도관 가득 물들이는 주향이 향기롭기 그지없었다. 여전히 팽팽한 대치 상태와 무당산 곳곳에서 크고 작은 싸움이 계속되었기에 취할 정도는 아니었지만 그들은 저마다 잔을 비우며 아침나절 들려온 소식에 연신 축배를 들었다.

 무당산에 북천에게 점령당했던 소림사가 탈환되었다는 내용을 담은 비합전서구(秘盒傳書鳩)가 도착한 것은 을지 가문과 소림사의 무승, 포로로 잡혔다가 풀려난 고수들을 상대로 승리할 가능성이 없다고 판단한 장백선옹이 전격적으로 싸움을 중지하고 물러난 지 꼭 하루 만이었다.

간절히 바라고는 있으나 일말의 가능성도 없었기에 생각지도 못했던 일. 그 누구도 예상치 못했던 소식에 철혈마단과 북천을 상대로 힘겨운 싸움을 벌이고 있던 백도의 무인들은 너나 할 것 없이 환호성을 지르며 기쁨의 눈물을 흘렸다.

특히 소림을 구한 사람이 다름 아닌 궁귀 을지소문이라는 사실이 알려지자 그들은 과거의 천하제일인이 누란의 위기에 빠진 무림을 구하고자 오랜 은거를 깨고 마침내 궁을 들었다며 감격에 마지않았다.

"그러잖아도 철혈마단에 이어 북천의 힘이 무당으로 집결하는 것이 영 마음에 걸렸는데 소림이 부활을 했으니 이 얼마나 다행스런 일인지 모르겠습니다."

제법 술을 마셨는지 안색이 대춧빛으로 물든 제갈경이 천장 진인에게 잔을 건네며 말했다.

명목상의 맹주에 불과했지만 그동안 나름대로 마음 고생이 심했는지 얼굴이 반쪽이 된 천장 진인이 단숨에 술을 털어 넣으며 깊은 한숨을 내쉬었다.

"후~ 그러게 말입니다. 놈들의 힘을 어찌 감당해야 할지 걱정이 태산 같았는데 한시름 놓았습니다."

천장 진인의 곁에서 묵묵히 술병을 기울이던 무당파의 장문인 천중 진인이 제갈경에게 넌지시 물었다.

"가주께서는 저들이, 아니, 북천이 어찌 나올 것이라 예상하십니까? 이대로 물러나겠습니까?"

"음, 쉽게 생각하자면 당장 회군을 해야겠지요. 철혈마단과는 달리 북천에겐 소림이야말로 목에 가시와 같은 존재니까요. 배후에 소림과 같은 큰 적을 두고 싸운다는 것 자체가 떨떠름한 일이 아니겠습니까? 자칫하다간 중원에서의 존립 기반마저 흔들릴 수 있으니."

"가주라면 어찌하시겠습니까?"

"글쎄요."

천장 진인을 비롯하여 둘의 대화를 듣던 몇몇이 긴장된 얼굴로 제갈경의 대답을 기다렸다.

제갈경은 입에 댔던 술잔을 천천히 내려놓으며 착 가라앉은 음성으로 대답을 하였다.

"제가 북천의 천주라면 회군을 하지 않을 것 같습니다. 오히려 이곳을 치는 데 전력을 다하겠습니다."

"어째서 그렇습니까?"

천중 진인은 질문을 던지면서도 예상했다는 표정이었다. 그러나 대답을 들을 수는 없었다. 조금 전 연락을 받고 조용히 자리를 떴던 왕호연이 다급한 얼굴로 달려와 말을 끊었기 때문이다.

"맹주님!"

"무슨 일인가?"

"문제가 생겼습니다."

술이 확 깨는 느낌이었다.

"문제? 문제라니?"

첨밀각의 각주 왕호연이 그와 같은 말을 할 때마다 꼭 중대한 문제가 터지곤 했다. 황급히 묻는 천장 진인의 음성이 자신도 모르게 커지고 말았다.

화기애애했던 술자리에 싸늘한 정적이 찾아들었다. 모든 이들의 시선이 일제히 한곳으로 모아졌다.

"말해 보게. 무슨 문제가 터진 것인가?"

"을지 대협이… 무당산을 떠났던 그가 다시 돌아오고 있다 합니다."

순간, 잔뜩 긴장했던 천장 진인의 얼굴에 안도감이 퍼졌다.

"휴~ 난 또 뭐라고. 볼일이 있으니 다시 오는 것이겠지. 그게 무슨 문제가 된다고 하는가?"

"상황이 그리 간단하지가 않습니다."

"자세히 설명해 보게."

제갈경이 재빨리 물었다.

그가 아는 왕호연은 웬만한 일로는 낯빛조차 변하지 않는 사내였다. 그런 그가 이처럼 당황하는 것을 보면 분명 문제가 생겨도 아주 큰 문제가 발생한 것이 확실했다.

"지금 막 올라온 소식에 의하면 전신이 피투성이가 된 을지호 대협이 옥허궁을 향해 달려오고 있다고 합니다. 조만간 도착할 것이라고……."

바로 그때였다.

쾅!

요란한 소리를 내며 입구의 문이 활짝 열렸다.

왕호연의 고개가 순간적으로 돌아갔다. 그리고 그는 조금 전까지만 해도 산의 중턱을 통과했다고 보고를 받은 을지호의 모습을 볼 수 있었다.

헝클어진 머리카락, 찢어진 의복, 전신이 피에 젖은 모습.

아직도 피가 멈추지 않았는지 피와 먼지가 한데 뒤엉켜 검붉게 변한

다른 곳과는 달리 옆구리에선 붉은 핏물이 배어 나오고 있었다.

뭐라 말로 표현할 수 없을 정도로 처참한 그의 모습에 입구 쪽에 앉아 있던 일연 사태가 기겁을 하며 소리쳤다.

"으, 을지 대협!"

을지호는 눈길조차 주지 않고 천천히 걸음을 옮겼다.

한 걸음. 한 걸음.

그가 걸음을 옮길 때마다 장내는 싸늘하게 얼어붙었다.

그가 내뿜는 기운에 압도를 당한 것인지 누구 하나 입을 여는 사람이 없었다. 그저 앞으로 닥칠 일을 어렴풋이 짐작을 하며 몸을 떨 뿐이었다. 하지만 다른 사람은 몰라도 맹주의 호위를 담당하고 있는 용정정만큼은 심상치 않은 을지호의 행동을 그냥 지켜만 볼 수 없었다.

"멈추시오."

천장 진인을 향하던 을지호의 신형이 멈추었다.

"무슨 일이신지는 모르나… 헛!"

황급히 앞을 가로막고 나섰으나 무심한 눈길로 쏘아보는 을지호의 눈빛을 접한 그는 자신도 모르게 가쁜 숨을 들이키며 뒤로 물러나고 말았다.

그것은 분명 살기였다.

직감적으로 위기를 느낀 용정정은 이미 검을 빼 들고 있었다.

멈추었던 을지호의 신형이 다시 움직였다.

'으으으.'

막아야 했다. 그러나 어찌 된 일인지 몸이 움직이지 않았다.

어떻게든 움직여야 한다고 생각은 하고 있었으나 용정정은 을지호의 몸에서 뿜어져 나오는 기세에 짓눌려 그가 옆을 스쳐 지나가는 것을 보면서도 꼼짝할 수가 없었다.

을지호의 걸음이 다시 멈춘 것은 천장 진인과 천중 진인의 바로 코앞에서였다.

잠시 눈을 감았다 뜬 을지호가 물었다.

"정도맹의 뜻이었습니까?"

뜬금없는 소리였다.

도대체 무엇이 정도맹의 뜻이란 말인가?

장내에 있는 사람들 중 그의 말을 이해한 사람은 아무도 없었다. 물론 대답이 나올 리가 없었다.

"정도맹의 뜻이냐고 물었습니다."

을지호의 눈빛이 차가워졌다. 음성 또한 한층 더 싸늘해졌다.

"무엇이 정도맹의 뜻이라는 것인가? 우리는 자네 말을 이해할 수가 없네."

보다 못한 천중 진인이 물었다. 더 이상 차가워질 수 없는 을지호의 시선이 그에게 향했다.

"아니면 무당의 뜻일 수도 있겠군요."

순간, 천중 진인의 아미가 좁혀졌다. 무례하기 그지없는 그의 언사에 화가 난 것이었다.

그의 기분을 알아챈 천강 진인이 벌떡 일어나 소리쳤다.

"지나치지 않은가! 삼시파천이라는 이름이 근래 들어 제법 명성을 얻고 있는 것은 인정하나 설마 하니 맹주님과 무당파의 장문인을 핍박할 정도일 줄은 몰랐네. 도대체 무엇을 말하고 싶은 것이며 무엇을 듣고 싶은 것인가? 꼭 알고 싶군. 내용을 알아야 우리도 그것이 정도맹의 뜻이었는지 무당의 뜻이었는지 알 수 있으니까. 그리고 어떤 일이기에 이토록 무례할 수 있는지도!"

당장이라도 손을 쓰겠다는 듯 앞으로 나서는 천강 진인을 보며 을지호의 입꼬리가 살짝 치켜 올라갔다.

더 이상 두고 보아서는 사단이 나도 아주 크게 날 것이라 여긴 제갈경이 재빨리 끼어들었다.

"자자, 진정들 하게나. 무슨 오해가 있는 듯한데 이렇게 감정만 앞세워서야 되겠나. 차분히 말로 풀어야지."

손짓으로 천강 진인을 만류한 제갈경이 을지호에게 다가왔.

"남궁세가로 돌아간다더니 이게 무슨 꼴인가? 어쩌다가 이 지경이… 그리고 사마 소저는 어디 있는가?"

"포로로 잡혔습니다."

다른 누구보다 자신들을 걱정해 주던 제갈경이었다. 퉁명스레 대답을 해도 살기는 한층 누그러져 있었다.

"포, 포로로 잡히다니? 어떤 자들에게?"

깜짝 놀란 제갈경이 황급히 되물었다.

"무당산을 떠난 이후 철혈마단에게 습격을 받았습니다. 백풍과 흑풍이라는 놈들이었습니다."

"철혈마단! 그럼 사마 소저가 놈들에게?"

을지호는 고개를 흔들었다.

"놈들은 아닙니다."

"하면 누구에게 사로잡혔다는 말인가? 답답하네. 자세히 말을 좀 해

보게."
 을지호는 천장, 천중 진인에게 잠시 시선을 던지더니 그간의 일을 설명하기 시작했다.
 그의 설명은 짧고 간명했다.
 "…그렇게 해서 철혈마단의 기마대는 물리칠 수 있었습니다. 하지만 그녀는 미리 대기하고 있던 북천의 무인들에게 사로잡히고 말았지요."
 을지호의 말이 끝나기가 무섭게 이곳저곳에서 탄식성이 터져 나왔다.
 그들은 그토록 은밀히 움직였음에도 을지호의 행적을 파악한 철혈마단과 북천의 가공할 정보력에 한숨을 내뱉었고 소문으로만 듣던 철혈마단의 주력 흑풍과 백풍을 패퇴시킨 을지호의 무공에 경악했다. 그리고 북천의 무리에게 사마유선이 납치되었다는 말에 안타까운 한숨을 내뱉었다.
 그러나 그 정도의 설명으로는 을지호가 어째서 이토록 적대적인 모습으로 무당산에 나타났는지에 대한 의문이 해소되지는 않았다. 그런 의문을 해소하기라도 하듯 을지호의 질문이 이어졌다. 질문의 상대는 천장과 천중 진인이었다.
 "놈들이 어떻게 우리의 행적을 알게 된 것입니까?"
 "무슨 뜻으로 묻는 것인가?"
 천중 진인이 싸늘히 되물었다.
 "놈들의 정보력이 아무리 뛰어나도 우리의 행적을 파악할 수는 없었습니다. 한데도 너무나도 정확히 뒤를 밟았습니다. 아니, 아예 함정을 파놓고 기다리고 있더군요."

"하면 우리가 놈들에게 자네들의 행적에 대한 정보를 흘렸단 말인가?"

인내심에도 한계가 있는 법이었다. 천천히 몸을 일으킨 천중 진인의 몸에서 형언하기 힘든 기운이 쏟아져 나오기 시작했다.

"아니길 바랄 뿐입니다."

"닥쳐랏!"

제갈경에 의해 잠시 가로막혔던 천강 진인의 분노가 결국 폭발하고 말았다.

"보자 보자 하니까 더 이상 참아줄 수가 없구나. 정보를 흘리다니! 네놈은 우리 무당을 어찌 보고 그따위 망발을 하는 것이냐? 그 말에 책임을 질 수 있겠느냐?"

"책임이라… 지금 책임이라 하셨습니까?"

"그렇다! 말도 안 되는 말 따위를 늘어놓지만 말고 네 말에 책임을 져봐라! 증거를 대보란 말이다!"

천강 진인의 말이 끝나기가 무섭게 그를 향해 날아가는 물건이 있었다.

"읽어보시구려."

"흥!"

냉소를 지은 천강 진인이 날아오는 물건을 낚아챘다.

한데 그것에 담긴 힘이 장난이 아닌 모양이었다.

몸을 휘청거리며 중심을 잡은 그는 손아귀를 찢을 듯한 고통에 인상을 찡그렸다.

애써 무안함을 숨긴 천강 진인이 을지호가 건넨 서찰을 단숨에 읽어 내려갔다. 그리곤 천중 진인에게 서찰을 넘기며 한껏 비웃음을 흘렸다.
 "어리석구나. 세 살짜리 꼬마도 눈치챌 한심한 계교에 속고 말다니. 고작 이런 거짓된 정보에 이런 무례한 행동을 한 것이란 말이냐?"
 "사실이 아니란 말입니까?"
 "당연하지."
 천강 진인은 단호하게 고개를 가로저었다. 어찌나 당당하고 자신있게 말하는지 서찰의 내용을 알 길 없는 이들조차 고개를 끄덕일 정도였다.
 "그의 말이 옳은 것 같네. 무당에서 이런 서찰을 보낼 이유가 없지 않는가?"
 천중 진인과 함께 서찰을 읽은 제갈경이 한숨을 내쉬며 말했다.
 "무당에서 온 것이라 하였습니다."
 "거짓말일 걸세. 조금만 생각해 보면 알 수 있는 것인데 아마도 자네가……."
 제갈경은 차마 말을 잇지 못했다. 하지만 뒤의 말은 들어보지 않아도 뻔했다.
 '그럴 만도 하겠지.'
 생각지도 못한 기습에 큰 부상을 당하고 사마유선마저 포로로 잡힌 상태에선 분명히 냉철한 판단을 하지 못했으리라. 을지호를 쳐다보는 제갈경의 눈가에 안타까움이 스쳐 지나갔다.
 '역시 내가 잘못 판단한 것인가?'

사실, 을지호도 서찰의 내용이 진짜라고 단정지은 것은 아니었다. 다만 반드시 확인을 해야 한다는 마음뿐이었다. 그런데 당당하기 그지없는 천강 진인, 그리고 제갈경의 말에 그는 자신이 너무 성급했다는 것을 알았다. 그렇다고 후회는 하지 않았다. 오히려 다행이라 여기는 것이 그의 솔직한 심정이었다. 자신이 저지른 무례에 대한 죄는 벌을 청하고 용서를 구하면 그만이었지만 만약 서찰의 내용이 사실이었다면 이후 어떤 일이 벌어질지는 그 역시 가늠키 어려웠기 때문이다.

'하긴, 내가 너무 멍청했지.'

서찰의 내용이 거짓이라 느낀 을지호는 씁쓸한 마음을 감추지 못했다. 조금만 생각해 보면 누구라도 알아차릴 거짓말에 너무도 쉽게 속고 만 것이었다.

그러나 아무도 예상치 못한 일이 벌어진 것은 을지호가 자신이 저지른 무례에 대해 용서를 빌려는 찰나에 벌어졌다.

"왜 그러십니까, 사형?"

뚫어져라 서찰을 응시하는 천중 진인의 모습에 이상함을 느낀 천강 진인이 물었다. 천중 진인은 아무런 대꾸도 하지 않고 서찰의 내용을 살피고 또 살폈다.

이마에 주름이 깊게 패고 서찰을 살피는 눈동자가 크게 흔들렸다. 서찰을 들고 있는 손도 눈에 띄게 떨렸다.

누가 보더라도 그는 크게 동요하고 있었다.

그가 어째서 그런 행동을 하는지 의구심을 가진 좌중의 시선이 일제히 쏠렸음에도 그는 오직 서찰만을 살필 뿐이었다.

'아니야. 그럴 리가 없다. 절대로 그럴 리가!'

그렇지만 아무리 부정을 해보아도 서찰의 내용이, 아니, 서찰에 적힌 글 하나하나가 비수가 되어 가슴을 꿰뚫었다. 서찰에 적힌 독특한 서체는 다름 아닌 그의 막내 제자 자운(紫雲)의 것. 벌써 이십여 년을 넘게 지켜본 제자의 글씨를 못 알아볼 그가 아니었다.

'이 일을 어찌해야 하는가? 어찌.'

참담함이 밀려들었다. 또한 엄청난 위기감을 느꼈다.

'덮어야 한다.'

만약 서찰을 쓴 것이 자운이라는 것이 밝혀지면 그 뒤에 벌어질 일은 상상조차 하기 힘든 것이었다.

무당의 이름이 땅에 떨어지는 것은 물론이고 이후 쏟아질 무림 동도들의 비난을 감수해야 했다. 무엇보다 당장이라도 피바람을 일으킬 듯 이성을 잃고 있는 을지호를 상대해야 하는 것이 가장 큰 문제였다. 자칫 잘못하면 옥허궁이 피로 잠길 수도 있었다. 그것만큼은 무슨 수를 쓰더라도 반드시 막아야 했다.

천중 진인이 혼자만의 상념에서 빠져나온 것은 몇 번을 불러도 대답이 없는 그를 이상하게 여긴 천장 진인이 그의 팔을 흔들면서였다.

"왜 그러십니까?"

"아, 아무것도 아니오."

그러나 아무것도 아니라며 얼버무리는 그의 행동은 모든 이들의 의혹을 살 만큼 충분히 어색했다.

"이 무례한 자를 어찌하실 생각입니까?"

천강 진인이 물었다.

"험험, 다행히 오해가 풀린 듯하니 그냥 넘어가도록 하지."

두어 번 헛기침을 한 천중 진인이 부드럽게 말했다. 그러자 천강 진인은 말도 되지 않는다는 표정으로 두 눈을 부릅떴다.

"그냥 넘어가다니요! 우리 무당은 물론이고 정도맹, 그리고 여기 모인 모든 분들을 능멸한 놈입니다!"

"그런 상황에 처했다면 누구라도 충분히 그런 오해를 할 수도 있네."

"하지만……."

"그만, 되었다니까."

간단히 말을 자른 천중 진인이 을지호에게 고개를 돌렸다.

"부상이 심한 것 같네. 어서 치료를 받도록 하게나. 지금까지의 일은 없던 것으로 하겠네."

"……."

을지호는 아무런 대답을 하지 않았다. 갑작스레 돌변한 천중 진인의 태도가 아무래도 석연치 않았기 때문이다.

"아직도 오해가 풀리지 않은 것인가? 무당의 이름을 걸고 말하지만 이번 일에 우리는 조금도 관여하지 않았네. 자네와 우리를 이간질하려는 놈들의 계책일 뿐… 이네……."

담담한 미소를 지으며 말을 하던 천중 진인, 한데 구석 쪽에서 천천히 걸어나오는 사람을 보며 말끝이 급작하게 흐려졌다.

일촉즉발의 상황에서 전면에 나선 중년의 도인.

청색 도복(道服)을 단정하게 차려입고 나온 그가 갑자기 무릎을 꿇으며 소리쳤다.

"사부님!"

"무, 무슨 일이더냐?"

갑작스런 자운의 등장에 최악의 상황을 떠올린 천중 진인의 눈빛이 급격히 흔들렸다.

"용서해 주십시오!"

"요, 용서라니?"

"큰 죄를 지었습니다. 부디 용서해 주십시오."

쿵쿵.

오체투지(五體投地)하고 엎드린 그가 바닥에 머리를 찧었다.

"어허! 이게 무슨 짓이더냐! 죄가 있다면 당연히 죄를 청하고 용서를 빌어야 하겠지만 그것도 때가 있는 법이다. 지금 이곳은 네가 낄 자리가 아니니 당장 물러나거라."

안색을 찌푸린 천강 진인이 그의 몸을 일으키며 호통을 쳤다. 하지만 자운은 그의 팔을 뿌리치며 계속에서 머리를 바닥에 찧었다. 삽시간에 이마가 깨지고 바닥이 피로 물들었다.

난데없이 나타나 죄를 청하며 바닥에 머리를 찧는 자운.

옥허궁엔 일순 묘한 기운이 감돌기 시작했다. 특히 제갈경을 비롯하여 몇몇의 안색은 이미 흙빛으로 변해 버렸다. 자운의 행동이 서찰과 얽혀 있다는 것을 직감적으로 느꼈기 때문이다.

의심의 눈초리가 점점 커지고 있었다. 일을 빨리 수습하지 못했다간 낭패라고 생각한 천중 진인이 애써 마음을 진정시키며 근엄하게 소리쳤다.

"자운아, 네가 무슨 잘못을 하였는지 이 사부는 이미 알고 있다. 하나 그것은 어디까지나 문규(門規)에 의해 처리되어야 할 일이지 이 자리에서 거론할 것은 아니구나. 네 죄는 따로 처리하도록 하겠다. 이만 물러나도록 하여라."

최대한 여유로운 모습으로, 그리고 한 문파의 존장으로서의 위엄을 갖추며 제자를 달래는 천중 진인. 그의 모습에선 잠시 흐트러졌던 조금 전의 모습은 남아 있지 않았다.

"무량수불! 부끄러운 모습을 보였습니다."

좌중을 향해 정중하게 사죄를 한 그가 천강 진인에게 슬그머니 눈치를 주었다. 고개를 끄덕인 천강 진인이 자운에게 다가갔다.

천강 진인이 자신에게 다가오는 것을 본 자운의 눈동자가 급격히 흔들렸다. 그는 뭔가를 결심한 듯 입술을 깨물더니 더욱 큰 소리로 외치며 머리를 찧었다.

"사부님의 명을 이행하지 못하고 이런 모욕까지 당하게 한 죄 그 무엇으로 용서를 받겠습니까? 오직 죽음뿐입니다! 제자의 죽음으로 용서를 빌겠습니다!"

그리곤 피투성이가 된 얼굴로 을지호를 향해 소리쳤다.

"네가 비록 몇 가지 잡기로 허황된 명성을 얻었기로서니 그 자만심이 하늘을 찌르고 그것도 모자라 패천궁의 간녀(奸女)에게 눈이 멀어 우리를 능멸하려느냐? 하늘이 비웃는다! 내 비록 네놈을 제거하여 땅에 떨어진 무림의 정기를 살리라는 사부님의 명을 이행하지 못하고 먼저 가지만 죽어서도 네놈을 용서치 않을 것이다!"

"내, 내가 언제 그런 말을……!"

가히 청천벽력과도 같은 소리였다. 하지만 거기서 끝나지 않았다.

을지호에게 일갈을 한 자운의 고개가 천중 진인에게 향했다.

[사부님, 그동안 보살펴 주신 은혜 감사합니다. 이렇게 할 수밖에 없는 제자를 부디 용서해 주시길…….]

처연한 눈빛으로 전음을 보낸 자운이 천천히 손을 들었다.

"무, 무슨 짓이더냐!"

그것이 어떤 의미인지 파악한 천중 진인이 번개같이 몸을 놀리며 소리쳤다. 그러나 그가 아무리 빨리 움직인다 해도 작심하고 자결을 하려는 자운의 행동을 막을 수는 없었다.

퍽!

둔탁한 소리와 함께 자신의 천령개(天靈蓋)를 후려친 자운의 몸이 천천히 허물어졌다.

"자운아!"

간발의 차이로 늦어버린 천중 진인이 그의 몸을 안았다.

"이, 이게 무슨 짓이냐? 도, 도대체……!"

"죄, 죄송… 합니다… 사… 부님… 제… 자도 어… 쩔… 어쩔 수…가 없… 었……."

자운은 마지막 말을 남기지 못하고 숨을 거두고 말았다.

"이 녀석아! 이놈, 자운아!"

유난히 아끼던 제자였다. 가장 늦게 받아들였으나 자신의 심중을 누구보다도 잘 헤아리던, 다른 제자들과는 달리 그다지 재능도 없고 잘나지 못했지만 그 존재만으로도 듬직한 제자였다. 그런 제자가 스스로 목숨을 끊은 것이다.

갑자기 나타나 평소와는 달리 전혀 다른 사람처럼 행동하는 것을 보고 불길한 예감에 사로잡혔다. 그래도 설마 하니 영문도 모를 말로 자신과 사문을 곤경에 처하게 하고 자결을 할 줄은 꿈에도 몰랐다. 무슨 말을 할 수 있으랴. 그는 망연자실 말을 잇지 못하고 있었다.

제 56 장

파국(破局)

파국(破局)

"사, 사형. 자, 자운이 어째서······."

천강 진인이 새하얗게 변한 낯빛으로 천중 진인을 불렀으나 천중 진인으로서도 뭐라고 대답해 줄 말이 없었다.

장내에 모인 모든 눈이 자운의 시신을 안고 있는 천중 진인에게 향했다. 모두들 당혹한 표정이었다. 그래도 한 가지는 확실했다. 그들 중 누구도 자운의 죽음을 슬퍼하지 않았다. 더러는 안타까워하는 모습을 보이기는 하였지만 그것도 잠깐일 뿐이었다. 천중 진인에게 보내는 그들의 눈빛은 자운이 죽기 전에 남긴 마지막 말, 을지호를 제거하라 명했다는 그 말에 대해 설명을 하라는 무언의 요구를 담고 있었다.

"······."

천중 진인은 자운이 어째서 그런 말과 행동을 했는지 전혀 이해하지 못했다. 그렇지만 사람이란 꼭 영문을 알아야 말을 하고 설명을 해야 하는 것은 아니었다. 자신이 모르는 일에 대해서도 변명을 해야 하고 이해를 구해야 하는 일이 허다했다. 바로 지금이 그런 상황이었다.

"설명을 해주시지요."

을지호가 말했다.

"나는… 모르는 일이네."

자운의 얼굴에 시선을 고정시킨 천중 진인이 힘없이 대꾸했다.

"훗, 그걸 지금 나보고 믿으라는 소립니까?"

을지호가 싸늘히 미소 지었다.

"그러나 어찌하겠는가? 나도 어찌 된 일인지 도통 이해할 수가 없으니."

"그게 말이 된다고 보십니까?"

을지호는 모두가 들으라는 듯 크게 소리쳤다.

"그는 스스로의 목숨을 끊기 전 장문인의 명을 받고 우리를 제거하려 했으나 실패했다고 했습니다. 그렇지만 나와 사마 소저는 저자나 다른 무당파의 제자들과 싸운 적이 없습니다. 우리를 막은 것은 철혈마단과 북천이었습니다. 결국 뭡니까? 한마디로 저자가 철혈마단과 북천에 우리의 정보를 흘렸다는 것이 아니겠습니까?"

아무런 대꾸도 없었지만 다들 수긍하는 눈초리였다. 그러나 천중 진인은 고개를 가로저을 뿐이었다.

"무당의 명예를 걸고 말하지만 난 모르는 일이네."

"그럼 죽어가는 사람이 거짓말을 했다는 말입니까?"

을지호가 조소가 담긴 어투로 되물었다.

"이 아이가 어째서 그런 말을 하고 스스로 목숨을 끊었는지는 나 역시 이해하지 못하고 있네. 하지만 분명히 말하건대 그런 명령을 내린 적은 없네. 그럴 이유가 없지 않은가?"

그러자 제갈경이 더없이 차가운 음성으로 일침을 놓았다.

"그렇기는 하오만 드러난 상황이 그렇지 않습니다. 사자무언(死者無言)이나 그가 죽기 전 남긴 말은 노부를 비롯하여 여기 있는 모든 분들이 틀림없이 들었습니다. 납득할 만한 해명을 하셔야 할 겁니다."

"아미타불! 한 사람의 죽음을 앞에 두고 이렇듯 떠들 일은 아니나 반드시 짚고 넘어가야 할 일이라 봅니다."

혜정 신니가 거들었다.

"해명을 하고 싶어도 하지 않은 일에 대해 어찌 해명을 한단 말입니까? 만약 해명을 한다면 그것이야말로 곧 하지 않은 일을 했다고 인정하는 것이거늘. 뭔가 오해가 있습니다."

천중 진인이 식은땀을 흘리며 말을 했으나 반응은 싸늘했다. 제갈경과 마찬가지로 처음부터 의심의 눈길을 보내던 당우곤이 곧바로 물어 왔다.

"조금 전 장문인께서 서찰을 보시곤 많이 놀라셨습니다. 어째서 그런 것입니까?"

"그, 그건……."

"추측컨대 아마도 장문인께서 자운 도장의 글을 보고 놀라신 것 같습니다. 제자의 글씨를 알아보지 못할 사부는 별로 없을 테니까요. 그렇지 않습니까?"

날카롭게 이어지는 당우곤의 질문에 천중 진인은 인정을 할 수밖에 없었다. 부정을 한다 해도 서찰이 남아 있고 거기에 자운의 글씨가 남아 있는 한 금방 밝혀질 일이었다.

"그렇소. 분명 자운의 필체였소."

"한데 장문인께선 전혀 모르겠다는 표정을 하셨습니다."

"……."

"결국 철혈마단과 북천으로 날아들었다는 투서, 그것을 쓴 사람은 자운 도장이 분명합니다. 그렇지 않습니까?"

"그렇긴 하오만……."

뭔가 덧붙이는 말을 하려 했으나 당우곤은 기다려 주지 않았다.

"을지 대협의 정보를 적에게 넘겨준 사람이 자운이고 그가 죽으면서 남긴 말이 그 모든 것이 사부의 명이었다고 했습니다. 한데도 장문인께서는 모르는 일이라고 하시는군요. 참으로 괴이하지 않습니까? 자결을 한 제자는 사부의 명이었다 하고, 사부는 아니라고 하니 말입니다."

"분명 자운의 글이 맞소! 하나 거기엔 분명 우리가 알지 못하는 오해가 있을 것이오! 노도는 그런 명을 내린 적도 없고, 자운도 절대 그런 일을 할 아이가 아니오!"

천중 진인이 발악하듯 소리쳤다. 그러나 거기에 호응해 주는 사람은 아무도 없었다.

"그 말을 믿을 사람이 있으리라 보십니까?"

"차라리 잘못을 인정하고 용서를 구하시오."

"무당파가 어찌 이런 일을 할 수 있단 말이오?"

불똥은 천장 진인에게도 튀었다.

"맹주께서는 일이 이 지경이 되도록 뭐 하고 계셨습니까?"

"미리 언질을 받은 것은 아닙니까?"

"설마 무당과 한통속은 아니겠지요?"

봇물과도 같이 쏟아지는 질문에 천장 진인은 연신 고개를 흔들어대며 부인하기에 바빴다. 그렇다고 모든 이들이 무당파의 잘못을 추궁한 것은 아니었다.

'분명 잘못된 일이기는 하나 그럴 만도 했다', '사천에서 그의 독단적인 행동으로 많은 이들이 목숨을 잃었다', '패천궁의 여인과 함께하는 그를 전적으로 믿을 수는 없는 노릇이다' 등등 을지호가 무당산에서 떠나는 데 일조를 했던 여러 문파의 사람들, 처음엔 입을 다물고 있던 그들도 서서히 목소리를 높이기 시작했다.

결국 곳곳에서 이어지는 불신 어린 음성과 그것에 대한 반박과 재반박의 호통 소리로 인하여 옥허궁은 삽시간에 아수라장으로 변해 버렸다.

"그래서, 이런 증거와 증언이 나왔는데도 인정을 못하시겠단 말씀입니까?"

옥허궁의 모든 소란을 일시에 잠재우는 조용한 음성이 들려왔다. 수십 개의 눈동자가 일제히 한 사람에게 쏠리자 그들의 따가운 시선을 받으며 을지호는 곧게 펴진 철궁에 서서히 힘을 실었다.

"다시 말하지만 이건 분명히 오해네. 아니, 음모라 하는 것이 옳겠군."

"음모라… 하면 어째서 음모인지 제게 정확하게 이해를 시켜주시지요."

파국(破局) 43

말투는 더없이 정중했다. 그러나 그의 전신에서 들끓고 있는 살기는 세 살배기 어린아이라도 감지할 수 있을 정도였다.

"그, 그건……."

분명 할 말은 있었다. 자운이 죽기 전 전음으로 남긴 말, 그리고 품에서 숨을 거두면서 못다 한 말을 감안하면 결론은 오직 한 가지였다. 그러나 할 수가 없었다.

'첩자라니…….'

차라리 자신이 시켰다고 인정을 했으면 했지 그는 차마 수십 년 전에 거둔 제자가 사천이 무당에 잠입시킨 첩자라고는 말할 수가 없었다.

"자네와 사마 소저에겐 뭐라 할 말이 없네. 자운이 얽혀 있는 것도 부인하지 못하는 사실. 노도가 정중히 사과를 하겠네. 부디 이해하고 용서를 해주시게. 그러나 이것만은 분명히 알아주게. 믿기지 않겠지만 이는 노도와 무당을 음해하기 위한 음모일세. 지금 당장 밝힐 수는 없으나 반드시 밝혀낼 것이네."

여기까지가 무당파의 장문인인 그가 말할 수 있는 최선이었다. 하나 을지호가 받아들일 리 만무했다.

"궁색한 변명이오!"

을지호의 몸이 움직였다.

"멈춰랏!"

그러잖아도 을지호의 기세를 예의 주시하던 천강 진인이 손을 뻗으며 소리쳤다. 그의 손에서 뻗어 나온 웅휘한 기운이 을지호의 옆구리를 노리며 짓쳐들었다. 결코 무시할 수 없는 강맹한 힘이었다. 을지호는 천중 진인에게 향하던 몸을 틀어 공격을 막을 수밖에 없었다.

꽝!

간단한 공수의 교환이었으나 일신에 지닌 실력 자체가 워낙 막강하다 보니 그 여파가 제법 컸다. 장내가 쩌렁쩌렁 울리는 것은 물론이고 근처 탁자 위에 놓여 있던 술병과 잔들이 충격파에 휩쓸려 바닥에 떨어졌다.

"저자를 막아라!"

천강 진인의 외침과 동시에 장내에 있던 무당파의 고수들이 천중 진인의 앞을 막아서고, 옥허궁을 지키는 무당파의 제자들은 일제히 을지호를 포위하고 나섰다. 중앙에선 천강 진인이 노기 띤 눈으로 을지호를 노려보았다.

"물러나라. 이대로 물러난다면 지금까지의 무례는 없던 것으로 하겠다."

무당파의 장문인 앞에서 살기를 뿜어내는 것 자체가 용납이 안 되는 행위였다. 게다가 무기를 들고 공격까지 하려 했다. 평소의 그라면 절대로 그냥 덮어둘 일이 아니었다. 치도곤을 안길 수는 없다 하더라도 어떤 식으로든 책임을 물으려 했을 것이다. 하지만 상황이 이를 용납하지 않았다.

적의 기습 공격에 을지호는 큰 부상을 입었고, 사마유선은 포로로 잡히고 말았다. 장문인의 개입 여부는 불문하고서라도 무당파의 제자인 자운이 그 일에 관련이 있었다. 부정하고 싶어도 서찰이라는 옴짝달싹할 수 없는 증거가 있는 데다가 본인 스스로가 인정을 하고 자결을 하고 말았다. 피해자가 책임을 지라는 것이니 뭐라 할 말도 없었다.

더구나 좌중의 분위기도 무당파에 좋지 않게 흐르고 있었다. 이미

파국(破局) 45

무당의 권위는 땅에 떨어져 뭉개진 상태였다. 더 이상 일을 크게 만들어서 좋을 것이 없다고 판단한 천강 진인은 그가 할 수 있는 최대한의 양보를 했다. 그러나 들려온 대답은 그의 고심에 찬 배려를 산산이 부수는 것이었다.

"물러설 수 없다면?"

순간, 천강 진인의 눈썹이 꿈틀거렸다.

"네놈을 두려워서 그러는 것이 아님을 알아라. 단지 상황이 명확하지 않기에 그냥 덮어두는 것이다."

"덮어둘 필요 없소. 난 이미 결심이 섰으니까."

"무슨 결심 말이냐?"

"서찰이 무당파에서 나온 것이 분명한 이상 나는 사마 소저의 목숨을 구하기 위해 놈들이 내건 조건을 이행할 생각이오만."

'좋지 않다.'

을지호의 말을 듣는 제갈경의 안색은 더없이 어두웠다. 그의 일에 무당파가 관여했다는 것은 변명의 여지가 없는 확실한 사실이었고 분명 용납될 수 없는 잘못된 행동이었다. 하나 그렇다고 사천과 피 말리는 싸움을 하고 있는 지금 무당파의 죄를 묻기엔 그들이 드리운 그늘이 너무나도 컸다.

당장 백도의 최후 보루라 할 수 있는 무당산이 무당파의 영역이었고 정도맹의 주요 요직을 장악하고 있는 것도 무당파였다. 또한 무자비하게 피해를 입은 여타 문파들과는 달리 무당은 전력이 고스란히 남아 있었다. 싫든 좋든 지금은 무당파와 한 배를 타야 했다. 그것은 누구나 알고 있고 인정하는 사실이었다.

하지만 을지호가 복수를 하겠다고 나서고 무당파가 이를 실력으로 제지하려 한다면 상황은 백팔십도 달라질 것이었다. 모르긴 몰라도 을지호에게 큰 은혜를 입은 아미파나 당가는 분명 그를 두둔하고 나설 것이고 몇몇 문파 역시 이에 동조하고 나설 것이 분명했다. 자칫 잘못하다간 옥허궁에 한바탕 피바람이 몰아칠 수도 있었다. 아니, 나아가 사천이라는 큰 적을 코앞에 두고 아군끼리 내분을 일으킬 수도 있었다.

'절대로 막아야 한다.'

상상만으로도 끔찍한 일이었다. 그러나 이미 제갈경 한 사람의 힘만으로 막기엔 버거운 상황으로 치닫고 있었다.

"조건? 설마 하니 놈들의 조건이라는 것이 장문인의 목숨이라도 되는 것이더냐?"

아무리 흥분을 했더라도 할 말이 있었고 그렇지 않은 말이 있었다. 평소의 그라면 감히 입에도 올릴 수 없는 말이었으나 지금은 자신이 무슨 말을 했는지조차 의식하지 못할 만큼 천강 진인은 노하고 있었다.

"아마도."

을지호가 고개를 까딱였다.

"네놈에게 그런 능력이 있는지 확인해 보겠다."

천강 진인의 말과 함께 을지호를 포위하고 있던 무당파의 제자들이 서서히 움직였다. 동시에 천중 진인의 앞을 막아섰던 노고수들까지 이에 합세했다.

'속전속결.'

치료를 했다지만 제대로 된 치료가 아니라 그저 간단히 지혈을 하고 금창약을 조금 바른 것이 전부였다. 게다가 제대로 쉬지도 못해 몸이 정상이 아니었다. 오래 끌어봐야 자신만 불리하다고 판단한 을지호는 최대한 빨리 승부를 결정지어야 한다고 여겼다. 그렇다고 무자비한 살생을 하고 싶지는 않았다. 필요한 건 한 사람의 목뿐이었다.

철궁을 꽉 움켜쥔 을지호의 신형이 움직였다. 잠시 흔들란다 싶더니 어느새 그는 자신을 포위하고 있는 한 무당 제자의 가슴을 강타하고 있었다.

"큭!"

미처 검을 움직여 볼 기회도 잡지 못하고 당하고 만 사내의 입에서 처절한 비명성이 터져 나왔다. 그것은 시작에 불과했다.

을지호는 노도와 같이 밀려드는 공세를 고작 발 몇 번 바꿔 움직이는 것으로 유유히 피해내며 연거푸 철궁을 휘둘렀다. 그럴 때마다 어김없이 비명성이 터져 나오고 예외없이 쓰러지는 자가 발생했다. 그들이 지닌 무공도 결코 녹록한 것이 아니었으나 눈에 잡히지도 않을 만큼 빠르게 움직이며 공격을 하는 을지호를 막을 수는 없었다.

순식간에 여섯 명의 제자가 땅바닥을 굴렀다. 여전히 꿈틀거리는 것으로 보아 다들 목숨은 부지한 것 같았지만 한눈에 보아도 적지 않은 부상을 당한 듯싶었다. 을지호는 교묘하게 노고수들을 피하며 어린 제자들만 집중적으로 공격했다. 애당초 무공을 비교할 수가 없던 그들은 을지호의 손속을 감당하지 못하고 속수무책으로 당하고 말았다.

"이놈!"

천강 진인을 비롯하여 무당의 노고수들은 분기탱천했다. 비록 무당파가 곤궁한 처지에 몰렸다고는 하나 여러 중인들 앞에서 이렇듯 일방적으로 당하는 모습을 보여줄 수는 없었다.

노할 대로 노한 천강 진인이 전면으로 달려들며 검을 휘둘렀다. 육양심공(六陽心功)의 기운을 한껏 끌어올린 그의 태청검법(太淸劍法)은 가히 무당파의 절기라 불리기에 조금도 부족함이 없었다. 눈이 부신 검영(劍影)이 다소 어두웠던 옥허궁의 장내를 훤히 밝혔다.
　을지호는 자신을 난도질할 것만 같은 위협감을 주며 전신을 압박해 들어오는 예리한 기운에 한 발짝 물러설 수밖에 없었다. 특히 네 명의 초로인, 처음엔 그저 조용히 술이나 마시며 존재감이라고는 전혀 없었으나 을지호가 처음 공격을 시작할 때 천중 진인의 좌우를 보호하며 본래의 모습을 드러낸 그들의 기세는 소위 말해 장난이 아니었다. 각기 짝을 지어 교묘히 검을 놀리며 압박하는 것이 그 어떤 적들보다 위협적이었다.
　"양의합벽검진(兩儀合壁劍陣)이로구나!"
　노고수들의 움직임을 알아본 혜정 신니가 놀라 부르짖었다. 익히기가 극히 까다로워 열이면 열 다 실패하고 만다는, 대신 익히기만 한다면 가히 적수가 없다는 양의합벽검진이 조금 전까지만 하더라도 그저 자리나 차지하고 있는 것처럼 보이던 초라한 노인들의 몸에서 펼쳐지는 것이었다.
　천강 진인의 매서운 공격에 양의합벽검진까지. 을지호는 사방에서 밀려드는 공격에 포위당하여 금방이라도 목숨을 잃을 것만 같았다.
　"장문인!"
　혜정 신니가 다급하게 천중 진인을 불렀다.
　"목숨을 거두지는 말라고 하였습니다."
　무심한 눈길로 싸움을 응시하는 천중 진인이 대꾸하였다. 그는 혜정 신니가 아마도 을지호의 목숨을 염려하여 이를 만류코자 자신을 부르는 것이라 생각하였다.

"걱정하지 마십시오. 사람들의 이목이 있습니다. 함부로 해하지는 못할 겁니다."

옆으로 다가온 제갈경까지도 잠시 지켜보라는 듯 나직하게 말했다. 제갈경도 혜정 신니의 행동을 단순히 을지호를 걱정하여 그러는 것이라 판단했다. 하나 애당초 말릴 수 없는 싸움이라면 최대한 피해없이 끝나는 것이 최선이었고 천강 진인과 양의합벽검진이면 가능할 듯도 했다.

하지만 혜정 신니는 그런 의미에서 천중 진인을 부른 것이 아니었다. 을지호를 염려하기 위함이기보다는 오히려 천강 진인과 양의합벽검진을 사용하는 노인들을 걱정하는 마음에서 천중 진인을 부른 것이었다.

그녀를 비롯하여 당우곤 등 과거 창파령에서 을지호의 무공을 직접 목도한 사람들은 천강 진인과 노고수들의 무공이 아무리 강해 보여도 소용없다는 것을 알고 있었다. 을지호가 적의 포위망을 뚫으면서 보여 준 무공은 도저히 인간의 것이라고 말할 수 없는 미증유의 힘을 담고 있다는 것을 익히 알고 있었기 때문이다.

단 한 번의 칼질로 십수 명, 그것도 잘 단련된 무인들을 쓸어버리는 무공이 어찌 인간의 것이라 할 수 있단 말인가!

"아!"

혜정 신니의 입에서 탄성이 터져 나왔다. 을지호의 철궁이 크게 원을 그리며 천강 진인과 노고수들의 합공을 무위로 돌려 버리는 것을 본 것이다.

 탄성은 길지 않았다. 곧바로 이어지는 을지호의 행동에서 그가 어떤 무공을 사용하는지 직감한 혜정 신니는 질끈 눈을 감고 자신도 모르게 불호성을 외쳤다.

 "아미타불!"

 꽈꽈꽝!

 천강 진인과 네 명의 노고수가 펼치는 양의합벽검진의 공세와 을지호가 펼친 무극지검이 정면으로 충돌했다.

 쿠쿠쿠쿠쿵!

 마치 지진이라도 난 듯 옥허궁이 마구 흔들렸다.

 어마어마한 충격파가 주변을 휩쓸었다. 온갖 집기들이 제각각 암기가 되어 사방으로 비산했다. 하나 싸움을 지켜보던 이들은 하나같이 뛰어난 무공을 지닌 자들, 더러 약간의 내상과 외상을 입기는 했어도 크게 문제가 되지는 않았다.

 문제는 옥허궁이었다.

 꽤나 오래전에 축조된 건물인 데다가 목조 건물이었던 옥허궁은 내부를 뒤흔드는 거력을 온전히 감당할 여력을 가지지 못했다. 두 힘이 충돌하면서 발생한 힘에 직격당한 왼쪽 모서리의 기둥이 힘없이 부러지며 지붕이 주저앉았다. 또한 을지호의 맞은편 벽면은 이미 사라져 휑한 것이 마치 흉가의 무너진 담을 보는 듯했다.

 단 한 번의 격돌로 승부가 끝나 버린 듯 더 이상의 충돌은 없었다. 다만 지붕이 내려앉으며 일으킨 흙먼지가 옥허궁의 내부를 뒤덮어 버려 한 치 앞도 볼 수 없는 상황이었다. 물론 승부의 향배도 알지 못했다.

과거 을지호의 무공을 직접 경험했던 사람들은 당연히 그의 승리를 예상했고 반면에 무당의 저력, 특히 양의합벽검진이 어떤 것인지 익히 알고 있던 이들은 천강 진인과 노고수들의 승리를 믿어 의심치 않았다.
　잠시 후, 옥허궁의 내부를 뒤덮었던 황진(黃塵)이 서서히 걷히자 누구라 할 것도 없이 이곳저곳에서 동시 다발적으로 경악성이 터져 나왔다.
　"이럴 수가!"
　먼지가 걷히기만을 기다리던 천장 진인은 눈앞에 드러난 결과에 입을 다물지 못했다.
　을지호의 중앙에서 양의합벽검진을 펼친, 정면이었기에 무극지검의 힘을 가장 직접적으로 상대한 노고수들은 이미 절명한 상태였다. 한 명은 뜯겨져 나간 벽면에 걸쳐 있었고 다른 한 사람은 조금 떨어진 곳에서 칠공에서 피를 쏟은 채 쓰러져 있었다.
　"처, 처… 천광(天光), 천음(天陰) 사제……."
　천장 진인이 덜덜 떨리는 음성으로 그들을 불렀다. 하나 이미 숨을 거둔 그들에게선 아무런 대답도 들려오지 않았다.
　다른 사람이라고 상황이 나은 것은 아니었다.
　또 하나의 양의합벽검진을 펼친 노고수들 역시 아무렇게나 널브러져 있었다. 가슴 쪽에서 미약하게나마 움직임이 있는 것을 보아 숨은 붙어 있는 모양이었으나 살아 있다고 산 것이 아니었다. 전신이 피칠갑이 된 그들 중 한 명은 양다리가 절단된 상태였고 다른 사람은 한쪽 팔이 떨어져 나가고 없었다. 또한 의식이 없는 상황에서도 입으로 피를 토해내는 것을 보면 치명적인 내상도 입은 모양이었다.

그나마 가장 상태가 양호한 사람은 천강 진인이었다.

"으으으으."

을지호의 왼쪽에서 공격을 했던 천강 진인의 입에서 나직한 신음성이 흘러나왔다.

부러진 검, 연신 휘청거리는 몸.

간신히 중심을 잡고 자신들의 패배가 믿어지지 않는다는 듯 멍한 표정으로 을지호를 응시하던 천강 진인. 그는 곧 처참한 모습의 사형제들을 보며 단말마의 비명과 동시에 검붉은 피를 흥건하게 쏟더니 정신을 잃고 말았다.

"사제!"

천장 진인이 재빨리 달려가 그를 안았다.

"모셔라."

더없이 무겁고 슬픔에 잠긴 천중 진인의 명령에 어쩔 줄을 모르고 있던 무당파의 제자들이 절명한 시신과 힘겹게 숨을 잇는 부상자를 업고 옥허궁을 빠져나갔다. 그사이 천중 진인은 오직 을지호만을 노려보고 있었다.

'이것을 믿어야 하는가?'

대저 그가 쓰러뜨린 다섯 명의 고수가 누구던가?

천강 진인은 자신을 제외하고는 무당파에서 으뜸가는 실력을 지닌 고수였다. 물론 이미 은퇴하여 우화등선(羽化登仙)을 앞두고 있는 몇몇 선대의 고수들이 있기는 하였으나 그들은 이미 속세와의 인연을 끊은 분들이었다.

뿐이던가? 양의합벽검진의 조력을 받고 있었다. 개개인의 실력은 천강 진인에 뒤져도 둘이 하나가 되어 펼치는 무당파 최고의 절기 양의합벽검진은 천강 진인은 물론이고 자신조차 감당할 수 없는 위력을 지니고 있었다. 그런데도 을지호 한 사람을 감당하지 못했다. 두 명이 죽고 두 명은 회복하기 힘든 부상을 당했다. 그나마 천강 진인의 상세가 양호해 보였으나 역시 두어 달은 족히 요양을 해야 할 중상이었다.

을지호라고 멀쩡한 것은 아니었다.

두 눈을 감고 기둥에 의지하여 간신히 몸을 지탱하고 있었고 그의 의식도 이미 반쯤은 사라진 상태였다.

그는 철혈마단과의 싸움에서 당한 부상이 제대로 낫지도 않은 몸이었다. 치료라 해봐야 금창약 조금 바른 것이 전부였고, 급히 달려오느라 변변한 운기조식 한번 하지 못했다. 그런 상황에서 무당파 최고고수들과 일전을 벌인 것이다. 애당초 무극지검까지 사용한 것 자체가 미친 짓이었다.

왼쪽 손은 옆구리를 잡고 있었는데 손가락 사이로 시뻘건 핏물이 솟구쳤고 언뜻언뜻 내장의 흔적도 보였다. 일전에 큰 부상을 당한 데다가 또다시 큰 충격으로 인해 상세가 더욱 악화된 것이다. 또한 힘겹게 철궁을 들고 있는 손은 아래로 축 늘어진 것이 뼈가 부러졌거나 아니면 심줄을 크게 다친 것이 분명했다. 그것들에 비하면 몸 이곳저곳에 거미줄같이 흩어진 세세한 부상 따위는 생채기에 지나지 않았다.

"크으으."

천중 진인의 시선을 의식하고는 힘겹게 눈을 뜬 을지호가 다시금 발걸음을 움직였다. 들어 올릴 힘도 없는 것인지 움직일 때마다 바닥을 긁는 철궁 소리가 신경을 거슬리게 만들었다.

한 걸음, 한 걸음.

과연 무당은, 천중 진인은 어찌 대처할 것인가?

을지호가 천중 진인에게 다가갈수록 좌중의 시선은 천중 진인이 어떤 식으로 대응할지를 숨죽여 지켜보았다.

"어찌하실 생각입니까?"

보다 못한 제갈경이 물었다. 그러나 천중 진인은 아무런 대꾸도 하지 않았다.

"그는 이미 싸울 힘을 잃었습니다."

그제야 고개를 돌린 천중 진인이 싸늘히 대꾸했다.

"사제들은 이미 불귀의 객이 되거나 회복 불능의 부상을 당했습니다. 그럼에도 저자는 노도를 죽이러 오고 있습니다. 힘을 잃었다고요? 글쎄요, 잘 모르겠습니다."

"장문인, 참으셔야 합니다. 이 모든 일이 분명 오해라 하지 않았습니까? 하면 더 큰 오해를 불러오기 전에 멈춰야지요."

제갈경이 다급한 심정으로 천중 진인을 달랬다. 혜정 신니도 초점없는 을지호의 눈을 바라보며 안타깝게 소리쳤다.

"아미타불! 을지 대협은 이미 의식을 잃었습니다."

"오해라… 분명 오해였습니다. 하나 저자는 물론이고 여러분도 믿지 않았습니다."

천중 진인의 입가에 냉소가 지어졌다.

"한데 이제 와서 오해 운운하니 참으로 우습군요. 그 오해로 인해 우리 무당파는 쑥대밭이 되었습니다."

그사이 을지호는 천중 진인의 코앞까지 이르고 있었다.

"오해는 분명히 밝혀낼 것입니다. 그래도 저자가 저지른 일을 덮어두기엔 너무 늦었습니다."

말을 마침과 동시에 천중 진인이 양손을 모았다. 한껏 진기를 모았는지 손끝에서 은은한 청광이 흘러나왔다.

가히 일촉즉발의 순간이었다.

바로 그때, 혜정 신니가 천중 진인의 앞을 가로막고 나섰다. 함께 움직인 당우곤은 을지호의 마혈을 짚으며 그의 몸을 안았다. 일연 사태를 비롯하여 당가의 몇몇 제자들이 당우곤과 을지호를 에워싸며 만일의 사태에 대비했다.

"이게… 무슨 짓입니까?"

그들의 행동을 물끄러미 바라본 천중 진인이 조용히 물었다. 그 안에 담긴 살기를 온몸으로 느끼며 혜정 신니는 절로 몸서리를 쳐야 했다. 그래도 물러설 수는 없었다.

"을지 대협이 분명 성급한 행동을 하기는 했으나 그 또한 오해에서 비롯된 것, 장문인께서 아량을 베풀어주시지요."

"그에게 베풀 아량 따위는 없습니다. 비키십시오."

"그럴 수는 없습니다."

"정녕 무당과 척을 두시겠단 말씀입니까?"

그 말의 의미가 무엇인지 알고 있었으나 혜정 신니는 가만히 고개를 저었다.

"척을 두고 싶은 마음은 없습니다. 하지만 을지 대협이 아니었다면 빈니는 물론이고 아미파는 이미 존재할 수가 없었을 터, 이대로 보고만 있을 수는 없습니다."

"당가 또한 마찬가지입니다."

당우곤이 혜정 신니의 곁으로 다가오며 말했다.

혜정 신니와 당우곤이 그토록 강경하게 나올 줄은 몰랐기에 천중 진인도 잠시 망설이지 않을 수 없었다. 그냥 덮어둘까 하는 생각도 들었다. 하지만 처참한 모습으로 제자들의 등에 실려 가는 사제들의 모습을 떠올리자 절로 손에 힘이 들어갔다.

"노도는 그를 용서할 수 없습니다."

결의에 찬 혜정 신니와 당우곤의 모습을 보며 천중 진인은 더 이상 비키라는 소리도 하지 않았다. 대신 그들을 적으로 치부하며 공세를 일으켰다.

심상치 않은 분위기를 느낀 것인지 몇 남지 않은 아미파와 당가의 제자들이 분분히 무기를 꺼내 들었다. 이에 덩달아 무당파의 제자들 역시 일제히 검을 곤추세우며 그들을 압박했다.

그러자 천중 진인과 혜정 신니를 중심으로 좌측엔 무당파와 무당파를 지지하는 수뇌들이 모여들었고 우측엔 을지호에게 큰 은혜를 입었던 문파들의 인물들이 아미파에 힘을 보태는 묘한 형국이 되었다. 물론 전체적인 전력의 비는 천중 진인 쪽이 현저히 우세했다.

금방이라도 피바람이 불 것 같았다.

그 같은 불상사는 무슨 일이 있어도 막아야 한다고 생각한 제갈경이 천중 진인과 혜정 신니 사이에 끼어들며 다시 소리쳤다.

"도대체 무슨 짓들입니까? 호시탐탐 기회를 엿보고 있는 적을 눈앞

파국(破局) 57

에 두고 아군끼리 피를 보려 하다니요. 장문인, 이래선 안 됩니다. 무림을 생각해서야지요."

"이미 늦었습니다."

"어허, 뒷감당은 어찌하려 하십니까?"

"오해는 반드시 풀릴 것입니다. 비키십시오."

천중 진인은 크게 기세를 일으키며 그의 말을 한마디로 일축했다. 그의 결의가 얼마나 단호한지 단순한 기세만으로도 제갈경은 전신이 난도질당하는 느낌에 사로잡혔다.

"오해가 문제가 아닙니다. 그는……."

제갈경은 모두에게 들으라는 듯 큰 소리로 외쳤다.

"을지 가문의 사람입니다!"

모두의 시선이 자신에게 쏠리는 것을 의식하며 제갈경이 다시금 크게 외쳤다.

"그는 궁귀 을지소문, 그의 손자입니다."

궁귀 을지소문이라는 이름은 그냥 한 귀로 흘려듣고 잊어버릴 만한 이름이 아니었다. 이곳저곳에서 침음성이 터져 나왔다. 자신들이 지금 무슨 짓을 하려는지, 누구의 후손을 상대하려는지 비로소 의식한 것이었다. 천중 진인도 흠칫하는 표정이었다.

일단 분위기가 잡혔다고 생각했는지 제갈경이 재빨리 말을 이었다.

"오해는 오해를 부른다 했습니다. 만약 이곳에서 을지 대협이 잘못되는 일이라도 생긴다면 그들은 절대로 가만있지 않을 것입니다. 그 옛날, 지금의 일과 성격이 다르기는 하지만 궁귀 을지소문과 백도가 잠시 척을 둔 일이 있습니다. 기억하십니까, 장문인? 화산파에서 있었던 일을."

잊을 리가 없었다.

어쩌면 사람들로 하여금 궁귀 을지소문이 천하제일인이라 불리도록 만든 결정적인 원인이라 할 수 있었던 일.

당시 당가와의 원한을 갚고자 화산에 올랐던 을지소문은 홀로 종남파와 공동파, 그리고 화산파의 장문인과 개방의 방주를 격파했다. 더구나 종남파의 장문인을 제외하고는 일 대 일의 승부도 아니었다. 복마단(伏魔團)에 속했던 천중 진인은 바로 그때 소문으로만 들었던 궁귀 을지소문의 실력을 직접 볼 수 있었다. 그리고 영원히 잊지 못할 기억이 되어 머리 속 저편에 각인이 되었다.

"당대의 최고수들이 상대를 했으나 막지 못했습니다. 또한 무수히 많은 인원이 달려들었다가 큰 피해를 보았지요."

"하면 그들이 무서워 잘못이 있는데도 그냥 덮어주자는 말씀이십니까!"

자꾸만 위축되는 자신의 모습에 스스로가 짜증이 났는지 천중 진인이 버럭 화를 냈다.

제갈경의 안색이 순간적으로 굳었다. '잘못은 그대들이 먼저 하지 않았는가?' 라는 말이 목구멍까지 치솟았지만 작금의 사태를 해결하기 위해선 참을 수밖에 없었다.

"을지 가문과의 오해는 생각하기도 싫습니다. 그것이 어떤 결과를 가져올지 너무나 뻔하기에."

"……"

천중 진인은 쉽게 대꾸를 하지 못했다.

그라고 어찌 모를 것인가? 분명 을지 가문은 적으로 만들어서는 결코 안 되는 사람들이었다. 그러나 그냥 물러나기엔 무당파가 당한 피해가 너무나도 컸다.

오해는 오해대로 받고, 물론, 완전한 오해는 아니었지만, 명예는 땅에 떨어져 진흙탕을 뒹굴고 있었다. 무엇보다 합공을 하고서도 밀렸다는 사실은 소림과 더불어 천하에서 으뜸이라고 스스로 자부하던 무당의 자부심에 치명적인 상처를 남기고 말았다.

마음 같아선 당장에 사제들의 복수를 하고 싶었다. 능력은 충분했다. 비록 아미파와 당가를 비롯하여 몇몇 문파의 인물들이 막고는 있어도 그다지 부담스럽지도 않았다. 하지만 상대가 을지 가문이라면 확실히 부담스러웠다. 고작 궁귀 을지소문이라는 이름만으로도 기겁을 하며 전열에서 이탈하는 무리가 있을 정도였으니…….

'어찌해야 하는가?'

천중 진인은 쉽게 결정을 내리지 못했다.

그의 갈등을 눈치챈 제갈경은 이쯤에서 모든 분쟁을 마무리해야겠다는 듯 다시금 입을 열었다.

"또한 문주께서 절대 간과해서는 안 되는 일이 있습니다."

"그게 무엇입니까?"

이미 반쯤은 포기를 했는지 되묻는 음성엔 힘이 없었다.

"모두 알고 있듯 포로로 잡혀 있던 고수들을 구하고 소림을 탈환한 사람들이 다름 아닌 을지 가문의 사람들입니다. 한마디로 소림이나 여러 고수들이 그들에게 구명지은(求命之恩)을 입은 셈이지요. 아미파나 당가와 마찬가지로."

제갈경은 특히 아미파와 당가를 유난히 강조하며 말을 마쳤다. 소림사나 여러 고수들이 을지호를 보호하기 위해 목숨을 걸고 무당과 대치하는 아미와 당가의 입장과 다르지 않다는 것을 언급하며 자칫 그들과도 적이 될 수 있다는 것을 노골적으로 경고한 것이었다.

확실히 소림을 들먹인 것은 효과가 있었다. 그러잖아도 을지 가문의 파괴력을 두려워하여 망설이던 천중 진인에게 소림은 물론이고 그 외 문파의 고수들과도 적이 될지 모른다는 제갈경의 말은 지금의 난처한 상황을 넘기기엔 꽤나 훌륭한 핑곗거리였다.

"무량수불! 어쩔 수 없겠군요. 무당의 슬픔이 하늘을 찌르나 무림제패의 야욕을 품고 있는 사천을 앞에 두고 아군끼리 다투는 것은 분명 어리석은 짓. 그만두겠습니다. 하나 이번의 일은 차후에 분명히 책임을 물을 것입니다."

천중 진인이 주저하는 것을 보면서도 내심 안심을 못하던 제갈경의 안색이 활짝 펴졌다.

"잘 생각하셨습니다, 장문인. 오해가 풀리면 자연히 모든 것이 해결될 것이 아니겠습니까? 지금은 우리끼리 다툴 때가 아니라 코앞까지 밀려든 적을 어찌 상대해야 할 것인지 서로 의논하고 걱정할 때입니다."

잔뜩 긴장을 한 상태로 사태를 예의 주시하던 혜정 신니도 안도의 한숨을 쉬며 천중 진인의 결정을 환영했다.

"아미타불! 정말 훌륭한 결단을 내리셨습니다."

좌중의 분위기 역시 대체적으로 싸움을 피하게 된 것을 다행으로 여기는 눈치였다.

금방이라도 피를 볼 것 같았던 일촉즉발의 위기 상황이었던 장내의 대치 상태는 그렇게 해결이 된 것 같았다. 하지만 상황을 반전시키는 변수는 또 있었다.

"그것은 안 됩니다."

모든 이들의 시선이 갑작스런 외침의 주인을 찾았다.

"자온(紫溫)아!"

그를 알아본 천장 진인이 깜짝 놀라 소리쳤다.

단숨에 앞으로 걸어나온 그는 조금 전 자운이 했던 것처럼 무릎을 꿇었다.

"이게 무슨 짓이더냐? 당장 물러나거라!"

행여나 자운과 같은 행동을 할까 염려한 천장 진인이 황급히 그의 어깨를 잡아 일으켰다. 그러나 자온은 고개를 흔들었다.

"사부님, 이럴 수는 없습니다. 자운 사제가 한순간의 실수로 무당과 그에게 큰 죄를 지었으나 이미 목숨으로 용서를 빌었습니다. 하나 자운이 어떤 사람인가를 아는 제자는 그 이면에 우리가 알지 못하는 오해가 있으리라 생각합니다. 장문인께서도 그것을 아시고 극진한 사과와 함께 오해를 풀 때까지만 참아달라고 정중히 부탁을 하셨습니다. 하지만 저자는 어찌 행동했습니까? 사숙님들을 죽이고 큰 부상을 입혔습니다. 그것도 모자라 장문인의 목숨까지도 노렸습니다. 그런 자를 어찌 이처럼 쉽게 용서할 수 있단 말입니까?"

"용서한 것이 아니라 잠시 뒤로 미룬 것뿐이다. 사숙들의 복수도 중요하고 무당의 체면도 중요하지만 장문인께선 무림의 안위를 걱정한 것이야."

"제자는 그리 생각하지 않습니다. 또한 세인들도 그리 생각하지 않을 것입니다. 무당은… 무당은 을지세가의 위세에 굴복한 것입니다."

자온의 눈에선 어느새 눈물이 흐르고 있었다.

"이놈! 너무 말을 함부로 하는구나. 어찌하여 네 짧은 소견으로 고뇌에 찬 장문인의 결정을 재단한단 말이냐! 당장 잘못을 빌지 못하겠느냐?"

천장 진인이 서슬 퍼런 눈빛으로 호통 쳤다.

자온은 조금도 물러서지 않았다.

"제자가 아는 무당은 이렇지가 않았습니다. 아무리 강한 상대라도 옳은 길이라면 조금도 주저하지 않았습니다. 사부님께서도 그렇게 가르치셨습니다. 어찌하여 을지 가문을 두려워하는 것입니까? 그들이 강해서입니까? 그들이 강하다는 것은 제자도 들어 알고 있습니다. 그래도 약자에겐 약하고 강자에겐 강한 것이 무당입니다. 이토록 굴욕적으로 물러설 수는 없는 것입니다."

한마디 한마디가 가슴을 찔렀다.

천장 진인은 자온의 말에 한마디 대꾸도 하지 못했다. 그러자 누군가의 입에서 이에 동조하는 말이 흘러나왔다.

"흠, 자온 도장의 말도 일리가 있는 것 같소이다. 물론 함부로 목숨을 빼앗을 수는 없겠지만 최소한 무당에서 그를 보호해야 한다고 봅니다."

말이 좋아 보호지 구금을 하라는 말이나 다름없었다.

"극심한 부상을 당한 사람을 치료도 하지 않고 구금하자는 말이오?"

당우곤이 그에게 소리쳤다. 대답은 다른 쪽에서 들려왔다.

"치료를 하지 말라고 하지는 않았소. 대신 분명 제약은 가해야 할 것이오. 미리 금제를 가해 일시적으로 무공을 제어하거나 구금도 가능하겠지요."

참으로 어처구니가 없는 말이 아닐 수 없었다.

"어허, 그가 그것을 받아들이리라 봅니까? 다들 한 가지를 잊고 있군요, 애당초 시작은 무당에서 했다는 것을. 자운 도장이 그를 사천에 팔지 않았으면 이런 분란은 일어나지도 않았을 거란 말입니다. 자운 도장은 무당의 제자, 그의 잘못은 곧 무당의 잘못입니다. 을지 대협은 분명 그에 대해 추궁할 권리가 있었습니다. 다소 심했다는 것은 인정하나 솔직히 자운 도장의 말처럼 그가 무당에 무슨 잘못을 그리 크게 했는지 이해를 못하겠소이다."

"말씀이 너무 지나치시오. 사숙들이 죽임을 당하고 회복할 수 없는 부상을 당했는데 잘못이 없다니요!"

벌떡 일어난 자온이 분개하여 소리쳤다. 그러나 돌아온 것은 당우곤의 비웃음뿐이었다.

"그럼 상대가 자신을 공격하는데 멀쩡하게 당하라는 말이오? 만약 죽거나 다친 사람이 을지 대협이라도 그런 말을 할 수 있었겠소? 자신은 해도 되고 남은 하면 안 되는 것이 무당파의 논리요? 그렇다면 참으로 편리한 논리구려."

갑작스런 자온의 등장으로 당혹해하던 제갈경과 혜정 신니가 황급히 당우곤을 제지했으나 일은 이미 틀어지고 있었다.

"말조심하시오!"

"그들의 대결에 부당한 점이 있었소? 아니, 부당한 점이 있기는 했군. 무당파의 고수들은 멀쩡한 상태였고 그는 부상을 입은 상태에다가 합공까지 당했으니까. 그러고도 패배했으면 부끄러운 줄 알고 자중을 해야 하는 것이 당연하거늘 어찌 피해자도 아니면서 피해자인 척하는 것이오?"

사실 을지호도 잘한 것은 없었다. 자운이 죽으면서 그 모든 것이 장문인인 천중 진인이 시킨 것이라 말했다지만 분명 오해의 소지가 있었고 다짜고짜 목숨을 내놓으라며 공격을 한 행동은 누가 보더라도 무리가 있는 것이었다.

당우곤도 그것을 잘 알고 있었다. 하지만 한번 틀어지면 돌이킬 수 없는 지경까지 몰고 가버리는 당가 특유의 외곬수적인 성격 때문인지 아니면 자꾸만 무당이 어쩌구 하며 떠들어대는 자온의 태도가 마음에 들지 않아서 그런 것인지 그는 제갈경과 혜정 신니의 만류에도 불구하고 거침없이 말을 쏟아냈다.

"도대체 당가의 무공은 어떻기에 그런 말을 하는지 보겠소."

얼굴을 붉힌 자온은 누가 말릴 사이도 없이 검을 빼 들었다. 그리곤 가히 전광석화와도 같은 몸놀림으로 접근하여 당우곤의 목을 노렸다.

"기습이나 하는 것이 무당이 말하는 정의인가?"

싸늘히 웃은 당우곤도 지지 않고 반격을 했다.

천중 진인을 비롯하여 무당파에선 누구도 자온을 말리지 않았다. 더 이상의 중재가 힘들다고 판단한 제갈경도 될 대로 되라는 표정이었다.

양측의 묵인 하에 벌어진 싸움은 치열하게 전개되었다. 감정이 상할 대로 상한 그들은 삽시간에 수십여 초를 교환하며 서로의 몸에 큰 상처를 입혔다.

바로 그때, 첨밀각에 급보가 도착했다는 수하의 전언을 받고 잠시 자리를 비웠던 왕호연이 하나의 서찰을 들고 미친 듯이 달려왔다. 하지만 아무도 그를 주시하지 않았다. 결정적인 승기를 잡은 자온이 최후의 일격을 가하고 있었기 때문이다.

"멈추시오!"

당우곤의 위기를 본 왕호연이 기겁을 하며 소리쳤다. 그러나 자온의 검은 멈출 줄 몰랐다.

"제기랄!"

안 되겠다 싶었는지 왕호연은 달려오던 자세 그대로 바닥에 굴러다니는 술잔을 걷어찼다. 비록 뛰어난 무공을 지니지 못했기에 위력 또한 크지는 않았으나 술잔은 자온의 검을 주춤거리게 만들었고, 당우곤은 그 틈을 이용하여 위기를 벗어날 수 있었다.

"무슨 짓이오?"

자온이 노골적으로 적의를 드러내며 소리쳤다. 승리를 확신했던 무당파의 도인들도 몹시 언짢은 기색이었다.

"용 단주님."

무당파 도인들의 반응엔 신경도 쓰지 않은 왕호연이 용정정을 불렀다.

"왜 그러시오?"

잔뜩 긴장한 채 맹주 곁에 있던 용정정이 물었다.

"단주님의 허락도 없이 제가 임의로 쉬고 있던 충혼단(忠魂團)을 움직였습니다."

밤낮없이, 단 한순간도 떨어지지 않고 맹주를 보호하는 충혼단은 총오 개 조 육십 명으로 이루어져 있었다. 그중 맹주를 따라다니며 밀착 보호하는 인원은 일 개 조 열두 명이었고 나머지는 맹주의 거처 외곽에서 보호하는 일을 주로 하고 있었다.

왕호연의 말은 곧 옥허궁 외곽에서 경계를 서고 있던 충혼단원들을 움직였다는 말이었다.

"무슨 일이기에?"

용정정이 굳은 얼굴로 되물었다.

충혼단은 맹주나 단주인 용정정을 제외하고는 누구의 명도 따르지 않았다. 한데도 그들이 왕호연의 말을 듣고 움직였다는 것은 그럴 만한 충분한 이유가, 맹주의 안위를 위협하는 뭔가 상당히 심각한 일이 벌어지고 있다는 것을 의미했다.

"연유는 곧 알게 될 겁니다."

말을 아낀 왕호연이 천장 진인을 향해 걸음을 옮겼다. 심상치 않은 기운을 느낀 좌중의 시선이 왕호연의 발걸음을 쫓았다. 싸움은 이미 멈춰져 있었다.

"무슨 일이 생긴 것인가?"

천장 진인이 다소 긴장된 어조로 물었다.

"예, 맹주님."

살짝 입술을 깨무는 왕호연을 보며 천장 진인은 가슴이 철렁하는 것을 느꼈다. 입술을 깨무는 것은 그의 버릇, 문제는 뭔가 큰일을 보고할 때마다 나타나는 버릇이라는 것이었다.

"무, 무슨 일인가? 말해 보게."

"조금 전, 첨밀각에 급보가 도착했습니다. 그것도 대지급(大至急)으로 말이지요."

"어떤 일이기에?"

천장 진인의 음성은 절로 떨리고 있었다.

"이곳에 계신 모든 분들이 반드시 아셔야 하는 소식입니다."

"허, 무슨 소식이기에 그리 뜸을 들이는 것인가? 어서 말을 해보게나."

제갈경이 답답하다는 듯 가슴을 쳤다.

"잠시만 기다려 주십시오. 소식을 말씀드리기 전에 우선 천 형께 묻고 싶은 것이 있습니다."

왕호연의 시선이 조금 전 을지호를 구금하자는 자온의 의견에 적극 동조하며 당우곤과 말싸움을 했던 무진검문(無盡劍門)의 장문제자에게 향했다.

"그, 그게 무엇이오?"

난데없이 지목을 당한 천홍(千鴻)이 다소 떨떠름한 표정으로 대꾸했다.

"혹여 잠룡부라는 것을 아시오?"

순간, 천홍의 얼굴이 새하얗게 질려 버렸다.

"모르십니까?"

"그, 글쎄요. 처, 처음 듣는 말이외다."

"그래요? 이상하군요. 천 형이라면 아실 줄 알았는데. 그러면 유 장로는 어떠십니까? 잠룡부가 무엇인지 아십니까?"

왕호연의 질문이 천홍에게서 노가장(魯家莊)의 장로 유삼변(酉三變)에게 향했다.

"그, 글쎄올시다. 노부도 처음 듣는 말이오만."

애써 담담히 말은 하였으나 그가 당황하고 있다는 것은 누구라도 느낄 수 있을 정도였다.

"잠룡부가 무엇인가? 설명을 해보게."

천장 진인이 더 이상 말을 돌리지 말라는 어투로 물었다.

"잠룡부는 일종의 명단입니다."

"명단이라니?"

왕호연은 천홍과 유삼변의 안색을 살피며 차갑게 말을 했다.

"첩자들의 명단이지요. 사천에서 무림의 각 문파에 잠입시킨 첩자들의 명단."

좌중이 술렁거렸다.

"하면 첨밀각에 올라온 보고라는 것이?"

제갈경의 물음에 왕호연은 고개를 끄덕였다.

"예. 그 명단을 확보했다는 소식이었습니다."

그는 품에서 조그만 책자를 하나 꺼내 들었다.

"이것이 잠룡부입니다."

"하, 한두 명도 아니고 그, 그렇게나 많단 말인가? 책으로 만들 정도로?"

천장 진인은 도저히 믿을 수 없다는 표정이었다. 하지만 왕호연은 물음에 대답하지 않았다. 그의 시선은 이미 천홍과 유삼변에게 향해 있었다.

"아직도 기억나지 않소이까?"

"무, 무슨 말을 하는 것인지……."

천홍은 어째서 자신에게 이상한 질문을 계속하는 것인지 영문을 모르겠다는 표정으로 고개를 흔들었다. 그런 그의 모습에 왕호연은 싸늘한 조소를 보냈다.

"이상하구려. 이 책 중간 부분에 보면 천 형을 언급한 글이 나오는데 말이오."

한껏 비웃음을 흘리며 책장을 넘긴 왕호연은 모두에게 들으라는 듯 크게 소리쳤다.

"무진검문의 장문제자 천홍의 원래 이름은 두일곤(斗一棍)입니다. 또한 노가장의 장로 유삼변 또한 가명이지요. 그들은 사천, 아니, 엄밀히 말하면 중천이겠군요. 어쨌든 그들은 중천에서 무진검문과 노가장에 잠입시킨 첩자입니다."

"말도 안 되는 소리!"

왕호연의 말에 가장 먼저 반응을 보인 사람은 무진검문의 장문인 곡운(曲蕓)이었다.

"지금 제정신으로 하는 소린가? 천홍이 중천의 첩자라니! 어릴 적부터 지켜본 나일세. 내가 첩자 따위를 못 알아볼 사람으로 보이나?"

"유 장로님 또한 마찬가지입니다. 장로님께서 노가장에 몸담으신 지 벌써 수십 년입니다. 더군다나 부친과는 의형제를 맺으신 분입니다. 있을 수 없는 일입니다."

노가장의 젊은 장주 노안검(魯按劍)도 불쾌한 기색이 역력했다.

"틀림없는 사실입니다."

왕호연은 선언하듯 딱 잘라 말했다.

"그 말에 책임질 수 있소?"

사부의 말에 힘을 얻었는지 잠시 불안에 떨었던 천홍이 안정을 되찾고는 냉랭히 되물었다.

"부인해도 소용없소. 이미 그대의 처소에서 중천과 내통을 하고 있는 물증을 잡았으니까. 여기 그 물건이……."

왕호연은 품 안을 뒤지는 시늉을 하며 천홍의 안색을 살폈다. 물증까지 확보했다는 그의 말에 천홍의 안색은 시시각각으로 변했다.

'놈, 걸렸구나!'

당황하는 천홍을 보며 왕호연은 쾌재를 불렀다.

사실, 물증 같은 것은 없었다. 잠룡부를 통해 중천이 심어놓은 첩자가 누구인지 알자마자 수하들을 시켜 그들의 거처를 뒤지게 하였으나 아직은 아니었다. 그래도 도둑이 제 발 저린다고 다만 어찌 반응하는지 한번 떠본 것에 불과했는데 제대로 걸려든 것이었다.

'끝인가?'

물증까지 있는 이상 발뺌을 한다는 것은 불가능했다. 천홍은 그 즉시 결단을 내렸다.

"죽어랏!"

느닷없는 기습에 모든 이들이 기겁을 하였다. 하나 천홍은 미처 공격을 펼치기도 전에 제갈경의 눈치를 받고 은연중 왕호연을 보호하고 있던 혜정 신니에게 일장을 얻어맞고 바닥을 굴렀다. 치명적인 부상을 당한 것 같지는 않아도 꽤나 심하게 맞았는지 입에선 연신 피가 흘러나오고 있었다.

"저, 정녕 네가?"

그에게 다가간 곡운은 여전히 믿어지지 않는다는 듯 온몸을 떨고 있었다.

"정녕, 정녕 네가 중천의 주구란 말이더냐?"

"……."

"왜 말을 못하는 것이냐! 네가 중천의 첩자냐고 물었다!"

힘겹게 고개를 든 천홍, 그는 제발 아니라고 말하기를 간절히 바라는 사부의 눈을 보며 마음이 아팠다. 사부가 자신을 얼마나 아꼈던가? 비록 중천을 위해 암약했지만 자식처럼 자신을 아끼는 사부를 진정으로 존경하고 사랑했다.

"죄… 송합니다."

"죄, 죄송? 하면 진정… 이놈!"

분노를 참지 못한 곡운이 검을 쳐들었다. 당장이라도 목을 벨 기세였다.

천홍은 눈을 감았다. 마음이 편했다. 정체를 들킨 첩자에겐 오직 죽음뿐이다. 기왕 죽을 것이라면 차라리 사부의 손에 죽고 싶었다.

"몰랐다면 좋았을 것을… 몰랐다면……. 허허, 허허허."

허탈하기 그지없는 웃음.

곡운은 치켜 올렸던 검을 차마 내려치지 못했다. 힘없이 검을 떨어뜨린 곡운은 뭐라 형용할 수 없는 표정으로 고개를 흔들며 옥허궁을 나섰다. 옥허궁을 에워싸고 있는 충혼대가 잠시 그를 막았지만 왕호연의 신호로 곧 길을 내주었다.

'부디 용서를……'

천홍은 힘없이 걸어가는 사부를 보며 천천히 손을 들었다. 그리곤 스스로 머리를 내려쳤다. 그가 무슨 짓을 하려는지 알고 있었지만 아무도 말리지 않았다.

"당신도 어디 계속 발뺌을 해보시구려!"

왕호연이 유삼변에게 소리쳤다.

"이미 드러난 일 변명 따위를 하고 싶지는 않다."

털썩.

허리에 차고 있던 검을 풀어 바닥에 던진 유삼변이 어쩌면 곡운보다 더욱 슬픈 표정을 짓고 있는 노안검에게 고개를 돌렸다.

"네게는 할 말이 없다."

"왕… 각주의 말이 사실입니까?"

천홍의 죽음으로 왕호연의 말이 사실임이 증명되었음에도 노안검은 여전히 믿고 싶지 않은 모양이었다.

"네 부친과의 예기치 못한 인연으로 노가장에 머물렀고 여기까지 왔다. 그동안 꽤나 힘들었다. 후~ 수일간 조용히 떠나려 하였건만 결국 이렇게 되고 말았구나."

씁쓸한 웃음을 보인 유삼변이 노안검을 향해 살며시 걸음을 옮겼다. 주변의 무인들은 경계하는 표정이 역력했으나 노안검은 여전히 망연자실한 표정을 짓고 있을 뿐 별다른 반응을 보이진 않았다.

"너는 분명히 훌륭한 장주가 될 수 있을 것이다. 조금만 더 노력한다면 네 부친의 명성도 뛰어넘을 수 있을 게야."

"아저씨……."

유삼변이 어떤 각오로 그런 말을 하는지 짐작한 노안검이 사석에서나 부르는 칭호로 그를 불렀다. 음성이 떨리는 것으로 보아 억지로 눈물을 참고 있는 듯했다.

"그래, 내 어찌 네 마음을 모르겠느냐? 당부하건대 강해져야 한다. 약해져서는 안 돼. 특히 유약한 마음을 지녀서는 안 된다."

등을 토닥여 주려는 듯 유삼변은 처연한 미소와 함께 손을 뻗었다.

바로 그때였다.

그와 살짝 눈이 마주친 왕호연은 소스라치게 놀라고 말았다.

비록 첩자로 밝혀지기는 했으나 한 문파의 어른으로서 그가 돌보던, 그것이 진실이든 아니든, 의형의 아들에게 최후의 당부를 남기는 모습은 더없이 슬프고 처량하며 안타까웠다. 겉으로 드러나는 말투나 표정도 더없이 진지했다. 하지만 왕호연은 보고 말았다. 그런 겉모습과는 전혀 다른 교활하기 그지없게 움직이는 두 눈동자를.

"위험해!"

왕호연이 다급하게 소리쳤다. 그러나 늦고 말았다. 유삼변은 이미 노안검의 마혈을 제압한 상태였다.

"비겁한 놈 같으니!"

"노 장주를 당장 풀어주어라!"

"참으로 버러지만도 못한 놈이 아닌가!"

설마 하니 그런 짓을 할 줄은 몰랐다는 듯 이곳저곳에서 욕설이 터져 나왔다.

"그런다고 무사히 빠져나갈 수 있을 것 같소?"

왕호연이 말했다.

"닥치고 비키기나 해. 이 녀석을 죽이고 싶지 않으면 당장 길을 트란 말이다!"

노안검을 제압한 유삼변은 그의 몸을 질질 끌며 옥허궁을 벗어나려고 하였다.

"아저씨……."

몸을 움직일 수는 없어도 아혈은 제압당하지 않았는지 노안검이 슬픔 음성으로 그를 불렀다.

"날 원망하지 마라. 어차피 이렇게 될 수밖에 없는 것이었어."

"이해할 수 있습니다. 그래도 궁금한 것이 있습니다."

"뭐냐?"

유삼변이 자신을 포위해 들어오는 사람들을 살피며 대수롭지 않은 어투로 물었다.

"그날, 나름대로 만반의 준비를 갖추었던 노가장이 그토록 힘없이 무너진 것은 그만한 이유가 있던 것입니까?"

움찔하는 유삼변, 잠시 망설이던 그는 고개를 끄덕였다.

"난 단 한 가지 일을 했을 뿐이다."

"기관매복이었습니까?"

"그래, 내가 망가뜨렸다."

"그로 인해 부친께서 돌아가셨습니다."

"어쩔 수 없었다."

"변변한 대항도 해보지 못하고 백오십이 넘는 목숨이 사라졌습니다."

"그만 해라. 나라고 마음이 편한 것은 아니었으니까."

"죗값을 치르게 될 겁니다."

"흠, 언젠간 그리되겠지만 미안하게도 그게 지금은 아닌 것 같구나. 네가 내게 잡혀 있는 한 안전은 보장되는 것이지."

그사이 둘은 어느새 옥허궁의 출입문을 넘고 있었다.

"경고하건대 내 발길을 막지 마라. 한 놈이라도 나서는 순간, 이 녀석의 목숨은 장담하지 못한다."

"비겁한 놈 같으니!"

"부끄럽지도 않느냐!"

"마음대로 떠들어라. 어쨌든 난 이곳을 벗어나야겠다."

한데 바로 그 순간이었다.

"그렇게는 안 될 겁니다."

나직한 음성. 그리고 그 음성이 들리는 것과 동시에 유삼변은 자신의 몸이 뻣뻣하게 굳는 것을 느꼈다.

"어, 어떻게······!"

유삼변은 노안검이 어떻게 제압당했던 혈을 풀고 반대로 자신의 몸을 제압했는지 이해를 할 수 없었다.

"잊으신 모양이군요. 노가장의 무공에 이혈대법(移穴大法)이 있다는 것을."

"이, 이혈대법!"

유삼변은 아차 하는 표정이었다.

"다른 것은 몰라도 그날 일에 대해선 끝까지 함구했어야 했습니다."

노안검이 천천히 검을 들었다.

"제, 제발······."

죽음이 두려운 것인가? 그토록 자신만만해하던 유삼변이 덜덜 떨었다.

"그냥 모른 척하고 싶었지만 너무 많은 사람들이 죽었습니다. 그래도 다른 사람에게 맡기느니 제가 보내 드리겠습니다. 이것이 제 마지막 배려입니다."

분노인지, 슬픔인지, 아니면 연민 때문인 것인지 노안검의 눈이 붉게 충혈되었다. 그는 두 눈을 질끈 감고 검을 휘둘렀다.

"아, 안 돼!"

유삼변의 비명 소리는 금방 끊어지고 말았다. 결국 옥허궁을 벗어난 것은 그의 목뿐이었다.

"후~"

길고 긴 장탄식.

유삼변이 다가오는 순간 혹시나 하는 마음에 이혈대법을 시전하며 경계를 했고 그로 인해 가족에 대한 원수를 일부분이나마 갚게 된 노안검은 곡운이 그랬던 것처럼 힘없이 옥허궁을 벗어났다.

삽시간에 두 명의 간세가 목숨을 잃었다. 하지만 둘의 죽음으로 모든 것이 끝난 것은 아니었다.

"혹, 자운의 이름도 그곳에 있는가?"

소란이 잠시 진정되는 기미를 보이자 천중 진인이 왕호연에게 물었다. 또다시 모든 이들의 시선이 왕호연에게 집중되었다.

"예. 틀림없이 있습니다."

대답이 끝나기가 무섭게 무당파의 제자들 입에서 탄식성이 터져 나왔다. 털썩 주저앉는 사람까지 있었다.

"무량수불!"

살며시 눈을 감는 천중 진인, 그는 자신도 모르게 도호성을 되뇌었다.

'그랬구나, 그랬기에……'

비로소 이해할 수 있었다. 어째서 그가 을지호의 행적을 철혈마단과 북천에 알려줬는지, 그리고 스스로 목숨을 끊으며 되도 않을 말로 자신과 사문에 누명을 씌웠는지를.

천중 진인은 수백 년 동안 고고하게 쌓아온 무당의 명예가 한순간에 무너지는 것을 느끼며 탄식하지 않을 수 없었다. 그러나 이어진 왕호연의 말은 탄식 정도가 아니라 절망의 구렁텅이에 빠뜨리는 것이었으니.

"한 명이 더 있습니다."

"더 있다니?"

번쩍 눈을 뜬 천중 진인이 물었다.

"자운 말고 또 있단 말인가?"

"그렇습니다."

"누군가?"

왕호연은 대답하지 않았다. 묵묵히 침묵을 지킬 뿐이었다.

"자온… 인가?"

묻는 사람은 천장 진인이었다.

"그렇습니다."

"음."

천장 진인은 자신도 모르게 몸을 휘청거렸다. 용정정이 재빨리 부축하지 않으면 그대로 주저앉았을 만큼 큰 충격을 받은 듯했다.

"서, 설마 하니 자온 도장까지!"

"허, 이거야 원. 그래서 그렇게 을지 대협을 몰아붙였구만."
"세상에 이런 일이 있단 말인가!"
천중 진인이 우두커니 서 있는 자온에게 물었다.
"할 말이 있느냐?"
"없습니다."
"어째서 도망치지 않았느냐? 방금 전, 기회가 있었을 텐데."
"……."
자온의 마음을 알 듯도 싶었다. 아마도 죽으면서 자신에게 용서를 구하던 자운의 심정과 같으리라. 천중 진인은 더 이상 추궁하지 않았다.
"데려가거라."
천중 진인의 명에 의해 자온은 포박을 당한 채 옥허궁 밖으로 끌려나갔다.
"무량수불! 부끄러워 낯을 들 수가 없습니다."
"아닙니다. 놈들의 계획이 워낙 치밀하였습니다. 수십 년 전부터 첩자를 암약시킬 줄 누가 알았겠습니까?"
제갈경이 한숨을 내쉬며 대꾸했다.
"그나저나 을지 대협의 일은 어찌 처리하실 생각입니까?"
당우곤이 단도직입적으로 물었다.
잠시 침묵을 지키던 천중 진인이 허탈한 음성으로 대꾸했다.
"비록 오해로 벌어진 일이고 적의 계교에 속아 그리된 것이나 제자를 잘못 받아들인 무당의 책임이 크니 그의 행동을 어찌 추궁하겠소? 그냥 덮어두기로 하겠소."

"그래도 일이 이쯤에서 마무리되니 다행입니다. 자칫 잘못했으면 을지 가문으로 인해 큰 사단이 날 뻔했는데……. 아, 그나저나 첨밀각주."

천중 진인의 낯빛이 살짝 굳어지는 것을 알아챈 제갈경이 재빨리 말을 바꿨다.

"예, 어르신."

"그 잠룡분가 뭔가 하는 것에 적힌 이들이 이곳에 있던 자들뿐인가?"

"아닙니다. 훨씬 더 많은 인원이 조직적으로 숨어 있습니다."

"쳐내야겠지?"

"물론입니다. 맹주님?"

왕호연이 아직도 충격에서 헤어나지 못하고 있는 천장 진인을 불렀다.

"왜 그러는가?"

대답은 더없이 처량했다.

"놈들이 눈치를 채고 도주하기 전 은밀히 제거하기 위해선 충혼단이 필요합니다."

"알겠네. 재량권을 줄 테니 지금 당장 놈들을 잡아들이게."

"알겠습니다."

살짝 허리를 굽혀 대답을 한 왕호연은 용정정에게 눈인사를 보내곤 곧 옥허궁을 빠져나왔다.

그날 충혼단은 전에 없이 바쁜 하루를 보냈다. 그들에 의해 소리 소문 없이 제압을 당하거나 제거된 중천의 첩자는 무려 이십 명이 넘었다.

 무당과 을지호를 이간하려는 중천의 계획은 다만 무당파의 고수 몇과 무당파의 명예를 땅으로 끌어내리는 것으로 끝을 맺고 말았다. 그러나 그것이 남긴 생채기는 무척이나 크고 깊은 것이었다.

제57장

배반(背反)

배반(背反)

"잠룡부가 적의 수중에 떨어졌다."

"그, 그게 사실입니까?"

"조금 전 연락을 받았다. 아직 겉으로 드러나지는 않았으나 백도문파에 잠입시켰던 대다수의 요원들이 은밀히 제거당했다고 하는구나."

"그, 그렇다면?"

"그래, 백도 놈들이 알았다면 패천궁에서도 알게 되는 것은 시간문제다. 아무래도 일을 서둘러야겠어."

"서두르다니요, 뭐를 말입니까?"

"궁주의 암살."

"혀, 형님. 그건 이미 불가능하다고 한참 전에 결론을 내리지 않았습니까?"

"아니, 과거에는 그런지 몰라도 지금은 아니야. 충분히 가능하다. 특히 오늘 저녁은 다시없는 기회지."

"그는 강합니다."

"정상일 때야 그렇겠지. 그렇지만 오늘 밤은 아니야."

"정녕… 하는 겁니까?"

"그래, 어차피 기약할 수 없는 목숨이 아니더냐? 그냥 꽁무니를 빼며 도망가느니 끝장을 봐야겠어. 그리 알고 마음의 준비를 하도록 해."

"알겠습니다. 죽이지 못하면 죽는다. 후~ 그야말로 살벌한 밤이 되겠군요."

"오늘 밤에 무림의 역사는 틀림없이 바뀐다. 바로 우리들의 손에 의해서."

"흠, 안색이 가히 좋지 않은 것을 보니 좋지 않은 소식이라도 전해진 모양이구나."

안휘명의 말에 그렇지 않아도 처진 걸음걸이로 방에 들어서던 온설화의 입가에 씁쓸한 미소가 지어졌다.

"그래도 너무 티를 내지는 말거라. 명색이 패천궁의 군사가 아니더냐. 힘을 내야지."

"예."

온설화가 애써 표정을 바꾸며 대꾸했다.

"그래, 이번엔 어떤 소식인지 들어나 볼까?"

"중천의 압력이 더욱 거세지고 있다는 보고입니다."

"뭐, 하루 이틀도 아닌 것을."

"지금까지는 제갈세가가 잘 버텨주었지만 그것도 한계가 있습니다. 만약 제갈세가가 무너진다면 그쪽으로 쏠렸던 인원이 모조리 남하할 것이고 그리되면 지금 대치하고 있는 병력으로는 막을 수가 없습니다."

"제갈세가가 쉽게 무너질까? 막강한 전력을 자랑하는 중천이 벌써 백여 일이 훌쩍 넘었는데도 무너뜨리지 못하고 있어."

다소 미심쩍은 표정으로 묻는 안휘명의 질문에 그녀는 고개를 살며시 내저었다.

"제갈세가가 지금껏 버틸 수 있었던 것은 세가 주변에 펼쳐진 상고(上古)의 절진(絶陣)들 때문이지 단순히 무력이 강해서가 아닙니다. 하지만 아무리 뛰어난 절진이라도 그 역시 사람이 만들어낸 것, 언젠가는 파훼법이 나오기 마련입니다. 특히 중천의 군사를 맡고 있는 삼지안 신도 정도의 인물이라면 능히 가능한 일이지요."

"하면 제갈세가가 무너진다?"

"당장은 아니더라도 조만간 그리될 것입니다."

한숨이 절로 나왔다.

"흠, 그쪽으로 병력을 더 보내야 하나? 그러자니 남천도 문제인데… 참, 놈들과의 상황은 어떻지?"

"힘들기는 해도 그럭저럭 버티고 있습니다."

"그나마 다행이군."

"해남파의 도움이 컸습니다."

"그래, 해남파. 정말이지 생각지도 못한 곳에서 도움을 받았어."

안휘명은 패천궁이 어쩌다 이 지경까지 밀리게 되었는지 한심스런

배반(背反) 87

생각에 다소 씁쓸한 웃음을 뱉어냈다.

해남파.

뭍에 올랐다가 영문도 모른 채 목숨을 잃은 사형제들의 복수를 하기 위해 광동성에 상륙한 해남파는 과거 패천궁의 영역이었던 지역을 하나둘씩 점령하며 동진하는 남천을 집요하게 괴롭히기 시작하였다.

복수심에 불타 있었지만 무조건 공격을 감행할 정도로 무모하지 않았던 그들은 정면 대결로서는 승산이 없다고 판단하고 철저하게 치고 빠지는 식으로 기습, 매복 공격을 하였다.

어찌나 은밀하고 귀신같이 움직였는지 기세 좋게 진격하다 난데없이 뒤통수를 맞게 된 남천의 수뇌부들이 그들의 정체를 파악하는 데 걸린 시간만 한 달여, 무려 육백에 달하는 인원이 희생당하고 난 뒤였다.

그들의 정체를 파악한 남천은 해남파를 잡기 위해 온갖 계략과 함정을 팠다. 그러나 일보(一步)를 움직일 때에도 만전을 기하는 해남파는 좀처럼 함정에 빠지지 않았고 그 흔적조차 제대로 보여주지 않았다.

물론 어쩌다 한두 번 남천의 계략이 성공할 뻔한 적도 있었다. 하지만 거의 매일같이 왜구를 상대로 생사를 건 싸움을 해왔던 해남파는 그 어떤 무림문파보다 실전에 강했다. 함정에 빠진 해남파는 오히려 기다렸다는 듯 역공을 펼치고 남천은 그들의 기세에 눌려 포위 공격을 하고서도 변변한 성과도 거두지 못한 채 큰 피해만 입고 힘없이 물러나고 말았다.

이후, 기세등등하게 동진하던 남천은 결국 해남파를 견제하기 위해 전력의 일부를 남쪽으로 돌릴 수밖에 없었고, 전력을 다해 패천궁을 공략할 수 없었다. 초반 흑기당과 적기당의 궤멸적인 피해를 입고 연신 뒤로 패퇴하던 패천궁으로선 해남파가 선전하고 있는 남쪽 방향으로 절이라도 하고 싶을 만큼 천만다행한 일이었다.

"연락은 제대로 하고 있겠지?"

"예. 그들과 함께 움직이고 있는 비혈대 대원들에게서 꾸준히 보고가 올라오고 있습니다. 또한 이쪽에서도 계속 전서구를 띄우고 있습니다. 다른 것은 몰라도 해남파와 정보 공유는 확실하게 하고 있습니다."

안휘명이 만족한 얼굴로 고개를 끄덕였다.

"우리가 할 수 있는 모든 일을 해줘. 정보든 자금이든 뭐든 제공하고. 뭐, 그럴 리야 없겠지만 인원을 요청하면 패천수호대의 대원들을 차출하는 한이 있더라도 들어줘. 숫자가 꽤나 줄었다지?"

"백여 명, 삼 분지 일 정도가 희생당한 것 같습니다."

"후~ 정말 대단해. 그들에게 쓰러진 남천 놈들만 적어도 천은 넘을 텐데."

"남천이라기보다는 그들에게 항복한 주변 문파들입니다. 과거 패천궁의 영향력에 있었던."

"그거나 저거나. 아무튼 원하는 것 다 들어줘. 의도했든 그렇지 않았든 그들은 우리에게 그만한 요구를 할 권리가 있고, 우리는 의당 들어주어야 할 의무가 있으니까."

"알겠습니다. 한데 제갈세가 쪽은 어찌하실 생각입니까?"

"글쎄……."

안휘명은 금방 대답을 하지 않았다. 그는 의자에 깊숙이 몸을 기대곤 생각에 잠겼다. 꽤나 긴 시간이었으나 온설화는 묵묵히 명을 기다렸다.

"어느 쪽 전력이 약하다고 보느냐?"

한참 만에 나온 말치고는 뜬금없는 것이었으나 질문의 의도를 알아챈 온설화는 살짝 숨을 들이키며 대답했다.

"아무래도 남천 쪽이겠지요."

"역시, 내 생각도 그렇다. 그러면 제갈세가는 최대한 얼마나 버틸 수 있을까?"

"확실하지는 않지만 달포를 넘기기 힘들 것으로 보입니다."

"달포라… 승부를 걸어볼 만한 시간이긴 한데……."

그동안 최고의 정점에서 패천궁을 진두지휘하느라 피곤에 지친 안휘명의 충혈된 눈이 더욱 붉게 빛났다.

"흑기당과 적기당은?"

"정비가 끝났습니다. 과거만큼은 아니지만 팔 할 이상의 힘은 지녔다고 자신할 수 있습니다."

"호~ 벌써 그만한 힘을?"

"도왕과 비부 두 분 호법께서 진두지휘하신 덕에 시간을 단축할 수 있었습니다."

온설화의 말에 안휘명의 얼굴이 환해졌다.

"좋아, 그 정도면 충분하다. 전력을 다해 한쪽을 친다."

"남… 천입니까?"

온설화가 신중히 물었다.

"그래. 어차피 양쪽에서 협공을 당하면 버티기 힘들다. 아니, 어찌어찌 버틸 수는 있겠지. 하나 그뿐이야. 역공은 생각할 엄두도 내지 못할 터, 그럴 바엔 차라리 이쪽에서 먼저 친다. 바로 이 순간을 위해서 지금껏 아껴두고 아껴두었던 모든 전력을 총동원해서 말이야. 아, 해남파에도 연락을 취해둬. 가능하면 함께 움직이자고."

"예."

"또한 우리가 전력을 다해 남천을 치는 것을 알면 중천에서도 가만 있지는 않을 터, 중천을 막고 계신 암왕 장로님께 미리 연락을 해. 패퇴해도 좋으니까 최대한 시간을 끌어달라고 말이야."

"그리 전하겠습니다."

"지금 당장 모든 수뇌들에게 회의 소집을 알려."

"알겠습니다. 그럼."

건곤일척(乾坤一擲)의 승부, 안휘명의 명이 어떠한 무게를 지닌 것인지 알고 있는 온설화는 전에 없이 신중한 몸가짐으로 방에서 물러났다.

"허허, 군사께서 저리 바쁘게 움직이는 것을 보니 뭔가 중대한 일이라도 터진 모양입니다."

그녀가 물러나기가 무섭게 두 명의 노인이 방으로 들어섰다.

"하하, 어서 오십시오."

안휘명은 느긋한 걸음걸이로 다가오는 두 명의 장로, 유수와 유영에게 자리에 앉기를 청했다.

"무슨 일이라도 있는 것이오?"

유수가 물었다.

"곧 아시게 될 겁니다."

살짝 미소를 지은 안휘명은 즉답을 피했다.

"그나저나 어쩐 일이십니까? 제게 무슨 특별한 볼일이라도 있는 겁니까?"

"뭐, 딱히 일이 있는 것은 아니고……."

유수가 말을 흐리자 너털웃음을 지은 유영이 말을 이었다.

"그게 아니라 질녀(姪女)가 궁주 걱정을 하도 해서 말입니다. 궁주를 찾아가 술동무라도 되라고 어찌나 성화를 부리던지. 이렇게 술병까지 쥐어주며 말입니다."

유영이 고풍스럽게 치장된 술병을 치켜들며 말했다. 그다지 많은 양의 술이 담길 것 같지는 않았지만 어차피 취하도록 마시지는 않을 터, 세 명이서 주향(酒香)을 즐기기엔 충분할 양이 담긴 것 같았다.

"하하하, 그러셨군요. 아무튼 잘되었습니다. 그러잖아도 한잔 생각이 간절했는데 말입니다. 무슨 술입니까?"

"장락 뭐라고 하는 것 같았는데……."

"장락주(張樂酒)일 겁니다. 비법을 알아냈다고 좋아하던데 그것인 모양입니다."

"장락주라… 이름은 그럴듯합니다만 맛은 어떤지 모르겠습니다."

"마셔보면 알겠지요. 자, 우선 한잔 받으시지요."

술병을 집어 든 안휘명이 유수에게 술을 권했다.

"아니오, 궁주께서 먼저 받으시구려."

유수는 손사래를 치며 술병을 빼앗듯 건네받더니 술을 따랐다. 단숨에 잔을 비운 안휘명이 술잔을 건네자 유수는 사양하지 않고 술잔을 받았다.

그렇게 몇 배순의 잔이 돌고 나자 술병은 금방 바닥을 드러내고 말았다.

"허허, 이거야 원. 벌써 술이 바닥난 모양입니다."

유영이 아무리 병을 기울여도 아무것도 쏟아지지 않는 술병을 살피며 입맛을 다셨다.

"하하, 벌써 그렇게 되었습니까? 걱정하지 마십시오. 장락주에 비할 바는 아니나 이곳에도 꽤나 괜찮은 술이 있으니까요."

기분 좋게 웃은 안휘명이 몸을 일으켰다. 그런데 서너 걸음이나 걸었을까? 조금 전까지만 해도 멀쩡했던 그가 돌연 몸을 휘청거렸다.

"왜 그러시오, 궁주?"

깜짝 놀란 유수가 달려와 그를 부축했다.

"하하, 괜찮습니다. 잠시 어지러워서 그랬습니다."

"얼마 마시지도 않았는데……."

"그러게 말입니다. 그다지 독한 술은 아닌데도 오랜만이라 그런지 꽤나 취하는 느낌입니다."

"쯧쯧, 그동안 너무 무리하시는 것 같더라니. 그럴수록 몸을 아끼셔야지요. 궁주는 패천궁의 전부라고 해도 과언이 아닙니다."

유영이 안쓰러운 표정을 지으며 다가왔다.

"걱정할 정도는 아닙니다. 요 근래에 잠을 조금 설쳤……."

멋쩍은 웃음을 지으며 대꾸하던 안휘명의 눈동자가 미미하게 흔들렸다.

'살기?'

천천히 다가오는 유영. 얼굴은 분명 걱정스런 얼굴이었지만 몸으로 느껴지는 것은 분명 살기였다. 비록 잠깐 나타났다가 금방 사라졌으나 전신의 감각은 그 미세한 살기를 감지해 냈다.

그럴 리야 없겠지만 궁주라는 위치는 모든 경우를 생각해야 하는 중요한 자리였다. 안휘명은 부축하고 있는 유수의 팔을 슬그머니 뿌리치며 한 걸음 뒤로 물러났다.

"하하, 좀 더 마시고 싶지만 피곤하군요. 조금 쉬어야겠습니다. 곧 중요한 회의도 있고 말이지요. 하니 두 분도 이만 돌아가서 쉬시지요."

흠칫 걸음을 멈춘 유영이 물었다.

"괜찮으시겠습니까?"

"예. 피곤해서 그렇습니다. 조금 쉬면 괜찮아질 겁니다."

명백한 축객령이었다. 그러나 유영은 난감한 표정을 지으며 어정쩡한 표정으로 서 있을 뿐 뭐라 대답을 하지 못했다. 그러자 곁에 있던 유수가 한숨을 내뱉으며 말했다.

"그만 물러가세나. 궁주께서 꽤나 피곤하신 모양이네. 궁주, 늙은이들은 이만 물러갈 테니 잠깐만이라도 근심 걱정을 잊고 푹 쉬도록 하시구려."

'역시, 지치긴 지친 모양이군. 쓸데없이 신경이 곤두서는 것을 보니.'

자신을 진심으로 걱정해 주는 사람을 앞에 두고 괜한 오해를 할 뻔했다고 자책한 안휘명은 애써 미안한 마음을 감추며 부드럽게 대답했다.

"잘될는지는 모르겠지만 그리하도록 노력은 하지요."

"그럼 물러가겠습니다."

유수가 살짝 허리를 숙이며 말했다.

"예. 잠시 후에 뵙겠습니다."

안휘명은 온설화를 통해 수뇌회의를 소집한 것을 떠올리며 인사를 했다.

한데 바로 그때였다.

가만히 서 있던 유영이 벼락같이 달려들고 동시에 유수가 손을 뻗었다. 어느새 빼 들었는지 그의 손에는 잘 벼린 단검이 들려 있었다.

난데없는 기습에 놀란 안휘명이 황급히 몸을 틀며 단검을 피하고 소매를 흔들어 유영의 공격을 막아갔다.

"파파팡!

유영의 주먹에서 뻗어 나온 기운과 안휘명의 소맷자락이 부딪치며 요란한 소리를 냈다.

"이게 무슨 짓입니까?"

안휘명이 놀란 가슴을 진정시키며 물었다. 둘의 기습 공격을 간단히 막아냈음에도 그의 안색은 가히 좋지 않았다. 단전에서 용솟음쳐야 할 내공이 일어나는 것과 동시에 모래알처럼 사라지는 것을 느꼈기 때문이다.

'독인가? 하지만 언제?'

하독(下毒)의 기미는 조금도 느껴지지 않았다. 조금 전 마신 술에도 이상한 점은 발견할 수 없었다.

"과연 패천궁의 궁주. 내공이 모아지지 않을 터인데도 그만한 움직임을 보여주다니."

유수가 진정 감탄한 듯 탄식성을 내뱉었다.

"어째서 나를 공격하는 것이오? 그것도 당신이!"

안휘명은 믿어지지 않는다는 듯 소리쳤다. 그들을 대하는 어투도 이미 달라져 있었다.

 그사이 방 안에서 일어난 변괴를 눈치챈 패천수호대 대원 여섯이 방으로 뛰어들었다. 그리곤 검을 곤추세우며 두 장로의 앞을 가로막았다.

 그중 한 명이 물었다.

 "괜찮으십니까, 궁주님?"

 "그런대로."

 간단하게 대꾸한 안휘명은 당장이라도 공격하려는 그들을 제지하며 유수를 바라봤다.

 "이유를 듣고 싶소. 아니, 그보다 무슨 독이오? 웬만한 독은 위협조차 되지 않거늘."

 "딱히 독이라고는 할 수 없지만 그냥 산공독(散功毒)이라고 해두지."

 "산공독? 언제 하독을?"

 "술."

 "술에는 아무런 이상이 없었소. 게다가 나만 마신 것이 아니라 당신들도 함께 마시지 않았소?"

 "우리에겐 전혀 해가 되지 않는 것이 들어 있었지. 그 약은 오직 궁주의 몸에 축적된 어떤 성분에 반응하는 것이었으니 말일세."

 "축적된 성분? 그렇다면 내가 이미 중독된 상태였단 말이오?"

 "딱히 중독이라고 할 수는 없겠지. 애당초 독이라고도 할 수 없는 데다가 이상을 느낄 수 있을 만큼 대량으로 복용시킨 것도 아니고 조금씩 아주 조금씩 쌓이게 만든 것이었으니까. 다만 술병에 든 것과 함께라면 꽤나 쓸 만한 산공독이 된다는 것뿐."

유수의 말인즉슨 지금 이 순간을 위해 이미 오래전부터 치밀하게 준비를 했다는 것이었다.

'도대체 누가, 언제 나에게 하독을 했단 말인가?'

아무리 생각을 해도 그 정도의 허점을 보인 적이 없었다. 그리고 그럴 사람도 전혀 떠오르지 않았다. 하지만 지금은 그것이 중요한 것이 아니었다.

"좋소, 그건 둘째 치고 왜 이러는지 이유나 들어봅시다. 비공식적이지만 나에게 장인이 되시는 분이 사위를 공격하여 죽이려는 이유를 말이오."

쏘아보며 내던지는 어투가 꽤나 신랄했다.

"이유라? 적의 수뇌를 제거하는 데 이유가 있을까?"

"적? 적이라면 간… 세라는 말인데… 서, 설마!"

뭔가 짚이는 것이 있었는지 말끝을 흐리던 안휘명의 안색이 무섭게 일그러졌다.

"현재 나에게 적이라 할 수 있는 곳은 오직 한곳뿐. 사천의 인물이었소?"

살며시 고개를 저은 유수가 담담하게 대꾸했다.

"아니, 중천."

"……."

안휘명은 일순 할 말을 잃었다.

그들이 누구던가?

패천궁에 입궁한 지도 벌써 수십여 년, 숱한 싸움 속에서 생사의 고비를 몇 번이나 넘겨가면서도 패천궁을 위해 몸을 아끼지 않았고 결국 그 공로를 인정받아 궁내 최고의 지위라 할 수 있는 장로 직에까지 오른 인물들이었다. 한데 그들이 간세라는 것이었다. 그것도 상상조차 하기 힘든 막강한 전력으로 패천궁을 최악의 상황으로 몰아붙이고 있는 중천의 간세.

"한… 가지만 더 묻겠소."

힘없이 내뱉는 안휘명의 음성이 살짝 떨렸다. 그가 어떤 질문을 던지려는지 알고 있었기에 묵묵히 듣고 있는 유수의 안색에도 미미한 변화가 일었다.

"그녀… 도 관… 계되었소?"

대답은 금방 나오지 않았다.

"관계되었냐고 물었소."

안휘명이 재차 물었다. 잠시 갈등하는 모습을 보여주던 유수는 곧 고개를 끄덕였다.

"뿌리가 같으니까."

"음."

꽉 깨문 입술 사이를 비집고 탁한 신음성이 흘러나왔다. 전신의 기운이 모조리 빠져버린 상황에서도 지금껏 굳건히 버텨주던 다리가 휘청거리며 몸 전체가 균형을 잃었다.

'그녀가… 그녀가 관계되었단 말인가!'

어쩌면 당연한 일이었다. 부친의 일을 장성한 딸이 모를 리가 없었을 테니까. 그러고 보면 아내를 잃고 외롭게 지내던 자신에게 접근한 것 자체가 음모의 시작인 셈이었다.

"그렇다면 나를 중독시킨 사람도 그녀?"

"그 아이가 아니고서야 어찌 궁주의 음식에 독을 집어넣을 수 있었겠나?"

"크크크! 결국 그동안 독이 든 음식을 잘도 받아먹었다는 말인가? 뒈질 줄도 모르고. 크크크!!"

안휘명은 어깨를 들썩이며 미친 듯이 웃어 젖혔다. 하지만 웃음소리가 멀리 퍼져 나가는 것이 아니라 방 안에서 웅웅거리는 것이 은연중 방 안의 음파를 차단하고 있는 것 같았다.

"그나저나 참으로 대단하오. 당신이야 그렇다고 쳐도 말년에 얻은 딸이라며 그토록 아끼던 그녀까지 희생시키다니 말이오."

순간, 유수의 얼굴이 딱딱하게 굳어버렸다.

안휘명의 조롱 섞인 말에 눈물을 흘리며 그럴 수 없다고 연신 고개를 내저으며 안쓰럽게 호소하던, 그러나 결국엔 고개를 끄덕인 후 경멸스럽게 노려보던 딸의 눈빛이 떠올랐기 때문이다.

"어차피 대를 위해선 소가 희생해야 하는 법."

착잡한 마음을 애써 감춘 유수의 눈빛이 차갑게 가라앉았다.

"이만 끝내라."

'끝내? 누구를?'

엉뚱하기 그지없는 명령이었다.

그런데 말이 끝나기가 무섭게, 안휘명이 말의 의미를 파악하기도 전, 또다시 예상치 못한 배반의 칼이 그를 노리며 날아들었다.

"헛!"

안휘명은 난데없이 접근하는 칼날을 보며 기겁을 했다.

그는 어째서 자신을 호위하고 있는 패천수호대의 등을 뚫고 칼날이 나타났는지를 생각할 겨를도 없이 위협에서 벗어나고자 필사적으로 몸을 움직였다. 하지만 그의 움직임보다는 등을 꿰뚫고 접근하는 칼날이 조금 더 빨랐고 두 개의 칼날 중 하나가 배를 관통하며 깊숙한 상처를 남겼다.

"컥!"

절로 비명 소리가 터져 나왔다. 그러나 정신을 놓고 있을 수는 없었다.

"죽어랏!"

좌우 측에서 빙글 몸을 돌린 네 명의 패천수호대가 각각 옆구리와 다리를 노리며 공격해 왔다. 안휘명은 자신의 배를 관통한 칼날을 부러뜨려 몸을 자유롭게 하더니 그 즉시 몸을 뒤로 누였다.

스스스.

바닥에 닿을 듯 눕는 그의 몸 위로 네 개의 검이 스치듯 베며 지나갔다. 그중 하나가 방향을 바꿔 아래로 향했지만 부러뜨린 칼날을 치켜 올려 억지로 막아냈다.

"타핫!"

벌떡 몸을 일으킨 안휘명이 들고 있던 칼날을 던졌다. 비록 내공이 흩어져 본신의 실력은 발휘할 수 없었으나 그가 던진 칼날은 한 사람의 목숨을 빼앗기엔 충분할 정도로 빠르고 날카로웠으며 힘이 실려 있었다.

"컥!"

칼날에 적중당한 대원 하나가 목을 붙잡고 휘청거렸다. 그리곤 두어 걸음도 못 가 그대로 꼬꾸라졌다.

안휘명은 그가 쓰러지며 놓친 검을 재빨리 집어 들고 응전의 자세를 취했다. 아랫배에서 쏟아진 피가 하반신을 적셨지만 지혈 따위를 할 여유가 있을 리 없었다.

"크크크, 네놈들까지 한통속이었구나. 좋아, 오너라. 어디 내 목을 취할 수 있는 실력을 갖추었는지 친히 시험해 보마."

내공을 잃었다 해도 명색이 패천궁의 궁주였다. 비틀거리며 검을 드는 그 기세가 어찌나 대단하던지 그를 공격했던 패천수호대의 대원들이 기세에 눌려 쉽사리 공격하지를 못할 정도였다.

"뭣들 하느냐? 빨리 공격해!"

잘못하다간 일이 틀어질 수도 있다고 생각한 유수가 몸을 움직이며 소리쳤다. 그것과 동시에 잠시 멈칫거렸던 공격이 다시 시작됐다.

너무 어처구니가 없어서인가? 사방에서 압박해 들어오는 적을 보는 안휘명의 입에선 오히려 허탈한 웃음만 흘러나왔다.

아랫배에 회복하기 힘든 상처를 입는 순간 발은 이미 묶인 것이나 다름없었다. 게다가 상처에서 전해져 오는 느낌, 단순한 고통과는 차원을 달리하는 기분 나쁜 느낌은 틀림없이 단전이 파괴되었음을 알려 주는 것이리라.

'바보가 됐군.'

단전이 파괴되었다는 것은 단순히 내공이 흩어지는 것과는 하늘과 땅만큼이나 큰 차이가 있었다.

산공독에 당해 흩어진 내공은 시간이 지나면 자연스럽게 모이지만 단전이 파괴당했다는 것은 흩어진 내공이 모일 수 있는 장소 자체가 없어졌다는 것으로 지금껏 익힌 내공은 물론이고 다시는 내공을 모을 수 없다는 의미였다.

"그래도 그냥은 안 되지!!"

발이 묶이면 손으로, 손이 묶이면 몸통으로라도 싸워야 했다. 비참하게 죽을지언정 최소한 비굴하게 죽고 싶지는 않았다.

다가오는 적을 향해 그의 검이 움직였다. 예전과는 비할 수 없이 느린 데다가 위력도 없었다. 그래도 지금 상황에서 방어란 있을 수 없었다. 오로지 공격뿐이었다.

등허리에서 고통이 느껴졌다. 불에 덴 듯 뜨거운 고통이 밀려들었다. 그러나 그는 이를 악물고 참아냈다. 그리고 자신에게 검을 날린 사내의 목을 날려 버렸다.

'크윽!'

정신이 아득했다. 고개를 숙이니 옆구리를 파고드는 칼날이 보였다. 그는 본능적으로 손을 뻗어 아무렇게나 칼날을 움켜쥐고 더 이상의 진행을 막았다. 칼에 찔린 옆구리와 손에서 피가 솟구쳤지만 신경 쓰지 않았다.

"방심 따위를 해서야 되나!"

안휘명이 싸늘히 외치며 그런 식으로 막을 줄은 몰랐다는 듯 당황하며 물러서는 사내를 향해 검을 내던졌다.

"크아악!"

최후의 기력을 짜내 찌른 검이 사내의 가슴에 박혔다. 믿어지지 않는다는 표정으로 뒷걸음질치던 사내는 곧 힘없이 쓰러지고 말았다. 하지만 거기까지였다. 단전을 파괴당하고, 등과 옆구리에 치명적인 부상을 당한 안휘명은 더 이상 움직일 힘이 없었다. 워낙 많은 피를 흘렸기에 정신마저 혼미해졌다. 그런 상태론 최후의 일격을 날리기 위해 다가오는 유수를 막기란 불가능했다.

'끝이군.'

유수의 육장이 가슴팍을 파고드는 것을 느끼며 안휘명은 눈을 감았다.

퍽!

둔탁한 소리와 함께 안휘명의 신형이 끊어진 연처럼 힘없이 날아가 처박혔다. 폐부를 감싸고 있는 뼈가 부러질 만큼 강한 충격이 들이닥쳤지만 그의 입에선 조금의 신음성도 흘러나오지 않았다. 다만 서서히 정신을 잃어갈 뿐이었다.

"끝이겠지요?"

지금껏 방 안의 소리가 외부로 흘러나가지 않도록 하기 위해 무던히도 애를 쓴 유영이 이마에 흐르는 땀을 닦으며 다가왔다.

"아마도 그렇겠지."

"흠, 그래도 아직 숨은 붙어 있는 것 같습니다."

안휘명의 가슴이 미약하게나마 들썩이는 것을 본 유영이 발을 치켜 올렸다.

"무슨 짓이냐?"

유수가 차갑게 소리쳤다.

"확실하게 해야 하지 않겠습니까?"

"그렇게 하지 않아도 이미 끝난 목숨이다. 온몸이 부서지고 열 번을 더 숨이 끊어질 만큼 피를 흘렸다. 대라신선이 온다 해도 살아나지 못해. 가슴이 움직이는 것은 살아서 숨을 쉬는 것이 아니라 몸이 아직 식지 않은 것뿐이다."

"그래도……."

유영은 영 찜찜한 모양이었다.

"결국 이렇게 끝나고 말았지만 한때는 우리가 모시던 주군이었다. 욕보일 생각은 하지 마라."

'냉정하신 형님이 오늘따라 너무 감상적이시군. 하긴, 형님의 입장에서야 그럴 수 있겠지. 그래도 사위라면 사위인데.'

목적이야 어찌 되었든 간에 사위를 죽인 마음이 편할 리는 없을 터, 유수의 태도가 완강하다고 느낀 유영은 아무런 대꾸도 하지 않고 한발 물러났다. 그리곤 홀로 살아남은 패천수호대 대원에게 다가갔다.

"애썼다."

"아닙니다."

"네가 할 일은 알고 있겠지?"

"예."

"네게 죽음을 강요해서 미안하구나. 너의 희생으로 우리는 천하에 군림하게 될 것이다."

"어차피 각오했던 일입니다. 제 목숨으로 패천궁을 무너뜨리고 군림천하만 할 수 있다면 그것으로 만족합니다. 다만……."

유영은 그가 무슨 말을 하려 하는지 알고 있다는 듯 고개를 끄덕였다.

"가족들은 걱정하지 마라."

"부탁드리겠습니다."

그는 정중하게 유수와 유영을 향해 허리를 꺾더니 담담한 표정으로 죽음을 맞이할 준비가 끝났음을 알려왔다.

"이곳은 저 아이에게 맡기고 이만 가시지요, 형님."

"그래야겠지."

유수와 유영은 홀로 남은 사내에게 보내던 안타까운 눈빛을 접고는 곧 궁주의 처소를 빠져나왔다.

격변이 일어난 실내와는 달리 전각의 외부는 평상시와 조금도 다르지 않았다. 때가 때이니만큼 다소 긴장된 모습들이었으나 전각의 주변을 돌며 궁주의 안위를 지키는 패천수호대원들도 안에서 벌어진 일은 조금도 눈치채지 못한 듯했다.

"지금 나오십니까?"

"그래, 고생들 하는구나. 궁주께서 휴식을 취한다고 하셨으니까 급한 용무가 아니면 잠시 동안 출입을 막는 것도 좋을 것이다."

"예, 장로님."

"그럼, 수고들 하여라."

유수와 유영은 여유로운 미소를 지으며 천천히 걸음을 옮겼다.

그들이 사라진 지 이각 후, 궁주의 거처에서 터져 나온 광소(狂笑)로 패천궁, 아니, 나아가 무림을 발칵 뒤집어놓는 사건이 외부로 알려졌다.

패천궁의 대소사를 의논하는 대회의장.

궁주가 암습을 당했다는 급보에 몰려든 수뇌들은 믿어지지 않는 상황에 다들 할 말을 잃고 있었다. 원래는 남천을 치기 위한 토론의 장이 되었어야 했지만 상황이 그걸 용납하지 않았다.

탕!

뇌학동이 탁자를 후려치며 벌떡 일어났다. 탁자가 부서지고 그 위에 놓여 있던 집기가 바닥을 굴렀지만 누구 하나 신경 쓰지 않았다.

"당장 복수를 해야 합니다!"

"그렇게 흥분할 일이 아니네."

침울한 표정을 짓고 있던 도왕 동방성이 그의 팔을 잡았다.

"흥분할 일이 아니라니요? 다른 사람도 아니고 궁주가 암습을 당했습니다. 그것도 전장터도 아닌 패천궁 한가운데서 말입니다. 그런데 어찌 흥분할 일이 아니란 말입니까?"

"그럴수록 흥분을 가라앉혀야지. 우리가 흥분하여 날뛸수록 적은 미소를 지을 뿐일세."

"그래도 가만히 있을 수는 없는 노릇 아닙니까? 당하고도 머뭇거린다면 수하들의 사기만 떨어집니다. 그것이야말로 놈들이 바라고 기다리고 있는 것 아니겠습니까?"

"서둘러서 될 일이 있고 그렇지 않은 일이 있네. 지금은 서두를 때가 아니네."

"하지만!"

"그건 태상호법의 말이 맞는 것 같군."

서로의 의견이 격해지려 하자 중앙에서 회의를 주재하고 있는 노(老)원로 원헌(元櫶)이 말을 끊었다.

"지금은 복수를 말할 때가 아니라 방비를 단단히 할 때라 생각되는군. 놈들의 목적이 단순히 궁주의 목숨을 빼앗는 것이라고는 생각되지 않네. 분명 다른 흉계를 꾸밀 것이야. 어쩌면 대대적인 공세가 뒤따를 수도 있겠지."

"그러니까 그전에 치자는 겁니다."

"쯧쯧, 지금은 때가 아니라니까."

자꾸만 호전적으로 나오는 뇌학동에게 핀잔을 준 원헌이 침묵을 지키고 있는 온설화에게 물었다.

"군사는 어찌 생각하는가?"

"어르신의 말씀이 옳습니다. 복수도 중요하겠지만 지금 당장은 냉정해야 합니다. 보다 방어에 신경 쓰고 최대한 빨리 이번 사태를 수습해야 합니다."

"그래야겠지. 놈들에게서 특별한 점은 없던가?"

"아직은 모르겠습니다. 비혈대를 총동원하여 적들을 살피라 명해두었습니다."

"잘했네. 그건 그렇고……."

뭔가 하기 힘든 말이 있는지 원헌이 말끝을 흐렸다.

"궁주… 의 상세는 어떤가?"

순간, 회의실의 공기가 차갑게 내려앉았다. 수십 쌍의 눈이 오직 온설화의 입을 주시했다. 그들이 어떤 의도로 그녀의 대답을 기다리는지 알고 있었지만 온설화는 그들의 기대를 충족시킬 수가 없었다.

"위급하십니다."

"어느 정도로?"

모여 있는 대다수가, 아니, 패천수호대의 대주 화천명과 온설화를 제외하고는 궁주의 상세를 본 사람은 아무도 없었다. 그저 극심한 부상을 당했다는 것만 알 뿐이었다. 그들의 궁금증은 극에 달했다.

배반(背反) 107

"가망이… 없는… 것인가?"

온설화가 쉽게 입을 열지 못하자 재차 질문을 하는 원헌의 안색은 절로 무거워졌다.

"일단 이 밤을 넘겨봐야 알겠습니다만 뭐라 장담을 드릴 수가 없습니다. 그리고 설사 살아나신다 해도 다시는 무공을 사용하실 수 없습니다."

"무, 무슨 소린가? 무공을 사용하지 못하시다니? 하면 폐인이라도 되셨단 말인가?"

"단전이… 파괴되었습니다."

"허!"

"단전이!"

그녀의 말이 끝나기가 무섭게 이곳저곳에서 탄식과 분노가 뒤섞인 신음성이 터져 나왔다. 그러나 오직 두 사람의 탄식만은 그 의미가 달랐는데.

'아직 살아 있단 말인가? 그 정도의 부상을 당하고도? 믿을 수가 없구나.'

'그러게 그때 확실히 끝을 냈어야 했는데. 궁주가 의식이라도 회복하면 큰일이 아닌가!'

유수와 유영이 각자의 생각에 잠길 때 아직도 자리에 앉지 못하고 있던 뇌학동이 고개를 절레절레 흔들며 말했다.

"군사의 말이 사실이라면 정말 큰일이 아닙니까? 적이 코앞에 있는데 궁주께서 무공을 사용하실 수 없다면……."

그의 말은 허공을 격하고 들려온 음성에 끊기고 말았다.

"한심한!"

꽝!

말이 끝남과 동시에 회의실의 문이 박살이 났다.

감히 누가 있어 수뇌들이 모여 대사를 논의하는 회의실의 문을 박살 낼 수 있을까? 있다면 오직 한 사람뿐이었다. 패천궁의 수뇌들은 음성의 주인공이 모습을 드러내기도 전 저마다 자리에서 일어났다.

"궁주가 생사기로(生死岐路)를 헤매고 있거늘 무공의 유무 따위를 논할 때더냐?"

성큼성큼 걸어오며 호통을 치는 노인, 안휘명의 부친이자 전대 패천궁의 궁주 안당이었다.

회의실에 들어선 그는 다짜고짜 뇌학동을 다그쳤다.

"궁주의 목숨이 중요하냐? 아니면 무공이 중요한 것이냐?"

"죄, 죄송합니다."

명색이 패천궁의 호법이었다. 육십을 훌쩍 넘긴 나이 또한 그리 적은 것은 아니다. 그러나 뇌학동은 안당에게 조금의 불만도 내비치지 못했다. 지금 이 자리에서 그에게 대접을 받을 수 있는 사람은 노장로 원헌을 비롯하여 장로 두어 명뿐이기 때문이었다.

"화천명!"

"예, 어르신."

화천명이 그 자리에서 무릎을 꿇었다.

"패천수호대가 무엇 때문에 존재하는 것이더냐?"

"궁주를 지키기 위함입니다."

"말은 잘한다. 한데 네놈은 뭐 한 것이냐? 더구나 이번 일을 저지른 놈들이 패천수호대에 속한 놈들이라지?"

"죄… 송합니다."

"눈이 있어도 보지 못했구나. 패천수호대라면 패천궁의 가장 핵심적인 전력이다. 그런 곳에 적의 간세가 잠입한 것도 모르는 안목으로 어찌 궁주를 보호하고 패천궁을 수호하는 패천수호대의 대주가 될 수 있다더냐?"

추상과도 같은 질책에 바닥에 엎드린 화천명은 고개를 들지 못했다.

"할 말이 있으면 해보거라!"

"죄인이 무슨 할 말이 있겠습니까. 궁주를 보호하지 못한 잘못, 죽음으로써 용서를 빌겠습니다."

고개를 들고 비장하게 소리친 화천명이 스스로의 목숨을 끊고자 검에 손을 대었다. 하지만 칼을 뽑기도 전 그의 몸은 한참이나 날아가 처박혔다.

"크으으."

꽤나 큰 충격을 받았는지 간신히 몸을 추스르는 그의 얼굴이 고통으로 일그러져 있었다.

"한심한 놈 같으니라고. 잘못을 했으면 더욱 분발하여 잘할 생각을 해야지 다짜고짜 목숨을 끊으려 하다니! 그따위 정신 상태로 어찌 적을 물리칠 수 있단 말이냐?"

간단한 손짓으로 화천명을 구르게 만든 안당이 땅이 꺼져라 한숨을 내쉬었다.

"이놈! 함부로 목숨을 버리려는 것을 보니 네가 패천궁에서 어떤 위치인지 잘 모르는 모양이구나."

안당은 몇몇 수뇌들의 얼굴에 의혹이 솟아나는 것을 보며 엄숙히 소리쳤다.
"패천궁은 장차 네가 이끌어야 할 것이다!"
"어, 어르신!"
참으로 뜬금없는 말이요, 선언이었다. 그의 말에 화천명은 물론이고 주변에 있던 대다수의 사람들이 깜짝 놀라고 있었다.
"벌써 몇 년 전에 결정된 사항이었다. 궁주가 그러기를 원했고 내가 허락했다. 장로들과도 이미 상의가 끝난 일이었고. 말하자면 너는 다음 대 패천궁을 이끌 소궁주의 위치란 말이다. 그것은 지금도 변함이 없다."
멍한 눈빛으로 응시하는 화천명의 눈을 잠시 마주하다가 주변으로 고개를 돌린 안당이 착 가라앉은 음성으로 명을 내렸다.
"이후부터는 화천명을 소궁주의 지위로 대해라. 단, 당분간, 아니, 이번 위기가 끝날 때까지 패천수호대의 대주의 직에는 변함이 없다."
"알겠습니다."
누구의 명이라고 토를 달까? 모두들 한 목소리로 대답을 했다.
"너도 그런 줄 알고 스스로를 더욱 채찍질하여 이번과 같은 실수는 다시 범하지 않도록 해라."
"……."
"어허, 뭘 하고 있나? 어서 대답하지 않고."
화천명이 쉽게 입을 열지 못하자 원헌이 대답을 재촉했다.
사실 안당이 이토록 전격적으로 후계자를 결정할 줄은 그도 미처 예측하지 못한 것이었다. 그저 후계자의 자리를 놓고 내분이 일어날 것을 미리 차단하고자 하는 의도라는 것만을 막연히 짐작할 뿐이었다. 그러나 화천명은 끝내 대답을 하지 못하고 고개를 떨구고 말았다.

"되었네. 그만하면 알아들었겠지. 아무튼 지금의 위기를 벗어날 때까지는 내가 궁주의 위를 대신하겠다. 군사."

"예, 어르신."

온설화가 공손히 대답했다.

"어찌 대처해야 하느냐?"

"우선은 궁주께서 암습을 당한 것을 비밀로 했으면 합니다."

"어째서?"

"무릇 수장의 안위에 이상이 있으면 밑에 있는 수하들이 동요하는 법입니다. 지금 이 시점에서 굳이 궁주의 부상을 알릴 필요는 없다고 봅니다."

동방성이 그녀의 말을 반박했다.

"그렇다고 언제까지 숨길 수는 없을 것 아닌가? 이미 알 만한 사람은 다 아는 눈치던데."

"그래도 자세한 것은 모를 겁니다. 그냥 부상을 당하셨다는 정도로 밝히는 것이 좋겠습니다."

안당이 고개를 끄덕였다.

"네 의견대로 하여라. 문제는 사방에서 밀려드는 적을 막아내는 일이다. 그래, 놈들을 물리치기 위한 어떤 계획이라도 있었느냐?"

"예, 예정대로라면 오늘 이 자리에서 중대한 결정을 하기로 되어 있었습니다."

"무엇이더냐?"

온설화는 모두에게 들으라는 듯 음성을 다소 높였다.

"상황이 생각보다 심각합니다. 제갈세가가 곧 무너질 것으로 예측되고, 이후 중천의 대대적인 공세가 예상됩니다. 그에 발맞춰 남천에서도 전력을 다해 공격해 올 것입니다. 지금까지는 제갈세가가 중천의 발목을 잡고 있고 해남파의 조력으로 그런대로 버텨왔지만 양쪽에서 본격적으로 합공을 해온다면 지금의 전력으로는 버티기조차 힘든 실정입니다."

"충분히 버틸 수는 있다. 다만 반격을 하여 주도권을 회복하기가 힘들겠지."

안당의 생각 역시 안휘명과 다르지 않았다.

"예. 궁주님도 같은 판단이었습니다. 그래서 제갈세가가 무너지기 전 패천궁의 모든 힘을 동원하여 해남파와 함께 남천을 치려 하였습니다. 현재 중천과 대치하고 있는 병력의 패퇴도 감수하고 말입니다."

"건곤일척의 승부를 벌이려 하였구나. 하긴, 나라도 그리했을 터, 판단은 좋았다."

"하지만 궁주께서 저리 쓰러지시고 말았으니 틀어져 버린 계획이 아닙니까?"

유수가 조용히 물었다.

"아직 포기할 단계는 아니네, 유 장로."

"그럼 강행하실 생각입니까?"

"지금 물러나면 끝장이라고 하지 않았나? 궁주가 저 몸이 되어 직접

지휘를 할 수는 없으니 나라도 나서야겠지. 군사는 준비를 서둘러라."

"알겠습니다."

"참, 궁주를 암습한 녀석은 어찌 되었느냐? 중천에서 파견된 첩자라는 것은 들었다만."

"그렇습니다. 함께 발견된 나머지 오 인과 함께 어려서부터 잠입한 첩자로 밝혀졌습니다."

"순순히 자백을 하더냐?"

"예. 이미 살기를 포기했는지 묻는 말에 꼬박꼬박 대답을 하고 있습니다. 다만 궁내에 다른 첩자가 있는가에 대한 질문에는 입을 굳게 다물고 있습니다."

"흠, 한 놈도 아니고 무려 여섯이나 패천수호대에 있었다. 분명 뒤를 봐주는 놈이 있을 게다. 게다가 궁주는 산공독에 중독되었더구나. 비록 극독은 아니라지만 고수를 상대함에 있어 어쩌면 가장 적절한 것이라 할 수 있을 터, 문제는 궁주 정도나 되는 고수를 중독시킬 실력을 지녔다는 것인데 패천수호대 정도로는 어림도 없는 짓이다."

"그 말씀은……."

"그래, 분명 다른 방조자가 있다. 그것도 상당한 실력을 지닌 고수가. 더 다그쳐 봐. 뭔가 나올 테니까. 유 장로."

"예, 어르신!"

내심 긴장을 하고 있던 유수는 자신도 모르게 놀라며 대답했다.

"그 일은 자네가 책임지도록 하게. 틀림없이 있을 것이야. 반드시 찾아내게."

"최선을 다하겠습니다."

"후~ 그리고 딸아이를 잘 위로해 주게. 궁주의 곁을 지키고 있네만 꽤나 놀란 모양이야. 말도 제대로 하지 못하는 것이 어찌나 안쓰럽던지."

"예……."

씁쓸하게 웃으며 대답하는 유수의 목소리는 귀를 기울이지 않으면 들리지 않을 정도로 미약하기만 했다.

만변환환쇄금진(萬變幻幻鎖禁陣)

만변환환쇄금진(萬變幻幻鎖禁陣)

 일패, 패천궁의 궁주가 죽었다!
 누가 손쓸 틈도 없이 번져 나간 소문은 사천의 준동으로 뒤흔들리던 무림에 또다시 거대한 회오리를 몰고 왔다.
 그러잖아도 잠룡부의 존재와 그들의 활약으로 무당파가 쑥대밭이 되고 을지호마저 사경을 헤맨다는 소식에 경악을 금치 못하던 사람들은 거의 차이를 두지 않고 전해진, 정도맹과 함께 무림을 지키는 양대 축이었던 패천궁의 궁주마저 적의 간세에 당했다는 소식을 접하고 엄청난 충격과 절망감에 사로잡히고 말았다.
 당황한 패천궁의 수뇌들이 그것이 사실이 아님을 밝히고자 하였으나 애당초 그 소문 자체가 중천에서 퍼뜨린 것으로 진화될 리가 없었다.

소문은 와전에 와전을 거듭하여 나중엔 패천궁의 궁주뿐만 아니라 주요 수뇌들은 물론이고 아예 패천궁 자체가 무너졌다는 허황된 소문까지 나돌았다.

그 소문이 거짓임을 밝히기 위해선 안휘명이 직접 모습을 드러내는 길뿐이었다. 하나 며칠이 지나도 그는 의식을 차리지 못한 채 여전히 생사의 갈림길에서 헤매고 있었다.

패천궁의 사기는 땅에 떨어지고, 반대로 그들과 치열한 싸움을 하고 있던 중천과 남천의 사기가 하늘을 찌를 것은 불문가지. 해남파와 연합하여 남천을 친다는 계획마저 유보될 만큼 상황은 심각했다.

한편, 잠룡부를 통해 유수와 유영의 존재를 알고 급히 남하하던 냉악 일행은 패천궁과 고작 하루 거리에 있는 객점에서 그 소식을 접하게 되었다.

"늦은… 것인가?"

헐레벌떡 뛰어온 송백검 백준으로부터 패천궁에 벌어진 참상을 듣게 된 냉악은 들고 있던 찻잔을 떨어뜨렸다.

"지, 지금 그걸 말이라고 하는 거냐? 뭐가 어째! 궁주가 당해? 말도 안 되는 소리를!"

침상에 누워 덜 깬 잠을 쫓고 있던 웅사웅이 벌떡 일어나며 소리쳤다.

"나도 믿기는 싫지만 이미 저잣거리에 퍼진 소문이다. 입만 열면 다들 그 얘기를 하고 있어. 제기랄!"

털썩 자리에 주저앉은 백준이 술병을 집더니 단숨에 병을 비워 버렸다.

"어디까지가 소문이고 어디까지가 진실이던가?"

냉악이 물었다.

"소문에 의하면 암습을 당한 궁주가 목숨을 잃었고, 수뇌들도 여럿 죽었다고 합니다. 하지만 그 정도까지는 아닌 것 같습니다."

"자세하게 말해 봐! 답답하다!"

어느새 옆 자리를 꿰차고 앉은 경의비마 한가풍이 가슴을 치며 채근했다.

"궁주가 암습을 당해 큰 부상을 당한 것은 틀림없지만 아직 목숨을 잃지는 않은 것 같습니다."

"쉽게 당할 궁주가 아니지. 다만 아직도 그 모습을 드러내지 못하는 것을 보면 상세가 꽤나 심각한 모양이군."

냉악이 한숨을 내쉬며 대꾸했다.

"그보다 더 심각한 것이 있습니다."

"뭔가?"

"궁주를 암습한 자들이 유수와 유영이 아니라 패천수호대에 잠입한 놈들이라 합니다."

"뭐? 그게 말이 돼? 궁주가 어떻게 그딴 놈들한테 당해!"

멱살이라도 잡을 듯 흥분하여 달려드는 웅사웅, 술잔엔 입도 대지 않았건만 얼굴이 붉게 상기되어 있었다.

"난들 알아? 소문이 그렇다는 거야."

"아니, 틀림없이 함께 암습을 했을 것일세. 다만 놈들은 뒤로 빠진 것이겠지. 여전히 할 일이 많을 테니까. 서둘러야겠군. 놈들이 있는 한 궁주의 목숨은 여전히 위태로운 상황이니까."

"그나저나 연락을 해야 하지 않겠습니까?"

구양숭이 넌지시 물었다. 그는 냉악이 의문 섞인 표정으로 쳐다보자 재차 입을 열었다.

"여령이 말입니다. 물론 최고의 의원들을 동원하고 있겠지만 어디 생사괴의의 후예만 하겠습니까? 아무래도 연락을 하여 부르는 것이 좋겠습니다."

"딱히 연락할 방법이 없지 않나? 아니, 그럴 필요도 없겠군. 소문을 들었다면 이미 달려오고 있을 테니까."

"하긴, 검왕 어르신은 그렇다 쳐도 유불살 그 친구가 가만히 있지 못할 테니까요. 아마 업고서라도 달려올 겁니다."

"일단은 궁으로 들어가세. 가서 놈들의 상판을 한번 봐야겠어."

차갑게 식은 찻잔을 뒤로하고 몸을 일으킨 냉악이 발걸음을 움직였다. 최대한으로 분노를 억누르고 있는 원로들이 분분히 그 뒤를 따랐다.

*   *   *

몸을 회복한 수호신승과 여타 고수들에게 소림을 맡기고 남궁세가를 찾아 남하하던 을지소문 일행이 무당산에서 벌어진 일과 패천궁의 참사를 듣게 된 곳은 하남성 각산(角山) 지방을 지나칠 때였다.

"어찌할 생각이오?"

객점을 빠져나온 을지소문이 차갑게 굳은 얼굴로 따라오는 환야에게 물었다.

"가봐야지요."

"그럼 이곳에서 헤어집시다."

"헤어지다니요? 하면 아버님은 어디로 가실 생각이십니까?"

을지휘소가 당황한 낯빛으로 되물었다.

"따로 가볼 곳이 있다."

"호에게 가실 모양이군요."

환야의 곁에서 조용히 묻는 남궁혜의 말에 을지소문은 그럴 리가 있느냐는 듯 괘씸한 표정을 지으며 고개를 흔들었다.

"턱도 없는 소리. 멍청하게 맞고 다니는 놈을 찾아서 뭐 하게!"

"그럼 어째서……."

"놈이야 그렇다 쳐도 손자며느리는 구해야 하지 않겠소?"

"아! 그렇군요."

그제야 알아들었다는 듯 남궁혜가 살며시 미소를 지었다. 그러자 을지룡이 고개를 갸웃거리며 물었다.

"손자며느리라면 형님과 함께 움직인다는 여인 말인가요? 납치를 당했다는?"

"알면서 뭘 묻느냐?"

"하지만 형님의 부인이라는 말은 없지 않았나요? 그냥 함께 다니는 여인이라고 하던데요."

"그거나 저거나. 남녀가 유별한데 같이 붙어 다니면 뻔한 거지. 아무튼 사내놈이 제 여자 하나 보호하지 못하고 빼앗기다니. 쯧쯧, 정말 가문의 망신이야, 망신."

"그 아이를 납치한 곳이 북천이라 들었습니다. 수백, 어쩌면 수천이 넘는 무인들이 지키고 있을 것입니다. 아버님 혼자서는 너무 위험하지 않겠습니까? 저와 함께 가는 것이 좋겠습니다."

을지휘소가 걱정스럽다는 듯 말했다.

"괜찮아. 어차피 싸울 생각도 없으니까. 그냥 몰래 가서 빼올 생각이다."

"그래도……."

"되었다니까. 나 혼자서도 충분하다."

을지소문은 더 이상 말을 하지 말라는 듯 딱 잘라 말했다. 그의 고집을 알기에 다들 뭐라 말을 하지 못하자 환야가 을지휘소의 팔을 잡았다.

"아범은 우리와 함께 가자."

환야까지 그리 말하자 을지휘소도 어쩔 수 없었다. 결국 나직이 내뱉는 한숨으로 부친의 말을 따랐다. 그래도 불안한 모습을 감출 수는 없었다.

을지소문이 그런 을지휘소의 어깨를 두드렸다.

"걱정하지 마라. 네가 염려하는 것이 뭔지 알고 있고, 또 그런 일은 일어나지 않을 테니까."

그의 시선이 환야에게 향했다.

"중천의 우두머리는 꽤 강하다고 들었소. 부디 조심하구려."

"내 걱정은 하지 말고 손자며느리나 잘 챙겨요."

환야의 자신감 넘치는 말에 을지소문은 쓸데없는 소리를 했다고 여기며 피식 웃고 말았다.

"자, 아무튼 다들 조심하고 조만간 웃는 얼굴로 만납시다. 먼저 가겠소."

말이 끝날 땐 그의 몸은 이미 무당산을 향해 달리고 있었다.

"다녀오세요."

"예, 아버님. 조심하십시오."

멀어지는 그를 향해 다들 허리를 굽혀 인사를 했다.

"자, 우리도 가자꾸나."

을지소문이 거의 사라져 보이지 않을 때쯤 환야도 걸음을 옮겼다. 패천궁이 있는 남쪽 방향이었다.

*　　　*　　　*

제갈세가와 치열한 접전을 펼치고 있는 중천의 진영.

손수 제갈세가를 치기 위해 나선 중천의 천주 악위군은 유려하게 굽이쳐 흐르는 냇물을 뒤로한 채 신도로부터 전황을 보고받고 있었다.

"지난밤 싸움에서 발생한 전사자가 일곱이고 부상자는 스물을 조금 넘었습니다."

"놈들은?"

"제대로 파악은 되지 않으나 그래도 대여섯은 쓰러뜨린 것으로 보입니다."

"죽은 것인가? 아니면······."

"그것까지는 파악하지 못했습니다."

날카롭게 파고드는 질문에 신도는 진땀을 흘렸다.

"도대체 믿을 수가 없는 일이군. 제갈세가를 치기 위해 들인 시간과

병력이 얼마인데 무너뜨리기는커녕 아무런 성과도 없이 피해만 늘어가니. 그동안 입은 피해가 얼마던가?"

"어림잡아……."

"어림은 무슨! 정확하게!"

"예, 지금까지의 집계로는 전사자가 사백칠십에 부상자가 칠백이 조금 넘고 있습니다."

"허, 말이 안 나오는군."

"그나마 다행인 것은 그들 대다수가 인근 지역에서 항복한 문파와 무인들이라는 겁니다. 중천이 입은 피해는 오십 미만으로 그들과 비교하면 미미합니다."

신도로선 패배의 아픔을 조금 덜고자 한 말이었으나 오히려 타오르는 불길에 기름을 부은 격이었다. 그러잖아도 화가 머리끝까지 치솟은 악위군은 그의 말을 용납하지 않았다.

"피해가 미미해? 지금 그걸 말이라고 하는 것인가?"

북풍한설이 이보다 찰 것인가? 신도는 자신이 말실수를 했다는 것을 뼈저리게 느끼며 황급히 고개를 숙였다.

"우리의 전력이면 제갈세가를 무너뜨리고 이미 패천궁과 최후의 일전을 벌이고 있어야 했다! 한데 이게 무슨 꼴인가? 눈앞에 큰 적을 두고도 뒤통수가 무서워 전력을 다하지 못하지 않는가? 아니지, 엄밀히 말해 패천궁이 아니라 오히려 이쪽에 전력을 쏟고 있는 셈. 그런데 결과는 어떤가? 아군의 피해는 하루가 다르게 늘어만 가는데 얻은 것이 무엇인가? 놈들이 설치한 진을 무너뜨렸는가?"

"아닙니다."

"하면 잃은 만큼의 목숨을 거뒀는가?"

"아닙니다."

"이것도 아니고 저것도 아니다. 결국 아무것도 한 것이 없다는 결론이로군. 하하하, 이거야 원. 웃겠어, 지나가는 개가 웃겠어."

"죄, 죄송합니다."

악위군의 앞에서 시립하고 있던 신도는 더 이상 버티지 못하고 땅바닥에 무릎을 꿇었다.

그를 외면한 채 오후 햇살을 받아 빛나고 있는 냇물을 바라보던 악위군이 한참 만에 입을 열었다.

"후~ 일어나게, 군사. 사실 자네가 무슨 잘못이 있겠는가? 나 또한 지금껏 저토록 말도 되지 않는 진법이 있다는 말은 들어보지 못했으니. 하지만 군사의 능력이라면 분명히 방법이 있을 것이란 생각이 드네. 그렇지 않은가?"

"송구합니다."

"없는가?"

천천히 몸을 일으키는 신도, 옷에 흙먼지가 잔뜩 묻어 있었지만 그는 신경 쓰지 않았다.

"완전하지는 않지만 방법이 있기는 있습니다."

악위군이 반색을 하며 웃음을 터뜨렸다.

"하하하, 역시, 내 생각이 틀리지 않았군. 말해 보게, 어서!"

"지금 제갈세가 주변에 펼쳐진 진법은 만변환환쇄금진(萬變幻幻鎖禁陣)이라는 천고의 절진입니다."

그래도 진식에 제법 많은 견문이 있다고 자부했건만 들어보지 못한 괴이한 이름이었다.

"만변환환쇄금진? 그러한 진법도 있던가?"

"예. 문헌으로만 전해오던 상고의 진법입니다. 저 또한 본 적이 없습니다. 어쩌면 제 추측이 틀릴 수도 있습니다."

"과연 제갈세가란 말이군."

제갈세가가 아니라면 어찌 문헌으로만 전해오는 진법을 직접 펼칠 수 있을 것인가? 제갈세가의 끝없는 저력에 악위군은 새삼 놀라고 있었다.

"그것뿐만이 아닙니다."

"또 있는가?"

"큰 틀로 만변환환쇄금진을 펼치고 동서남북 각 방향엔 오운지진(烏雲之陣)과 금문진(禁門陣), 구궁진(九宮陣), 팔진법을 응용한 팔로연환진(八路連環陣)이 뒤섞여 펼쳐져 있습니다. 각각의 진은 오직 하나뿐인 생문(生門)을 서로의 사문(死門)으로 막아버리면서 완벽한 진세를 구축하고 있습니다. 그랬기에 부딪치는 족족 별 피해를 입히지 못하고 일방적으로 당할 수밖에 없었던 겁니다. 사실, 사망자나 부상자의 대다수가 적과 직접 싸워서 그리된 것이 아니라 진법이 일으키는 기운에 휘둘려 그리된 것입니다."

"허, 갈수록 태산이군. 아무튼 이 세상에 절대라는 것은 없는 법. 진법의 정체를 알았다면 파훼할 수 있는 방법도 알고는 있겠지?"

약간의 기대감이 깃든 음성이었다.

"네 개의 진세라면 모를까 주축을 이루고 있는 만변환환쇄금진은 파훼법이 없습니다."

신도는 힘없이 고개를 흔들었다.

"음."

악위군은 실망을 감추지 못했다.

"그러나 주군 말씀대로 절대라는 것은 있을 수 없는 법, 비록 파훼는 하지 못한다 해도 약점은 파악했습니다. 그 약점을 파고들면 제갈세가를 무너뜨릴 방법이 분명히 보일 것입니다."

"하하하, 그러면 그렇지. 군사라면 묘책을 찾아낼 수 있을 것으로 믿었네. 그래, 어떤 약점이 있던가?"

"지금까지의 상황을 자세히 살펴보면 항상 선제공격을 한 것은 우리들이었습니다. 놈들은 그저 방어에만 신경을 쓸 뿐 먼저 공격을 한 것은 열 번도 되지 않습니다."

"아무래도 전력이 열세이니 그럴 수밖에 없겠지. 또한 주변에 펼친 진세를 믿고 있을 테니. 굳이 선공을 할 이유가 없을 터."

"그러나 참으로 묘하게도 보름에 한 번씩은 꼭 선공을 가하고 있습니다."

"보름이라……."

신도의 음성에 묘한 기운이 깃든 것을 느꼈는지 조용히 읊조리는 악위군 또한 긴장한 모습이었다.

"이유가 있겠지?"

"예. 그 이유를 괴이 여겨 차분히 조사한 결과 생문은 존재하지 않고 오직 사문만이 존재하는 만변환환쇄금진도 때로는 한 번씩 생문이 열릴 때가 있었습니다."

"보름마다?"

악위군도 감을 잡은 듯했다.

"그렇습니다. 정확히 보름마다 생문이 열리고 있었습니다. 물론 그 생문이란 곳도 일정치 않아 그 장소가 매번 다르지만 분명히 보름 주기로 진세에 미미한 변화가 있었습니다. 그리고 그때마다 제갈세가의 공격이 있었습니다."

"약점을 감추기 위해서겠지?"

"그렇습니다."

"그래, 그 약점이라는 것이 언제쯤 다시 나타나겠는가?"

"오늘 밤입니다."

"오늘 밤? 지금 오늘 밤이라고 했나?"

"그렇습니다. 해시(亥時:21-23)나 자시(子時:23-01) 경입니다."

"좋아, 놈들이 그때 도발을 해온다면 보다 확실하겠지."

"하지만 약점을 알았다고 해도 쉬운 일은 아닙니다."

"어째서?"

"잠시, 따르시지요."

신도는 의문을 표시하는 악위군을 진영 안으로 인도하여 그가 직접 제작한 지형도를 보여주었다.

"그동안의 일을 토대로 면밀히 검토한 결과 오늘 밤 생문이 열리는 지점은 바로 이곳으로 예상됩니다."

신도가 가리킨 곳은 제갈세가의 동북방으로 다른 곳보다 유난히 숲이 우거져 있는 곳이었다.

"문제는 이곳의 지형이 결코 만만치 않다는 데 있습니다."

"숲인가?"

"죽림(竹林)입니다. 하나같이 수십 년은 묵은 데다가 빽빽하기가 여느 삼림 못지않습니다."

"죽림이라… 게다가 우거지기까지? 매복하기에 딱 좋은 장소인걸. 기습하기도 좋겠어."

"거기에 더해 그쪽 지역은 오운지진까지 펼쳐져 있습니다. 만변환환쇄금진을 뚫고 들어간다 해도 언제 어디서 매복 공격을 받을지 모르고 또한 만변환환쇄금진과 비할 바는 아니나 결코 만만치 않은 진세를 이겨내야 합니다."

"결코 만만치 않은 싸움이 되겠군."

"놈들로서도 그곳이 뚫리면 어찌 되리라는 것을 모르지는 않을 터, 사활을 걸고 덤벼들 것입니다."

"하긴, 한번 무너지면 그것으로 끝일 테니까."

사방이 포위당한 상태에서 방어막이 뚫린다는 것은 곧 전멸을 의미하는 것, 충분히 일리가 있는 말이었다.

"생문이 열리는 시간은 얼마 정도나 되지?"

"최대 한 시진입니다."

"그렇군."

고개를 끄덕인 악위군은 고개를 돌려 지형도를 물끄러미 살폈다. 그리곤 조용히 물었다.

"오운지진은 어떤가?"

"예?"

"오운지진은 파훼할 수 있느냐 말일세."

"그동안 많은 연구를 했습니다. 충분히 할 수 있습니다."

지형도를 살피던 악위군이 천천히 고개를 돌렸다.

"좋아, 그렇다면 되었네. 이번 싸움엔 자네도 직접 참가하게."

"알겠습니다."

즉시 대답을 했으나 직접 전투에는 참여한 적이 없었던 신도는 다소 걱정스런 표정이었다.

"그렇게 걱정하지는 말게. 이번 싸움엔 내가 직접 참여할 것이니."

악위군이 살짝 웃음을 보이며 말했다.

"주, 주군!"

깜짝 놀란 신도가 두 눈을 크게 뜨고 악위군을 응시했다.

"자네도 들었지? 패천궁의 궁주가 사경을 헤매고 있네."

중천의 모든 정보는 일차적으로 신도에게 전달된다. 그가 모를 리가 없었다.

"알고 있습니다."

"아마 쉽게 살아나지 못할 거야. 사기도 말이 아니라 하고. 지금이 기회네. 엉뚱한 곳에서 발목을 잡혀 자칫 시간을 지체하다간 절호의 기회를 잃을 수 있어. 또다시 지루한 공방전이 계속되겠지. 물론 언젠가는 우리의 승리로 끝이 나긴 하겠지만 패천궁의 저력을 생각하면 피해 또한 만만치 않을 터, 우왕좌왕하고 있는 틈을 타 단번에 몰아붙여야 돼."

"그래도 너무 위험합니다. 재고를 하심이……."

우두머리란 결코 함부로 움직여서는 안 되는 것이다. 악위군의 실력을 가장 잘 알고 있는 신도였으나 그로선 일 할, 아니, 일 푼의 변수라도 걱정하지 않을 수 없었다. 만에 하나라도 일이 잘못되면 그야말로 끝장이 아니던가.

"위험? 자네가 진법만 확실히 파훼시킨다면 이곳에 위험 따위는 없네. 나와 무공을 논할 수 있는 자도 없네. 있다면 다른 곳에 있겠지."

단 한 마디로 신도의 걱정을 지워 버린 악위군은 슬쩍 고개를 돌려 북쪽을 바라보았다.

소림사였다.

물론 진영 안에 있는 그가 바깥을 볼 수는 없었다. 또 본다고 하여도 소림사가 보일 리 만무했다. 그러나 그의 눈은 이미 소림에 닿아 있었고 북천의 손에서 소림을 구했다는 얼굴도 모르는 사람들을 떠올리고 있었다.

*   *   *

제갈세가의 무후청.

희미한 등잔 하나를 사이에 두고 제갈융이 젊은 청년과 마주 보고 있었다.

"바깥이 소란스러운 것을 보니 시작한 모양이구나."

"예, 백부님. 아버님과 숙부께서 와룡대(臥龍隊)를 이끌고 선공을 하셨습니다."

제갈융과 독대를 하고 있는 청년은 온설화를 만나기 위해 패천궁으로 떠났던 제갈은이 중천의 암계에 걸려 목숨을 잃자 그 자리를 대신하여 제갈세가의 두뇌 역할을 하고 있는 제갈근의 막내아들 제갈선(諸葛宣)이었다. 이제 겨우 약관의 나이에 불과했으나 그는 제갈은이 인정할 정도로 천재적인 두뇌를 지닌 기재였다.

"후~ 걱정이다. 또 얼마나 많은 이들이 목숨을 잃을 것인지."

"어쩔 수 없는 노릇입니다. 만변환환쇄금진의 유일한 생문이 생성되는 지금, 적의 시선을 끌지 못해 노출이라도 되는 날엔 그야말로 끝장이니까요."

"알고 있다. 하지만 오늘따라 불안하구나. 자꾸만 불길한 생각이 들어."

제갈융은 도무지 안색을 펴지 못했다.

"혹여 놈들이 생문을 눈치채지는 않았을까?"

아니란 대답을 해주길 바랐건만 제갈선은 냉정했다.

"충분히 가능성이 있습니다. 명색이 천하를 노리는 집단입니다. 뛰어난 지략을 지닌 인사도 부지기수로 많을 터, 하루 이틀도 아니고 백여 일이 훨씬 넘은 지금이라면 최소한 세가를 둘러싸고 있는 진이 어떤 것인지는 알아냈겠지요. 어쩌면 보름마다 약점을 노출한다는 것을 눈치챘을지도 모르겠습니다."

"그렇다면 정녕 큰일이 아니더냐?"

"너무 염려하지 마십시오. 그래도 오늘만큼은 괜찮을 겁니다."

"어째서?"

"이 밤, 생문이 열리는 곳이 바로 청죽림(靑竹林)입니다. 생문을 찾아 들어온 적을 치기에 가장 좋은 장소지요. 무사 열이면 능히 백은 상대할 수 있는 곳이 바로 그곳이며 또한 오운지진이 위력을 발휘하기가 가장 좋은 장소 역시 청죽림입니다. 결코 무너지지 않을 것입니다. 안심하십시오."

"네 말이 맞기는 하다만……."

제갈선의 여유로운 태도에도 불구하고 제갈융은 좀처럼 불안감을 떨쳐 내지 못했다. 그러자 빙그레 웃은 제갈선이 말을 이었다.

"하지만 무엇보다 안심을 할 수 있는 것은 둘째 숙부께서 봉추대(鳳雛隊)를 이끌고 그곳을 지키고 계시다는 겁니다."

"넷째가 그곳에?"

"그렇습니다."

"넷째가 그곳에 있다니 다행이구나. 후~ 한결 마음이 놓이는군. 한데 어째서 공격을 하지 않고?"

원래 선공을 할 때 늘 앞장선 인물이 제갈능이었다. 지금껏 피해를 최소화할 수 있었던 것은 주변을 에워싸고 있는 진법의 위력도 있었지만 바로 그가 있었기에 가능한 일이었다.

"제가 부탁을 드렸습니다. 죄송합니다, 백부님. 먼저 말씀을 드렸어야 했는데."

"아니다, 무슨 이유가 있겠지? 어찌하여 그리하였느냐?"

"백부님께서 말씀하지 않으셨습니까? 지금쯤이면 생문을 눈치챌 가능성이 있다고요. 말씀드렸다시피 저 역시 그리 생각하고 있었습니다. 공격을 하여 이목을 끄는 것도 중요하고 피해를 줄이는 것도 중요하지만 지금으로선 무엇보다 생문을 지키는 것이 가장 중요합니다. 더구나 오늘따라 천기(天機)가 좋지 않아서 불안한 마음에……."

"처, 천기가 말이냐?"

제갈융이 황망히 되물었다.

"예. 해서 둘째 숙부님께 생문의 방어를 부탁드렸습니다. 앞으로도 계속해서 그리할 생각입니다. 제 행동이 너무 주제 넘는 것은 아닌지 모르겠습니다."

"아니다. 잘했다. 천기가 좋지 않다는데 그리해야지. 허허, 그나저나 벌써 천기를 읽을 수가 있더냐? 참으로 대견하구나. 막내 숙부도 네 나이 때엔 그 정도까지는 아니었다."

먼저 간 문성 제갈은을 생각하는지 그의 음성이 살짝 떨렸다.

"과찬이십니다. 이제 겨우 걸음마를 떼었을 뿐입니다. 아무튼 크게 걱정하지는 마십시오. 천하에 누가 있어 무성 숙부님을 뚫고 침입을 하겠습니까?'

"암, 그렇지. 그렇고말고."

비로소 안심을 했는지 제갈융의 안색이 활짝 펴졌다. 하지만 그는 미처 몰랐다. 제갈선의 능력에 너무 감탄한 나머지 몇 가지 중요한 사실을 간과하고 있다는 것을.

나이에 맞지 않게 너무 빼어난 능력을 지니고 있는 제갈선이 천재들의 가장 치명적인 약점이자 문제점이라 할 수 있는 자만심에 가득 차 있다는 것이 그 첫째요, 그와는 비교할 수 없을 정도로 높은 학식을 지니고 있던 불세출의 천재 제갈은이 나이 서른을 넘기고서야 비로소 하늘을 보며 고개를 끄덕였다는 사실이 둘째요, 특히 어느 날 천기를 살피던 제갈은이 '젊어 보았던 하늘과 지금 본 하늘은 참으로 딴판이군요' 하고 웃으며 말했던 것을 잊은 것이 그 세 번째였다. 그것을 잊음으로써 치러야 할 대가는 이미 시작되고 있었다.

*   *   *

제갈세가 동북 방면.

일단의 무리들이 침묵 속에서 대기하고 있었다. 그들의 맨 앞에 먹물색의 무복을 입고 청홍색의 수실로 장식된 검을 든 악위군이 서 있었다.

"이제 시작인가?"

악위군이 조용히 물었다.

비록 눈에 확 들어올 정도는 아니었으나 그동안 시야를 완벽하게 차단하고 있던 짙게 깔린 안개가 조금씩 엷어지는 것을 느꼈기 때문이다.

"예. 때가 된 것 같습니다."

"그래도 여전히 안개가 짙군."

"생문이라 하여도 웬만한 절진의 사문보다 더 위험합니다. 주의를 기울이셔야 합니다. 제가 앞장서겠습니다."

무공은 약하다지만 아무래도 진법에 가장 밝은 사람은 단연 그였다. 신도는 다소 떨리는 마음으로 걸음을 옮겼다. 하나 그가 두어 걸음을 나서기도 전 그의 앞을 가로막는 손이 있었다.

"내가 앞서 가지. 자네는 내 뒤를 따르게. 두 분 호법께서 군사에게 신경을 써주시오."

신도의 발길을 막은 악위군이 그를 따라나선 성한(成閒)과 소무(昭武)에게 말했다.

"알겠습니다."

두 호법의 대답을 듣고 그들이 신도의 양 옆으로 움직이는 것을 확인한 악위군이 빙글 몸을 돌리더니 가볍게 심호흡을 하며 물었다.

"어느 쪽으로 가야 하나?"

"제갈세가가 있는 곳은 서남방입니다. 일단 그쪽으로 방향을 잡으십시오."

"알았네."

파훼법이 없다는 천고의 절진 만변환환쇄금진. 한번쯤은 망설일 만도 하건만 악위군은 조금도 주저없이 발걸음을 움직였다. 신도와 성한, 소무 두 호법이 그 뒤를 따르고 신도가 고르고 고른 정예 칠십도 은밀히 이동을 시작했다.

"당숙, 언제까지 이곳에 있어야 합니까?"

제갈능과 함께 청죽림을 방어하고 있는 봉추대의 대주 제갈승(諸葛昇)이 물었다. 비록 나이는 비슷하지만 서열에서 차이가 나는지라 꽤나 조심스런 태도였다.

"아직까지 생문이 열려 있다. 생문이 닫히고 진세가 원래대로 돌아올 때까지는 이곳을 떠날 수 없겠지."

"생문이 열린 지 한 시진이 다 되어갑니다. 그런데도 적의 흔적이 없다는 것은 만변환환쇄금진에 대해 파악을 하지 못했거나 이목을 흐리기 위해 시작된 싸움에 시선을 빼앗긴 탓 아니겠습니까? 더 이상 기다릴 필요는 없을 것 같습니다."

"기다린 적은 없다. 오지 않기만을 빌었을 뿐."

"예?"

제갈승은 순간적으로 그의 말을 이해할 수 없었다.

"만변환환쇄금진은 감히 상대를 찾아볼 수 없을 정도로 위험한 진이다. 오죽했으면 공격해 들어오는 적은 물론이고 진에 대해 알고 있는 아이들까지도 진세가 만들어낸 환상에 아까운 목숨을 잃었을까? 비록 생문이라고는 하지만 그 위험하기가 말로 할 수 없을 터, 한데 그러한 진세를 헤치고 적이 나타난다고 생각해 보거라. 실로 두려운 자들일 게야. 가히 상상도 할 수 없을 정도로 무서운 실력을 지닌."

그제야 적이 나타나지 않기를 바란다는 말을 이해한 제갈승은 자신도 모르게 굳어진 얼굴로 고개를 끄덕였다.

"그렇군요. 하지만 아직까지 나타나지 않는 것으로 보아 당숙께서 염려하실 만한 적은 없는 것 같… 당숙?"

제갈승은 어느 순간 청죽림 너머를 응시하고 있는 제갈능의 안색이 급변하는 것을 괴이 여기며 고개를 돌렸다. 아무것도 보이지 않았고 느껴지지 않았다.

"적이 나타난 것 같다."

눈으로 보이지는 않았지만 제갈능은 거의 무의식 중에 느끼고 있는 듯했다.

"저, 적이란 말입니까? 확인해 보겠습니다."

화들짝 놀란 제갈승이 재빨리 몸을 날려 청죽림으로 달려갔다. 잠시 후, 가장 앞선 곳에서 주변을 감시하고 있는 수하들로부터 적의 침입 소식을 들은 그는 굳을 대로 굳은 얼굴로 돌아왔다.

"당숙 말씀이 맞았습니다. 지금 적이 침입해 오고 있다 합니다."

"몇 명이나 되느냐?"

"삼십이 조금 못 되는 것 같습니다."

"삼십이라……."

제갈능의 안색이 한층 더 어두워졌다.

'만변환환쇄금진을 뚫은 고수가 삼십 이상이라니. 힘든 싸움이 되

겠군.'

 세가를 둘러싸고 있는 만변환환쇄금진의 위력을 누구보다 잘 알고 있는 사람은 늘 선봉에서 싸움을 해왔던 제갈능 자신이었다. 하마터면 그 자신까지도 진세에 휩싸여 크게 낭패를 당한 경험이 있지 않던가. 한데 그런 진세를 뚫고 삼십에 가까운 인원이 침입했다는 것은 그들의 실력이 결코 만만치 않다는 것이었고 다시 말해 제갈세가에 극도로 위험한 상황이 밀려오고 있음을 의미했다.

 '봉추대 인원이 칠십이던가? 인원은 배가 넘고 지리적 이점도 취하고 있다. 또한 저들은 진을 뚫고 오느라 많이 지쳤을 터, 분명 승기는 우리에게 있다. 하나 어째서 이리 불안한 것인가?'

 제갈능은 심장이 마구 요동치고 전신의 감각들이 극도로 예민해지는 것을 의식하며 입술을 깨물었다.

 "막을 수 있을 것이다. 아니, 반드시 막아야 한다. 이곳에서 뼈를 묻는 한이 있더라도 반드시!"

 자신에게 하는 것인지 아니면, 요소요소에 은신하고 있는 봉추대의 대원들에게 하는 말인지 구별이 가지 않았지만 제갈능은 필승의 의치를 뿜어내고 있었다.

 "만변환환쇄금진이 뚫렸다면 오운지진도 그다지 영향을 주지 못할 것이다. 깊숙이 끌어들인 다음 한번에 친다. 함부로 경거망동하지 말고 은신하라 일러라. 내가 움직일 때, 그때가 공격 시점이다."

 "알겠습니다!"

 힘찬 어조로 대답을 한 제갈승이 명령을 전달하기 위해 뛰어가고 어느새 평정심을 회복한 제갈능은 천천히 검을 빼 들었다. 그리고 검집을 버렸다. 상상도 못할 싸움이 기다리고 있다는 것을 본능적으로 알고 있는 듯한 태도였다.

청죽림을 바로 앞둔 지점.
만변환환쇄금진을 빠져나온 악위군 일행이 잠시 숨을 고르고 있었다. 처음에 비해 인원은 반으로 줄었고 하나같이 악전고투를 치른 사람들처럼 지치고 힘든 기색이 역력했다.
"오운지진입니다."
신도가 정면을 가리키며 말했다.
"뚫을 수 있겠지."
그럴 수 없다는 것은 아예 용납하지 않겠다는 음성이었다.
"물론입니다. 진법이 숲 전체에 펼쳐져 있는 듯하지만 외부를 둘러싸고 있는 진세만 뚫고 들어가면 오운지진은 문제가 되지 않습니다. 그러나 조심해야 합니다. 저 안에는 대나무 숲이 우거져 있습니다. 적이 은신해 있을 가능성이 높습니다."
"상관없다! 기습 따위를 하지 못하게 만들면 되니까. 그리고 적이 나타난다 해도 쓸어버리면 그만이다."
악위군은 뿌연 안개 사이로 희미하게 보이는 대나무의 모습을 보며 차갑게 소리쳤다.
전에 없이 살기 가득한 악위군을 보며 신도는 나직이 한숨을 내쉬었다.
'많이 흥분하셨구나. 하긴, 그럴 만도 하시지.'
그는 악위군 못지않은 살기를 뿜어내고 있는 수하들을 살폈다.

'지독한 진세였다. 주군께서 앞장을 섰는데도 반수가 넘게 당했다. 그나마 살아남았다는 것이 기적일 정도야.'

만변환환쇄금진은 과연 천하제일의 절진이라 할 만했다.

사문도 아니고 생문을 통해 이동을 했음에도 그 위력이란 인간으로서 감당할 것이 아니었다. 그것은 진세에 몇 발자국 들여놓지 않았음에도 확실하게 증명되었다. 지금껏 겪어보지 못한 온갖 괴이한 환상들이 그들을 괴롭혔고 판단력을 잃은 수하들은 서로를 적으로 인식하고 무차별적으로 공격을 하였다. 심지어 신도는 자신을 보호하라고 붙여 준 호법들에 의해 목숨을 잃을 뻔했다. 만약 악위군이 앞장을 서지 않았다면, 그리고 수하들의 공격을 받아 부상까지 입는 어처구니없는 상황에서 흔들리지 않고 그들을 일일이 깨우쳐 주지 않았다면 환영에 빠져 허우적거리고 있던 이들은 단 한 사람도 진을 빠져나오지 못했을 것이다.

'빌어먹을 진법 같으니!'

신도는 잠시 전 겪었던 그때의 아찔했던 상황을 떠올리며 진저리를 쳤다.

"이동하겠다. 방향을 잡아라."

악위군은 신도의 대답을 듣지도 않고 걸음을 옮겼다.

"저, 정면으로 팔 보(八步), 오른쪽으로 칠 보(七步)입니다."

깜짝 놀란 신도가 재빨리 입을 열었다.

두 눈을 감고 오직 감각에만 의지하고 있는 악위군은 신도의 외침대로 차분히 걸음을 옮겼다.

"뒤로 삼 보(三步), 다시 우로 이 보(二步)……."

거침없는 악위군의 움직임에 신도의 음성에도 점점 속도가 붙었다. 그리고 어느 지점에 이르러 정신없이 외쳐 대던 그의 음성이 딱 멈췄다.

"바로 그곳입니다."

순간, 굳게 감겼던 악위군의 눈이 번쩍 떠지고 그의 분노가 가득 담긴 검이 횡으로 움직이며 대나무 숲을 쓸어갔다.

콰콰콰쾅!

지면을 스치듯 조용히 나아가는가 싶던 검기가 대나무 숲에 이르자 거대한 폭음을 만들어냈다.

후두두둑.

그를 중심으로 반원을 그리며 밑동이 잘린 대나무가 벽이 허물어지듯 힘없이 쓰러졌다.

파파파팍!

연속적으로 검기가 날아가고 쓰러지는 대나무의 수는 기하급수적으로 늘었다. 대나무가 쓰러짐과 동시에 주변을 에워싸고 있던 운무(雲霧) 또한 급속도로 힘을 잃었다.

"으아아아!"

이곳저곳에서 비명 소리도 터졌다. 대나무에 몸을 숨기고 공격 명령을 기다리고 있던 봉추대의 대원들이 대나무와 함께 땅으로 떨어져 내리며 내뱉는 소리였다.

그들의 비명을 듣는 악위군의 얼굴에 살소가 지어졌다.

"흥, 위에 숨어 있었군."

청죽림을 아예 지상에서 지워 버리겠다는 기세로 검을 휘두르는 악

만변환환쇄금진(萬變幻幻鎖禁陣) 143

위군, 그의 검이 움직일 때마다 무수히 많은 대나무가 쓰러지고 봉추대원들의 당황한 음성은 계속해서 늘어만 갔다.

"다, 당숙!"

멀리서 악위군의 무위를 멍하니 쳐다보던 제갈승이 참지 못하고 제갈능을 불렀다. 악위군의 검기가 대나무에 집중된 관계로 인명 피해는 거의 없었지만 적을 깊숙이 끌어들여 기습 공격을 하려는 의도는 이미 끝장난 것이나 다름없었다. 거기에 든든한 아군이라 할 수 있었던 오운지진도 더 이상 힘을 발휘할 수 없는 상황. 그는 어찌 대처해야 할지 갈피를 잡지 못했다.

"기습은 이미 틀렸다. 이제는 정면 대결뿐이다. 따라오너라."

제갈능이 지면을 박차고 날아올랐다. 그리곤 악위군을 향해 맹렬한 속도로 나아갔다. 한번 발걸음을 움직일 때마다 사오 장씩 앞으로 나가는 모습은 가히 물찬 제비와 같았다.

제갈승과 대기하고 있던 봉추대가 그의 뒤를 따라 움직였다. 대나무에 은신하고 있던 대원들도 대나무의 사이사이를 넘나들며 일제히 공격을 시작했다.

위에서, 그리고 좌우, 아래에서 시작된 협공에 중천의 무인들은 신도를 중심으로 작은 원을 그리며 진형을 갖추었다.

"꺼져라!"

홀로 앞선 악위군이 자신을 향해 짓쳐 드는 공격을 보며 검을 휘둘렀다. 대나무를 베어가던 것과는 기세 자체가 다른 강맹한 검기가 사방으로 뻗어나가고 그를 공격하기 위해서 뛰어내렸던 세 명의 봉추대원은 지면에 내려서기도 전에 몸이 사분오열되어 목숨을 잃고 말았다.

그들의 몸에서 뿜어져 나온 피가 대나무를 붉게 물들였다.

"모두 물러나라! 너희들의 상대가 아니다!"

제갈능이 인상을 찌푸리며 소리쳤다. 압도적인 실력을 지닌 자와 싸워봤자 애꿎은 피해만 늘 뿐이었다.

"저자는 내가 맡는다. 봉추대는 목숨으로 적을 제지해라."

제갈승에게 당부와 같은 명령을 내린 제갈능이 악위군을 상대하기 위해 몸을 움직였다.

접근하는 상대의 기세가 예사롭지 않자 악위군이 얼굴에 이채를 떠올렸다.

"그대는 누군가?"

"제갈능."

"무성?"

제갈능이 고개를 끄덕였다.

"호~ 그대가 말로만 듣던 제갈세가의 창룡(蒼龍) 무성이었군. 과연, 기세가 다르군."

눈앞의 상대가 혁혁한 명성을 날리는 무성 제갈능이라는 것을 알자 악위군은 자신도 모르게 탄성을 내뱉었다. 상대의 몸에서 전신의 세포들이 긴장감으로 수축될 만큼 강한 기운이 뿜어져 나왔기 때문이다.

"그러는 당신은 누군가?"

제갈능이 물었다.

"악위군, 아니, 중천의 천주라고 하는 것이 더 빠르겠군."

"음!"

제갈능의 입에서 그도 모르게 신음성이 터져 나왔다.

'천주라니!'

그는 만변환환쇄금진을 뚫고 나온 실력, 그리고 오운지진을 단숨에 무력화시키며 매복 작전을 무위로 돌리는 압도적인 실력으로 보아 악위군이 결코 예사롭지 않은, 중천에서 꽤나 높은 지위를 차지하는 인물일 것이라고 여겼다. 하지만 설마 하니 그가 중천의 천주일 줄은 꿈에도 생각하지 않았다.

어찌 되었든 간에 중천이라면 천하를 도모하는 세력이다. 그리고 천주는 그 세력의 정점에 선 인물. 실력은 보지 않아도 알 수 있었다.

'이곳에 뼈를 묻을 수도 있겠군.'

그러나 뼈를 묻는 정도로 끝날 일이 아니었다. 그가 악위군을 막지 못한다는 것은 곧 침입자들을 막지 못한다는 것이었고, 곧 제갈세가가 무너지는 것을 의미했다.

제 59 장

홍로상일점설(紅爐上一點雪)

홍로상일점설(紅爐上一點雪)

"그럼 무성의 실력을 한번 볼까?"

악위군이 검을 까딱거리며 제갈능을 도발했다.

그것은 상대가 어떠한 실력을 지녔다 해도 자신의 상대는 아니라는 자신감의 표현이었다.

"변변한 실력은 아니나 그렇게 쉽지만은 않을 것이오."

제갈능이 비스듬히 들고 있던 검을 치켜세웠다. 그리곤 곧바로 상대에게 달려들었다.

칠초사십구식으로 되어 있는 군자칠검의 두 번째 초식 만자천홍(萬紫千紅)이었다.

헤아릴 수 없이 많은 색깔이 있다는 의미대로 순식간에 엄청난 변화를 일으킨 검영(劍影)이 둘 사이를 화려하게 수놓았다.

"흥, 어디서 잔재주 따위를!"

악위군의 검이 빠르게 치고 나갔다.

슈슈슈슉!

그저 일별하는 것만으로도 수십, 수백의 잔상(殘像)에서 진영(眞影)을 찾아낸 듯 거침이 없었다.

꽝!

격한 충격음이 퍼지고 둘 사이를 가득 메우고 있던 검영이 삽시간에 사라졌다. 자신의 공격이 그렇게 간단히 막힐 줄은 미처 생각하지 못했지만 제갈능은 놀랄 틈도 없이 공격을 이어갔다.

파파팍!

예리한 검기가 땅을 스치며 날아갔다.

화사(花蛇)가 풀숲을 헤치며 나가는 듯 기묘하게 흔들리며 접근하는 검기에 악위군의 눈썹이 꿈틀거렸다. 두렵다거나 감당하기가 힘들어서 그런 것은 아니었다. 단지 제갈능의 공격이 생각보다는 까다롭다고 여긴 것이다.

악위군이 바닥에 대고 있던 검을 사선으로 치켜 올렸다.

파스스슷!

묵빛의 기운이 검끝에서 뿜어져 나오더니 발 아래로 접근하는 검기에 맞서 나갔다.

꽝!

또 한 번의 충격음이 터져 나왔다. 그리고 처음과는 달리 이번 충돌에서는 실력의 우위가 확연히 드러났다.

악위군이 발출한 묵빛의 기운은 그에게 접근하는 검기를 무력화시키고도 힘을 잃지 않은 채 제갈능을 향해 쇄도했기에 제갈능은 그 기운을 없애기 위해 연속적으로 검을 휘둘러야 했다. 그만큼 악위군이 발출한 기운의 강맹함은 대단했다.

"제법이군."

냉소를 터뜨린 악위군이 연거푸 검을 휘둘렀다.

묵빛의 기운이 제갈능을 노리며 날카로운 이빨을 들이댔다. 피하는 것만이 능사는 아니라는 생각에 제갈능도 지지 않고 군자칠검의 묘용으로 맞서 나갔다.

꽝! 꽝! 꽝!

연속적인 충돌, 삽시간에 십여 초의 공방이 지나갔다.

땅이 뒤집히고 나무가 부러져 나갔다. 주변에서 벌어지는 모든 싸움을 압도하고도 남을 충격파에 근처에 있던 이들은 피아의 구분 없이 멀리 피하기에 여념이 없었다.

그러나 시간이 지날수록 처음 기세 좋게 공격을 했던 제갈능은 악위군의 기세에 눌려 손발이 어지러워지고 점점 수세에 몰리고 있었다. 몸 이곳저곳에 크고 작은 상처를 입기 시작했고 검을 잡은 손아귀에서도 피가 흘렀다. 무엇보다 압도적으로 차이가 나는 내공을 감당하기가 여간 버거운 것이 아니었다.

"크하하하! 재밌군, 정말 재밌어."

제갈능이 자신의 공격을 그토록 잘 막아낼 줄은 생각지 못한 악위군이 광소를 터뜨리며 공세의 수위를 한층 더 높였다.

검끝에서 흘러나오는 묵빛의 색도 한층 더 짙어졌다.

'중천의 천주, 과연 대단하다.'

제갈능은 끊임없이 공격을 하면서도 조금도 지친 기색이 없는 상대의 가공할 힘에 경악을 금치 못했다. 계속해서 수세에 몰리는 상황에서 자신의 내력은 서서히 고갈되고 있건만 악위군의 기운은 오히려 강해지고 있지 않은가.

'지금까지의 공격이라면 어찌어찌 막아낼 수는 있다. 문제는 그가 아직도 진정한 실력을 보여주지 않고 있다는 것. 전력을 다한 그의 공격을 막을 수 있을까?'

그는 악위군이 전력을 다해 공격하지 않는다는 것을 직감적으로 느끼고 있었다.

'이곳에서 이자를 막지 못하면 제갈세가, 아니, 무림은 이자의 손아귀에 떨어지고 말 것이다. 반격할 힘이 조금이라도 남아 있는 지금 승부를 내지 못하면 끝까지 수세에 몰리다 허무하게 패하고 말 터. 되든 안 되든 해보는 거다.'

점점 바닥을 드러내는 내력에 한계를 느낀 제갈능은 지금이 최후의 승부수를 띄울 시점이라 생각했다.

차분히 마음을 가라앉히고 상대의 공격을 흘려버린 그가 검을 움직였다. 그와 악위군 사이에 또다시 화려한 검영이 수놓아졌다. 처음 공격할 때 사용했던 만자천홍이었다.

"밑천이 떨어진 것인가?"

오랜만에 쓸 만한 상대를 맞아 흥취에 젖어 있던 악위군의 얼굴에 실망의 빛이 떠올랐다.

"그 공격은 이미 통하지 않는다는 것을 알고 있을 텐데. 실망인걸."

한데 바로 그 순간, 검영에 몸을 숨기고 있던 제갈능의 입에서 힘찬 기합성이 터지며 혼신의 힘을 다한 최후의 한 수가 펼쳐졌다.

소리도 형체도 보이지 않았다.

만자천홍이 일으킨 화려한 검영 사이에 몸을 숨긴 제갈능의 애검은 악위군의 심장을 향해 너무나도 은밀히, 그러나 빛살과 같은 빠름으로 날아들었다.

"헛!"

조금 전과 마찬가지로 그다지 신경도 쓰지 않고 손쉽게 공격을 해소시키려 했던 악위군은 검영 한가운데를 가르며 나타난 물체에 기겁하지 않을 수 없었다. 명확하지는 않아도 그것은 분명히 검, 더구나 그 속도란 인간이 따라갈 것이 아니었다. 그는 재빨리 검을 끌어당겨 심장을 보호하며 필사적으로 몸을 틀었다. 그러나 그의 움직임보다 짓쳐드는 검의 속도가 조금 더 빨랐다.

탕!

"크윽!"

쇠붙이가 부딪치는 소리가 먼저 들리고 악위군이 내뱉는 고통의 신음성이 그 뒤를 이어 터져 나왔다.

'하늘은 제갈세가를 버리려는가?'

상대에게 큰 부상을 입혔건만 비틀거리는 악위군을 바라보는 제갈능의 안색은 그다지 좋지 않았다. 오히려 허탈하기만 한 표정.

제갈세가의 운명과 무림의 운명을 걸고 펼친 최후의 한 수, 제갈능이 던진 검이 심장을 빗나가 하필이면 어깨를 꿰뚫어 버린 것이었다.

'끝이로군.'

그는 자신도 모르게 고개를 떨구고 말았다.

"이것은 무슨 공격인가?"

비틀거리는 악위군이 어깻죽지에 박힌 검을 뺄 생각도 하지 못한 채 물었다.

"홍로상일점설(紅爐上一點雪)."

"화로에 떨어진 한 점의 눈꽃? 꽤나… 그럴듯하군."

말은 그리했지만 그는 아직도 놀란 가슴을 진정시키지 못했다. 만약 몸을 틀며 검을 치켜드는 동작이 조금이라도 늦었다면, 그리고 그가 치켜든 검이 제갈능이 던진 검의 방향을 틀지 않았다면 그는 이미 싸늘한 주검으로 변했을 터, 그의 등에선 식은땀이 흐르고 있었다.

"성공하지 못한 공격이오."

제갈능이 씁쓸히 대꾸했다.

만자천홍과 함께 연계하여 사용하는 군자칠검의 마지막 초식 홍로상일점설은 엄청난 내공을 필요로 했다. 바닥난 내력을 끌어올려 단 한 번의 공격에 모든 것을 쏟아 부은 그는 제대로 서 있을 힘도 없었다. 무엇보다 공격이 무위로 돌아갔다는 허탈감이 그를 더욱 못 견디게 했다.

"지금껏 이만한 위협을 느껴본 공격은 단 하나뿐. 그만한 대접을 해 주지."

어깨에 박힌 검을 빼내며 과거 수호신승과의 대결을 떠올린 악위군이 천천히 자세를 가다듬었다. 그러자 이전과는 확연히 다른 기운이 그의 전신을 에워쌌다. 가히 전율이 일어날 만큼 무시무시한 기운을 느끼며 제갈능은 최후가 다가왔음을 직감했다.

'형님……'

그는 초조히 자신의 소식을 기다릴 제갈융의 모습을 그리며 조용히 눈을 감았다.

"지, 지금 뭐라 했느냐? 전멸이라고?"

"그렇습니다."

"네, 넷째는, 넷째 아우는 어찌 되었느냐?"

"무성께선 놈들의 우두머리와 맞서 싸우시다가 그만……."

청죽림의 참상을 알리러 달려온 봉추대 최후의 생존자는 차마 말을 잇지 못하고 눈물을 흘리고 말았다.

"그럴 리 없다, 그럴 리가!"

제갈융은 거칠게 고개를 흔들었다.

"네가 잘못 안 것이다. 넷째가 당할 리가 없다. 그가 누구더냐? 무성이다, 무성!! 그런 그가 적의 손에 당하다니! 뭔가 잘못 안 것이다. 틀림없이 잘못 안 것이야!!"

발악하듯 소리치며 힘없이 주저앉는 제갈융의 입술은 덜덜 떨리고 있었다. 그와 마찬가지로 큰 충격에 사로잡혔지만 그래도 조금은 더 냉정했던 제갈선이 물었다.

"놈들은 어찌하고 있습니까?"

눈물을 훔친 사내가 떠듬떠듬 말을 이었다.

"비록 청죽림이 무너지며 봉추대가 전멸을 하고 말았지만 적에게 간단히 길을 내주지는 않았습니다. 특히 놈들의 우두머리인 중천의 천주는……."

"자, 잠깐! 지금 뭐라 했습니까? 천주라고 했습니까?"

사내의 말을 끊은 제갈선이 기겁을 하며 되물었다.

"예. 틀림없이 천주라 하였습니다."

죽어가는 동료들을 뒤로하고 청죽림의 상황을 알리기 위해 달리던 순간, 등 뒤로 '천주님 만세'를 외치는 함성이 들려왔음을 똑똑히 기억한 사내가 고개를 끄덕였다.

"이럴 수가! 그가 직접……."

비로소 의문이 풀렸다.

과거 독혈인의 독에 중독되었다가 회복한 제갈능의 무위는 이전의 그가 아니었다. 뭔가 깨달음을 얻었는지 무공에 확연한 진전이 있었다. 이미 무성이란 칭호를 얻을 정도로 막강했던 무공이 근자에 들어선 누구와 상대해도 결코 지지 않을 것이란 확신이 설 만큼 대단한 경지에 이르렀다. 하지만 상대가 중천의 천주라면 얘기가 달랐다. 들려오는 소식에 의하면 수호신승을 그리 만든 자가 다름 아닌 중천의 천주라 하지 않던가.

"그랬구나! 그래서 아우가……."

제갈융은 세가를 위해 마지막 불꽃을 태웠을 제갈능의 모습을 떠올리며 눈물을 흘렸다.

"무성 어르신께서 그자에게 큰 부상을 입히셨습니다. 또한 진을 뚫고 들어오기는 했어도 나머지 적들 또한 많이 지친 상황입니다."

"그래서, 놈들이 지금 이곳으로 오고 있습니까?"

"금방 들이닥칠 것입니다."

바로 그때였다.

방문을 열 틈도 없었던가? 싸움을 끝내고 돌아오던 제갈근과 제갈극이 앞을 가로막는 문을 그대로 걷어차며 들어와 사내의 멱살을 틀어쥐었다.

"그게 무슨 소리냐? 적이 들이닥치다니?"

"설마 하니 아우가 당했단 말이냐?"

하나 숨이 막힌 사내는 아무런 대답도 하지 못하고 그저 캑캑댈 뿐이었다.

"아버님!"

제갈선의 외침이 있고서야 자신의 실수를 깨달은 제갈근이 멱살을 틀어쥐었던 손을 풀며 다시 물었다.

"어서 말을 해라! 어찌 된 일이냐?"

사내는 숨 돌릴 틈도 없이 조금 전 했던 이야기를 되풀이했다.

그들의 반응 역시 앞선 두 사람과 다르지 않았다.

제갈근은 멍한 눈으로 천장만을 응시했고, 제갈극은 죄없는 기둥을 후려치며 울분을 토했다.

"지금 이러실 때가 아닙니다. 빨리 대책을 세워야 합니다."

제갈선이 주위를 환기시키며 말했다.

"대책이랄 것이 뭐 있겠느냐? 당장 가서 놈들의 목을 베어줄 테다!"

제갈근이 두 주먹을 불끈 쥐며 소리쳤다. 제갈극이 이에 동조했다.

"그래야지요. 봉추대가 당했다지만 아직 와룡대가 있습니다. 그들이면 충분할 것입니다."

그러나 제갈선의 생각은 달랐다.

"막기 힘들 것입니다."

"그게 무슨 소리냐? 막기 힘들다니? 놈들은 지칠 대로 지쳤다고 하지 않았느냐?"

"막을 수 있다고 보십니까?"

"당연하지!"

"그럼 한 가지 더 확인해 보지요."

제갈선의 고개가 봉추대의 생존자에게 향했다.

"목숨을 잃은 적이 얼마나 되는 것 같습니까?"

"자, 자세히는 모르겠지만 대여섯 정도는……."

"적이 총 몇이었지요?"

"삼십이 조금 안 됐습니다."

"사, 삼십?"

"고작 그만한 인원에 당했단 말인가!"

예상은 했지만 침입을 한 적은 꽤나 강적이었다. 나직이 한숨을 내쉰 제갈선이 경악에 찬 눈으로 사내를 응시하고 있는 부친과 숙부를 돌아보았다.

"들으셨습니까? 두 배가 넘는 인원으로 공격을 하여 고작 삼 분지 일 정도밖에 쓰러뜨리지 못했습니다. 그것도 중천의 천주가 둘째 숙부에게 잡혀 있는 사이에 말입니다."

"……."

와룡대가 조금 윗길이긴 해도 전체적인 무위에선 봉추대와 큰 차이가 없었다. 당장 공격을 하자던 제갈근과 제갈극은 아무런 말도 하지 못했다.

"하면 어찌했으면 좋겠느냐?"

제갈융이 물었다.

"최후의 방법뿐인 것 같습니다."

잠시 침묵을 지키던 제갈선이 침울한, 그러나 결의에 찬 어조로 대답을 했다.

화들짝 놀란 제갈극이 반박을 했다.

"너무 극단적이지 않느냐? 놈들이 비록 강하다고는 해도 많이 지친 상황이다. 게다가 잠입한 적도 많은 수는 아니고. 죽음을 각오하면 막을 수 있다."

"곧 많아질 것입니다."

"그건 또 무슨 소리냐?"

"적이 침입을 했다는 것은 곧 진이 뚫렸음을 의미합니다. 주변의 자연지물(自然之物)을 철저하게 이용하는 만변환환쇄금진은 밖에서는 허점이 없는 천고의 절진입니다. 웬만한 충격으로는 끄떡도 하지 않지요. 외부에서 침입을 시도하려면 그야말로 지형을 바꿀 만한 엄청난 충격이 아니면 불가능합니다. 하지만 안쪽에서는 그렇지가 않습니다. 화공(火攻) 정도만으로도 틈을 드러내게 될 것입니다."

"그렇다면?"

"예. 보름에 한번씩 나타나는 진세의 약점을 파악하여 뚫고 들어온 놈들입니다. 모르긴 몰라도 곧 방법을 찾아낼 것입니다."

그의 말이 끝나기를 기다렸던 것일까?

동북쪽 방향에서 때 이른 밝음이 나타났다. 이제 겨우 자정을 넘긴 시간에 해가 뜰 리는 만무할 터, 그것이 숲을 태우는 불길이라는 것은 너무도 확연했다.

"벌써 알아낸 모양입니다."

제갈선이 일부러 상기시키지 않아도 모두들 상황의 심각성을 파악하고 있었다.

"네 말대로 최후의 방법뿐인 것 같구나."

불길에 눈을 고정시킨 제갈융이 말했다.

"형님!"

"자네도 보지 않았는가? 저 불길은 틀림없이 진을 파훼하기 위한 놈들의 시도일세. 그리고 곧 엄청난 병력이 몰려들 것이야. 방법이 없네, 방법이."

한숨을 내쉰 제갈융이 제갈극을 향해 입을 열었다.

"식솔들은 어찌 되었나? 다들 피할 준비는 되어 있겠지?"

"예. 명이 떨어지면 언제든지 비밀 수로(水路)로 이동하도록 되어 있습니다."

"서책들은?"

"전부는 아니나 중요한 것들만 추려 감추어두었습니다."

"후~ 중요하지 않은 서책이 어디 있겠나? 안타깝군. 그것이야말로 제갈세가의 진정한 힘이자 보물이거늘."

"너무 상심하지 마십시오. 어쩔 수 없는 노릇 아니겠습니까?"

제갈근이 그를 달랬다.

"그래, 자네의 말이 맞네. 어쨌든 지금 중요한 것은 식솔들의 안전이지. 지금 당장 와룡대와 함께 수로의 안전을 확보하고 식솔들을 보호하게나."

"알겠습니다."

대답을 한 제갈근이 봉추대의 생존자와 함께 황급히 무후전을 빠져

나갔다. 그의 뒷모습을 물끄러미 보던 제갈융이 애써 담담한 음성으로 말을 이었다.

"자, 이러고 있을 시간이 없겠군. 놈들이 들이닥치면 그나마 감추어 둔 비장의 한 수가 무용지물이 될 수도 있어. 어서 움직이게나."

"예. 가시지요, 형님."

제갈극이 제갈융을 호종(護從)하기 위해 그의 곁으로 움직였다. 그러자 제갈융이 살며시 고개를 흔들었다.

"나는 가지 않네."

"예?"

"나는 가지 않는다고 했네."

"그, 그게 무슨 말씀이십니까?"

제갈극이 당황한 어조로 되물었다.

"기관을 발동시키기 위해선 어차피 누군가는 남아야 하지 않겠나?"

"그것이 어째서 형님이십니까? 세가를 위해서 목숨을 버리는 일, 그 일을 할 사람은 무수히 많습니다! 제가 할 수도 있고 여기 있는 이 녀석이 할 수도 있습니다!"

"그렇습니다, 백부님. 어서 피하시지요."

제갈선이 제갈융의 팔을 잡으며 거들었다.

"아니다. 지금껏 제갈세가의 장자로서 내가 한 일이 무엇이 있더냐? 무공이 뛰어난 것도 아니고 학식이 뛰어나지도 않다. 그렇다고 크게 덕이 있는 것도 아니었지. 그저 먼저 태어났다는 이유만으로 대접을 받고 살았을 뿐이다."

"무슨 말씀을 그리하십니까? 그렇지 않습니다."

"그러나 책임감이 무엇인지는 알고 있다. 비록 세가의 안위를 지키지는 못했어도 최후는 함께하고 싶구나."

"형님!"

"못난 아들 때문에 마음 고생이 심하셨을 터, 내 대신 아버님께 죄송하다고, 부디 불효를 용서하시라고 말씀드리게."

"형님! 도대체 무슨 말도 안 되는 소리를 하시는 겁니까?!"

더 이상 듣기 민망했는지 제갈극이 버럭 소리를 질렀다. 하나 제갈융은 조금의 동요도 없이 잔잔한 미소를 지을 뿐이었다.

"어서 가게나. 이곳은 내가 책임을 지겠네."

"그렇게는 못합니다."

"형으로서 마지막으로 하는 부탁이야."

"그래도 안 됩니다. 절대로 허락할 수 없습니다."

제갈융도 그랬지만 제갈극 역시 한 치도 양보할 생각이 없었다.

"정녕 이 우형의 마지막 부탁을 거절할 셈인가?"

제갈융이 정색을 하며 물었다.

"어째서 이리 고집을 피우십니까?"

"두말하지 않겠네. 더 이상 고집 피우지 말고 가게. 만약 가지 않고 끝까지 버틴다면 놈들의 최후보다 나의 목숨이 끊어지는 것을 먼저 보게 될 것일세."

"형님……."

"내 시신을 먼저 보고 싶은가?"

확고하다 못해 너무도 강경한 모습에 제갈극은 뭐라 대꾸할 말을 찾지 못했다. 한참 동안이나 제갈융의 얼굴을 바라보던 그는 결국 한숨을 내쉬며 체념하고 말았다.

"알겠습니다. 형님 말을 따르도록 하지요."

그제야 안색을 편 제갈융이 고개를 끄덕였다.

"잘 생각했네. 어서 가게나. 이러다가 늦겠어."

고개를 끄덕인 제갈극이 마지막 인사라도 하려는 듯 안타까운 표정을 지으며 슬며시 다가왔다. 그러자 재빨리 한 걸음 물러선 제갈융이 손을 내저었다.

"쓸데없는 생각은 하지 말게나. 내 비록 자네나 여러 형제들에 비해 볼품없는 무공을 지닌 것은 사실이나 순순히 점혈을 당할 정도로 형편없지는 않네."

"형님!! 진정으로 떠나지 않으실 생각입니까?"

점혈을 하여 고집을 꺾으려 했던 최후의 의도마저 간파당한 제갈극이 목이 터져라 소리쳤다.

"아버님과 형제들에게 잘 말해 주게나."

담담한 미소를 지으며 몸을 돌린 제갈융이 탁자 위에 놓인 찻잔을 들었다.

"좋군."

이미 싸늘하게 식어버린 차에서 진한 향이 날 리 없건만 그는 두 눈을 감고 차 향을 음미했다.

"형님……."

죽음을 달관한 듯한 그의 모습에서 도저히 마음을 돌려놓을 틈이 없다는 것을 느낀 제갈극이 털썩 무릎을 꿇었다. 그리곤 힘없이 마지막 인사를 하기 시작했다.

절을 할 때마다 굵은 눈물이 바닥을 적셨다.

일배에 그에 대한 정과 안타까움이, 이배엔 극단적인 상황까지 몰리게 된 제갈세가의 아픔과 슬픔이 깃들어 있었다. 마지막 삼배엔 반드시 적을 쓰러뜨리고 복수를 하겠다는 각오가 담겨 있었다.

"가자."

벌겋게 충혈된 눈으로 제갈융을 쳐다보던 제갈극이 몸을 돌렸다. 흐르는 눈물을 주체하지 못하고 있던 제갈선이 마지막으로 예를 차린 후 그의 뒤를 따랐다.

방문이 닫히는 순간, 천천히 눈을 뜬 제갈융이 더없이 슬픈 눈으로 조용히 읊조렸다.

"잘들 가게나."

"아무도 없습니다. 모두 빠져나간 것 같습니다."

있을 수 없는 일이었다. 제갈세가의 주변은 날개 달린 짐승이라도 빠져나가지 못하게 완벽하게 봉쇄되어 있지 않던가.

"그럴 리가 있나? 분명 또 다른 흉계를 꾸미고 있을 것이다! 좀 더 철저히 샅샅이 찾아봐!"

신도가 보고를 올린 수하에게 소리쳤다. 사내는 찍소리도 못하고 뒤로 물러났다.

"정말 빠져나간 것은 아닐까?"

악위군이 고개를 갸웃거리며 물었다.

"불가능한 일입니다. 주변에 펼쳐진 만변환환쇄금진은 입(入)은 물론이고 출(出) 또한 자유롭지 못하게 하는 진입니다. 무공을 지닌 자들만이라면 모를까 모든 인원이 감쪽같이 사라질 수는 없는 노릇입니다."

"아무도 없다니 하는 말일세."

열을 올리는 신도와는 달리 제갈세가를 무너뜨렸다는 생각에 다소 안심을 한 것인지, 아니면 제갈능과 같이 긴장감을 맛보게 해줄 상대가 없어서인지 악위군의 반응은 시큰둥했다.

"아닙니다. 좀 더 조사를 해보면 알게 되겠지만 놈들은 틀림없이 이곳 어딘가에 숨어 있습니다. 그리고 되도 않을 최후의 발악을 준비하고 있겠지요."

"글쎄, 자네 말이 맞겠지. 그렇지만 웬일인지 자꾸만 헛다리를 짚는 느낌이야."

"반드시 찾아낼 것입니다."

하지만 애써 찾아낼 필요까지는 없었다. 둘의 대화가 이어지는 동안 홀로 무후전을 빠져나와 제갈세가의 장자로서 마지막 해야 할 일을 마친 제갈융이 그들을 향해 걸어왔기 때문이다.

그는 마치 산보라도 나온 듯, 아니면 다시는 보지 못할 곳이었기에 마음속에 담아두려는 듯 느긋하게 발걸음을 옮기며 세가 이곳저곳으로 고개를 돌렸다.

적이 있다는 것을 아는지 모르는지 너무도 여유만만한 그의 태도에 악위군은 피식 웃음을 터뜨리고 말았다.

"조금 전 최후의 발악이라고 했던가? 그런데 최후의 발악치고는 어째 싱겁군."

"뭣들 하느냐? 당장 잡아와!"

뭔가 흉계가 있을 거라고 강하게 주장했던 신도는 애써 무안함을 감추기 위하여 신경질적으로 소리쳤다. 그의 명이 떨어지기가 무섭게 몇몇 사내들이 달려가 제갈융의 목에 칼을 들이댔다.

"쓸데없는 짓 하지 말고 칼을 치워라."

악위군이 인상을 찌푸리며 소리치자 제갈융의 목에 생채기를 만들었던 칼이 재빨리 치워졌다.

"오랜만이오, 제갈 형."

안면이 있는 듯 사뭇 정중하게 인사를 하는 악위군. 제갈융도 마주 인사를 했다.

"오랜만이외다."

"한 십 년 정도 되었던가요?"

악위군이 그 옛날 제갈세가를 대표하여 악가를 방문했던 제갈융의 모습을 떠올리며 물었다.

"십일 년 전이었소."

"허, 벌써 그렇게 되었소? 하하하, 이해하시구려. 워낙에 기억력이 없어서."

악위군이 이마를 툭툭 치며 웃었다.

"그때는 우리가 이런 식으로 만날 줄은 진정 몰랐소이다."

제갈융이 다소 차갑게 대꾸했다.

"하하하, 마음대로 되지 않는 것이 바로 우리네 인생사 아니겠소? 다 그런 것이지요."

"어쨌든 참으로 놀랍구려. 그 오랜 세월 동안 숨죽이며 살아온 것도 그렇고, 이토록 짧은 시간에 무림을 평정할 수 있다니 말이오."

"아직은 아니외다. 무당과 패천궁이 남았소. 제갈세가가 아니었다면 이미 평정을 했겠지만 말이오."

"그래서 우리를 치기 위해 손수 나선 것이오?"

"시간은 자꾸만 흘러가는데 제갈세가의 방비가 너무 굳건하여 어쩔 수 없었소. 하하하! 얼토당토않은 진 때문에 고생깨나 했소이다."

악위군이 쓴웃음을 지으며 고개를 절레절레 흔들었다. 만변환환쇄금진, 다시는 만나고 싶지 않은 끔찍한 진법이었다.

"그나저나 어찌 된 것이오? 다른 사람은 다들 어디 갔소?"

"이곳엔 나 혼자뿐이오."

"거짓말하지 마시오! 흉계가 숨어 있는 것을 모를 것 같습니까!"

한발 떨어져 있던 신도가 버럭 소리를 질렀다. 그러나 그는 곧 악위군의 싸늘한 눈초리를 받으며 입을 닫아야 했다.

"빠져나간 것이오?"

"아마도."

그 한마디에 완벽한 포위망을 구축했다고 열변을 토했던 신도의 얼굴이 무참히 일그러졌다. 하지만 악위군은 어느 정도는 짐작하고 있었다는 듯 담담히 고개를 끄덕였다.

"교토삼굴(狡兎三窟)이라! 꾀 많은 토끼가 세 개의 굴을 가지고 있다더니만……. 하긴, 제갈세가를 어찌 토끼에 비할까? 세 개의 굴이 아니라 열 개, 아니, 천 개의 굴을 지녔다고 해도 믿겠소. 한데 제갈 형은 어째서 이곳에 남은 것이오? 그 많은 인원을 이처럼 감쪽같이 빼돌릴 수 있는 능력이라면 충분히 피하고도 남았을 텐데."

"명색이 제갈세가의 장자요. 세가를 놔두고 내 어찌 떠날 수 있겠소?"

"목숨은 귀한 것이오."

"때로는 목숨을 걸고 지켜야 하는 것도 있는 법이라오."

죽음에 대해 초연한 사람보다 강한 사람이 있을까? 악위군은 평범하기 그지없는 제갈융에게서 꺾이되 휘지 않는 굳은 의지를 보고는 자신도 모르게 감탄을 했다.

"우리의 인연을 생각해서 목숨을 거두지는 않겠소. 군사!"

악위군이 신도를 불렀다.

"예, 주군."

"제갈 형을 모셔라. 그리고 주변에 설치된 만변환환쇄금진을 해체해라. 우리에겐 필요없는 것이다."

"알겠습니다."

"우리는 승리했다! 이후, 제갈세가는 정도맹과 패천궁을 무너뜨리고 무림제패를 이룩할 우리들의 전초 기지가 될 것이다!"

악위군은 주변의 건물이 울릴 정도의 큰 목소리로 승리를 선언했다. 그의 외침이 끝나기가 무섭게 그와 함께 죽을 고비를 넘겨가며 만변환환쇄금진을 돌파한 정예들과 이후 화공으로 파괴된 길을 따라 제갈세가로 들어온 백여 명의 무인이 미친 듯이 환호성을 질렀다.

"천주님 만세!"

"중천 만세!"

한데 그들의 모습을 잠자코 지켜보는 제갈융의 태도가 몹시 이상했다. 패배한 것도 모자라 세가가 적의 기지로 쓰인다는 치욕스런 소리를 들으면서도 그는 분노로 몸을 떨지도 화를 내지도 않았다. 그저 자신과는 상관없다는 듯 태연한 모습이었다. 그런 태도가 마음에 걸렸는지 신도가 곁으로 다가와 조용히 물었다.

"제갈세가가 우리의 기지가 된다는데 분하지도 않습니까?"

"분하지."

"한데 어찌 그리 태연한 것입니까?"

"분하기는 해도 내가 어찌해 볼 일이 아니니까."

말을 잃은 신도는 어이가 없는 표정으로 한참이나 그의 얼굴을 응시했다. 그리곤 상대할 가치를 느끼지 못하겠다는 비웃음을 흘리며 몸을 돌렸다.

"쳇, 말만 번지르르하게 하는 배알도 없는 인간이었군."

그러나 혼자만의 생각에 빠져 중얼거리던 그가 미처 듣지 못한 말이 있었으니…….

"분하기는 하지만 아쉬울 것도 없지. 어차피 나와 운명을 함께할 테니까. 과연 한 줌 잿더미로 변할 곳을 기지로 쓸 수 있을까?"

"지금… 지금 뭐라고 했소?"

어느새 곁으로 다가온 악위군이 심각하게 굳어진 얼굴로 물었다. 신도는 듣지 못했어도 그와 신도의 대화를 지켜보던 악위군이 그가 조용히 내뱉은 말을 들은 것이었다.

"들었소?"

"뭐라고 했느냐 물었소!"

말을 하지 않으면 당장이라도 손을 쓰겠다는 태도에 제갈융은 진정하라는 손짓을 보내며 말을 이었다.

"과거 제갈세가는 패천궁에게 세가를 빼앗긴 적이 있었소. 학문을 업으로 삼았던 우리가 본격적으로 무공을 배우게 한 계기가 된 바로 그날의 치욕을 나는, 제갈세가는 절대 잊지 못하오."

"누가 그런 쓸데없는 소리를……."

"싸움이 끝나고 세가를 다시 찾은 가문의 어른들은 이후 다시는 그와 같은 치욕을 당할 수 없다고 맹세를 했소. 그러나 앞날의 일이란 아무도 모르는 일, 그분들은 만에 하나 일어날 일을 대비해 미리 안배를 해두셨소."

"그 안배라는 것이……."

악위군의 안색이 점점 창백해졌다.

"첫째는 어떠한 위기 상황에서도 식솔들만큼은 안전하게 탈출시킬 수 있는 길을 마련하는 것. 그것은 이미 증명을 하였소. 그리고 다른 하나는……."

잠시 말을 끊은 제갈융은 동이 트려면 아직도 한참이나 남은 동녘 하늘을 응시했다. 그리곤 조용히 입을 열었다.

"지키지 못하면, 목숨을 다해서라도 지키지 못한다면!"

제갈융의 음성이 갑자기 격해졌다.

"차라리 부숴라! 세가가 적의 손에 유린되지 않도록 철저하게!!"

"그, 그렇다면?"

"아무도, 아무도 살아남지 못할 것이오. 악 형은 물론이고 세가에 들어선 모든 이들이. 방법이 궁금하오? 궁금할 것 없소. 이미 시작되었으니까."

비릿한 조소를 흘리며 싸늘히 내뱉는 제갈융, 그리고 미세하게 느껴지는 진동.

'폭약? 큰일이다!!'

돌변한 제갈융의 모습에 당황할 사이도 없이 몸을 돌린 악위군이 아직도 승리의 기쁨에 들떠 있는 수하들에게 소리쳤다.

"모두 피해라! 도망쳐!"

그러나 난데없는 외침에 반응하는 사람은 아무도 없었다. 단지 숨을 죽이고 그의 다음 말을 기다릴 뿐이었다.

"뭣들 하느냐? 당장 피하란 말이다!!"

악위군과 제갈융의 대화를 듣다 자신도 모르게 몸이 굳어버린 신도가 퍼뜩 정신을 차리고 여전히 멀뚱멀뚱 쳐다보는 수하들에게 고함을 질렀다.

"도망쳐라! 지금 당장 밖으로 도망쳐!"

그제야 뭔가 심상치 않은 일이 벌어진다고 느낀 중천의 무인들이 뒷걸음질치기 시작했다.

"늦었다니까."

제갈융이 안쓰럽다는 듯 중얼거렸다. 그의 말과 함께 저 밑에서 미세하게 느껴지던 진동이 점차 상승하는 것이 느껴졌다.

드드드드드!

마치 지진이라도 난 듯 땅이 흔들렸다. 중심을 잡지 못한 이들이 휘청거리고 전각의 기왓장이 땅바닥으로 떨어져 산산이 조각났다.

"바로 오늘을 위해서 제갈세가가 십 년 동안 은밀히 간직했던 만근(萬斤)의 폭약이오. 그 비용 또한 만만치 않았던 터, 저승길 노잣돈으론 충분할 것이오. 하하하!!"

대폭발이 임박했음을 느낀 것인가? 세가가 떠나가라 웃어 젖히는 제갈융의 눈에서 한줄기 눈물이 흘렀다.

쿠쿠쿠쾅!

저 멀리 정정각(淨淨閣)에서 본격적인 폭발이 시작했음을 알리는 첫 번째 굉음이 들려왔다. 단아한 자태를 자랑했던 정정각이 삽시간에 화염에 휩싸이며 사라지고 이후 연속적인 굉음과 함께 세가 곳곳에서 폭발이 일어났다. 바닥이 갈라지며 흙과 자갈들이 십 장 높이로 치솟고 전각은 한 줌 재가 되어 사방으로 비산했다.

"으아아아아!"

"크악!"

곳곳에서 비명이 터져 나왔다.

폭발에 휘말려 허공으로 치솟는 사람, 옷에 붙은 불을 끄느라 땅을 구르는 사람, 그 어떤 암기보다 무시무시한 속도로 날아온 잔해에 맞고 그대로 목숨을 잃는 사람.

그렇게 제갈세가는 삽시간에 아비규환(阿鼻叫喚)의 지옥으로 변해 버렸다.

"으으으으."

눈앞에서 수하들이 갈가리 찢겨 쓰러지는 모습을 보는 악위군은 피눈물을 흘렸다. 하지만 그라고 안전할 수는 없었다. 동시 다발적으로 시작된 폭발은 제갈융은 물론이고 악위군과 신도의 몸도 삼켜 버리고 말았다.

자신의 몸이 허공으로 떠오르는 것을 느끼며 제갈융은 조용히 미소 지었다.

'제갈세가는, 나는, 할 일을 다 했다.'

제 60장

색출(索出)

색출(索出)

"제갈… 세가가?"

안당이 침울한 어조로 물었다.

"예."

온설화가 힘없이 대답했다.

"제갈세가… 결국 무너졌단 말인가!"

안당의 탄식이 회의실의 공기를 더욱 무겁게 만들었다.

"오래 버티지 못할 것은 알고 있었으나 예상보다 너무 빠릅니다. 대책을 세워야 합니다."

"대책? 물론 세워야겠지. 하지만 수하들의 사기가 저리 떨어져 있으니 딱히 대책이라 할 만한 게 있을는지……."

세간에 돌고 있는 궁주의 암살 소식이 사실이 아니라는 것은 알고 있었으나 궁주가 부상당했다는 것은 틀림없는 사실이었다. 문제는 그것이 중천과 남천의 협공을 당하면서도 굳건히 버티고 있던 패천궁 무인들에게 엄청난 충격을 주며 사기를 떨어뜨렸다는 것이었고 가뜩이나 힘든 전세를 더욱 위축하게 만드는 결과를 초래했다는 데 있었다.

"그나마 다행이라면 제갈세가를 무너뜨리기 위해 중천에서도 꽤나 큰 손실을 감수했다는 것입니다."

"그렇겠지. 그래도 제갈세가인데 쉽게는 당하지 않았겠지. 그래도 피해라고 해봐야 미미한 수준 아니겠느냐? 지금까지 주로 싸움에 동원된 이들이 주변에 굴복한 군소문파의 무인들이라고 들었다만."

"이번은 상황이 다릅니다. 제갈세가에 파견되어 있던 비혈대의 대원이 보내온 보고에 따르면 이번 싸움에 투입된 중천의 무인들은 최정예였다고 했습니다."

"그렇게 믿을 수 있는 근거라도 있는가?"

원헌 노장로가 물었다.

"중천의 천주가 직접 움직이는데 어설픈 수하들을 데리고 가지는 않았겠지요."

"주, 중천의 천주? 그가 직접 움직였다는 말인가?"

"예. 그리고 목숨을 잃었거나 그렇지 않다면 최소한 큰 부상을 당했을 것이라 했습니다."

"목숨을 잃어? 부상? 내 제갈세가의 능력을 의심하는 것은 아니나 중천의 천주라면 상당한 실력을 지니고 있을 터인데?"

안당이 고개를 갸웃거리며 물었다. 중천의 천주에 의해 수호신승이 큰 부상을 당했다는 것을 모르는 사람은 없었다. 그는 제갈세가에 그만한 고수가 있다는 것을 믿기 힘들었다.

"제갈세가에 무성이라 불리는 고수가 있다고 들었네. 혹, 그가 중천의 천주에게 부상을 입힌 것인가?"

그 와중에도 호승심을 느끼는 것인지 동방성이 눈빛을 반짝이며 물었다. 온설화가 고개를 살래살래 내저었다.

"그것이 아닙니다. 중천의 천주와 그를 따라 제갈세가를 공격했던 패천궁의 정예를 쓸어버린 것은 제갈세가의 무인들이 아니라 제갈세가 그 자체였습니다."

"제갈세가 자체? 그건 또 무슨 소린가? 이해가 가지 않네."

모두들 동방성과 같은 의문을 가지고 그녀를 응시했다.

"제갈세가를 수호신처럼 버텨주던 진세가 무너지고 더 이상 버틸 수 없다고 판단한 그들은 중천의 무인들을 최대한 유인하여 함께 폭사(爆死)했습니다. 그 많던 전각이 단 하나도 남김없이 잿더미가 될 정도로 어마어마한 폭발이었다고 하는군요. 물론 식솔들과 상당수 전력이 포위망을 뚫고 몸을 피한 이후에 말이지요."

"포, 폭사란 말인가?"

"과연 제갈세가로다!!"

"허! 세상에!"

과연 누가, 어느 세가가 그와 같은 과감한 일을 할 수 있을 것인가? 그녀의 말에 귀를 기울이고 있던 모든 이들은 누가 먼저랄 것도 없이 탄성을 내질렀다.

감격을 한 것인지 아니면 그들의 용기에 찬사를 보내는 것인지 탁자를 치며 벌떡 일어난 몇몇은 주먹을 부르르 떨며 흥분을 감추지 못했다.

"천주의 생명은?"

안당이 애써 흥분을 가라앉히며 물었다.

"중천 내에 잠입시킨 비혈대원도 그것까지는 아직 파악하지 못하고 있다고 합니다. 열 명 내외의 생존자가 있다고 하는데 접근하기가 쉽지 않은 모양입니다."

"흠, 폭발 속에서 열 명 정도가 살아남았다면 그만한 고수가 죽었을 리는 없겠고… 그래도 세가를 통째로 날려 버리는 폭발이었다면 신이 아닌 이상 무사하지는 못하겠군. 시간을 번 셈인가?"

"꼭 그렇지는 않습니다. 중천의 천주가 부상을 당했다는 것보다는 그들을 막고 있던 제갈세가가 무너졌다는 것이 훨씬 중요하지요. 중천의 천주가 직접 지휘하는 것보다는 다소 여유가 있겠지만 놈들은 당연히 기세를 살려 대대적인 공격을 해올 것입니다. 저라면 그리합니다."

온설화는 확신에 찬 어조로 중천의 공격을 경고했다.

"남천에서도 이에 호응을 하겠지?"

안당의 물음에 온설화는 침묵을 지켰다. 하지만 그 질문은 일부러 대답을 하지 않아도 누구라도 알 수 있는 당연한 것이었다.

"후~ 결국 수성(守成)뿐인가?"

안당의 한숨에 동조라도 하듯 모두들 깊은 수심에 잠겼.

애당초 계획은 제갈세가가 중천의 발목을 잡고 있는 사이 남천을 치는 것, 하나 그것은 궁주의 부상으로 인해 물거품이 돼버렸고 제갈세가가 무너진 지금, 패천궁은 그야말로 최악의 상황을 맞이하게 되었다.

덜컹.

요란한 소리와 함께 한 청년이 회의실로 들어선 것은 질식할 것만 같은 침묵이 무려 반 각이나 계속된 다음이었다.

"두호(斗虎), 무슨 일이냐?"

가장 말석에 앉아 있던 패천수호대 부대주 황산이 인상을 찌푸리며 물었다. 그가 회의실 문밖에서 경계하는 패천수호대의 대원이라는 것을 알아본 까닭이었다.

"정문에서 급보입니다."

"급보?"

"예. 정체 불명의 고수들이 정문을 뚫고 침입했다고 합니다."

"뭐야! 그게 정말이냐? 몇 놈이나 되는데? 정문을 지키는 놈들은 대체 뭘 한 거야!!"

자리를 박차고 일어난 황산이 잡아먹을 듯 노려보며 소리쳤다.

"그, 그것이 저는……."

그저 전해져 온 보고를 전한 두호로선 알 수 없는 노릇이었다.

"두호, 소식을 가지고 온 자를 데리고 와라."

어느새 달려온 화천명이 두호에게 재빠른 명을 내리고 황산에게 고개를 돌렸다.

"자네가 가보게. 이미 비상이 떨어졌겠지만 행여나 소홀히 대처하는지 확인을 해. 그렇듯 대놓고 침입을 했다면 대단한 고수들일 수도 있으니 조심하고."

"알겠습니다. 내 어떤 놈들인지 모르나 아주 요절을 내버리겠습니다. 가소로운 것들! 감히 패천궁을 넘보다니!!"

황산은 그 즉시 몸을 돌려 밖을 향해 뛰쳐나갔다. 하지만 방문을 빠

색출(素出) 179

져나간 그의 거구는 튀쳐나가던 속도보다 서너 배는 빠르게 뒤로 날아와 길게 늘어진 탁자에 처박히며 쭉 미끄러졌다.

챙!

적이 이미 가까이에 접근했음에 대경실색한 화천명이 검을 꺼내 들고 뒤로 한 걸음 물러섰다. 부대주 황산은 패천수호대에서도 그 다음 가는 고수. 그런 그가 속수무책으로 당했다는 것은 자신 역시 상대가 되지 않는다는 것을 의미했기에 조심을 하는 것이었다.

이미 자리에 앉아 있는 사람은 오직 안당뿐이었다. 원헌 등 몇몇 노장로들이 그의 좌우에 포진했고 동방성과 뇌학동은 화천명이 위험에 빠질 수도 있다는 생각에 황급히 달려왔다.

일촉즉발의 긴장된 상황. 한데 난데없이 들려온 호통은 그런 분위기와는 전혀 어울리지 않는 것이었다.

"요절을 내? 뭐, 가소로워? 에라이, 이놈아! 실력은 쥐뿔도 없는 것이 큰소리만 치는 것이냐?"

노호성을 터뜨리며 내달리던 황산의 혈을 단번에 제압해 집어 던진 곡지통 구양승이 쑥 고개를 내밀며 방문을 들어섰다. 그 뒤를 이어 냉악과 응사웅 등이 먼지가 뽀얗게 내려앉은 옷을 툭툭 털며 들어섰다.

"잘들 있었는가?"

냉악이 황당한 표정을 짓고 서 있는 동방성과 뇌학동에게 웃음을 던지더니 곧 안당을 향해 허리를 숙였다.

"오랜만입니다, 궁주."

"쯧쯧, 오려면 진즉에 오던지. 그리고 왔으면 조용조용 찾아들 것이지, 이리 요란을 떨 것은 무언가? 그러지 않아도 다들 심기가 편치 않거늘 잔뜩 긴장만 하게."

안당은 인사를 받는 둥 마는 둥 하며 차례차례 모습을 드러내는 원로들에게 툴툴거렸다. 그러나 그들이야말로 그와 함께 평생을 바쳐 패천궁을 지켜온 사람들. 그 반가움을 어찌 말로 표현할 것인가? 애써 감추고는 있었지만 그의 얼굴은 제갈세가의 소식을 듣고 침울해하던 조금 전과는 전혀 딴판이었다.

"허허허, 하다 보니 그리되었습니다. 그나저나 어째 나이를 거꾸로 자시는 것 같습니다. 혹여 회춘(回春)의 방법이라도 터득하신 것은 아닙니까?"

"홍, 자네야말로 그런 것이 아닌가? 객쩍은 소리 말고 어서 와서 앉게나. 이렇듯 농담이나 하고 있을 때가 아니야."

"대충 얘기는 들었습니다. 많이 밀리고 있다지요?"

자신을 위해 자리를 비켜주는 이들에게 가볍게 눈인사를 한 냉악이 주변을 찬찬히 살피며 대꾸했다.

"음, 지금까지는 그나마 버티고 있었지만 지난밤 제갈세가가 무너졌다는 소식이 날아들었네."

"제갈세가가요?"

"그래. 우리로선 큰 방패막이 없어진 셈이지. 곧 놈들의 대대적인 공격이 시작될 걸세."

"공격이야 막으면 되는 것이지요."

그까짓 별것 아니라는 듯 너무도 손쉽게 대답하는 냉악을 보며 안당은 잠시 동안 어처구니없다는 표정으로 쳐다보다가 그와 함께 온 원로들이 어떤 사람들인지를 다시금 환기하며 곧 환히 웃음 지었다.

"허허, 말이야 쉽지. 하나 그렇게 간단하지가 않아."

"언제는 쉬운 일이 있었습니까? 죽어라 싸우다 보면 다 잘되겠지요. 그나저나 궁주의 상세는 좀 어떻습니까?"

순간, 안당의 얼굴이 다시 어두워졌다.

"좋지 않은 모양이군요?"

"아직 의식을 찾지 못했네. 이러다가 자식을 앞서 보내는 것은 아닌지 몰라."

"너무 걱정하지는 마십시오. 길게 잡아 사나흘만 그 상태로 버티면 목숨은 구할 수 있을 겁니다."

그의 말에 귀가 번쩍 뜨인 안당이 황급히 물었다.

"그건 무슨 소린가?"

'궁주도 많이 늙었군. 하긴, 자식 앞에서야 누군들 이러지 않을까?'

초조해하는 안당의 모습을 보며 냉악은 말을 멈출 수가 없었다.

"생사괴의 어르신께 후예가 있었습니다."

"아! 지, 진정 그 어른의 후손이 있단 말인가?"

죽은 사람도 살려낸다는 생사괴의의 고명한 의술을 똑똑히 기억하고 있던 안당은 자신도 모르게 벌떡 일어났다.

"예. 지금쯤 유불살 그 친구와 함께 밤낮을 가리지 않고 달려오고 있을 겁니다."

"허허허허! 잘됐군, 참으로 잘됐어. 그분의 후손이라면 녀석이 목숨을 잃을 일은 없을 테니까."

안심을 해서일까? 털썩 주저앉는 안당에게선 절대자의 풍모는 간데없었다.

'역시, 자식이란…….'

평소에는 도저히 상상할 수 없는 그의 모습에 냉악은 결국 쓴웃음을 짓고 말았다.

"그뿐만이 아닙니다. 어쩌면 생각지도 못한 손님께서도 오실 수 있습니다. 그것도 한 분이 아니라 두 분이."

"그건 또 무슨 소린가?"

질문을 받는 냉악의 얼굴에 의미심장한 미소가 떠올랐다.

"검왕 어르신을 만나뵈었습니다."

"그, 그게 사실인가?"

또다시 벌떡 일어나는 안당의 놀람은 조금 전에 비해 비길 바가 아니었다.

"아직 모르셨습니까? 꽤 오래전에 출두하신 것 같던데."

"그, 금시초문일세."

안당의 매서운 눈초리가 온설화에게 향했다.

"이게 대체 어찌 된 것이냐?"

은거한 원로들이 알고 있는 사실을 패천궁의 군사인 그녀가 모를 리 없었고 그런 중요한 사실을 어째서 지금껏 자신이 모르고 있는지에 대한 엄한 추궁의 눈빛이었다.

"죄, 죄송합니다. 궁주께서 어르신께 비밀로 하라고 하여……."

사실, 여러 수뇌들 중에서도 검왕의 출도를 처음부터 알고 있던 사람은 그녀를 비롯하여 핵심 수뇌 몇몇에 불과했다. 오룡지회를 통해서야 비로소 모든 이들에게 검왕의 출현 소식이 알려졌을 뿐이었고 그나마 안휘명의 엄명으로 안당에게는 전해지지 않았다.

"이, 이 빌어먹을 녀석! 왜 나에게 말을 하지 않았더란 말이냐!"

검왕의 출도를 자신만 모르고 있었다는 것을 알게 된 안당이 분통을 터뜨렸다. 그러자 온설화가 잔뜩 풀이 죽은 음성으로 그 연유에 대해 설명했다.

"원래는 그분의 존재를 알게 된 궁주께선 가장 먼저 어르신께 알리려 하셨습니다. 한데 그 당시가 어르신께서 지병으로 크게 고생을 하고 계실 때인지라……."

"지병이라니?"

"소갈(消渴) 말입니다."

"음."

안당의 입에서 침음성이 흘러나왔다.

지금은 그런대로 증세가 많이 나아졌으나 과거 소갈과 그로 인한 합병증으로 목숨이 위태로운 지경에까지 이른 적이 있었다. 그때의 후유증으로 한쪽 눈은 거의 실명에 가까운 상태가 아니던가.

"궁주께선 그분의 출현을 알게 되신 어르신께서 행여나 몸을 돌보지 않고 길을 나서실까 걱정하신 것입니다. 이후, 어르신의 상세가 많이 좋아지시면 말씀드린다고 한 일이 차일피일 미루다 보니 지금에 이른 것입니다."

"후~"

한숨이 절로 나왔다. 괘씸한 마음이 풀리지는 않았지만 그 모든 것이 자신을 위해서 한 일. 뭐라 말할 수가 없었다.

침울한 분위기를 일신하기 위해 냉악이 다시 입을 열었다.

"다른 한 분은……."

"다른 한 사람은 나도 짐작이 가는군."

안당이 말을 잘랐다.

"며칠 전, 소림을 구한 일가의 소식은 이미 이곳까지 전해져 왔네. 궁귀 을지소문… 허허, 꽤나 지긋지긋한 이름이야. 지금 다시 그의 이름을 듣게 될 줄이야. 아무튼 그가 다시 무림에 나왔다지? 그것도 혼자가 아니라 가족을 이끌고?"

"그렇습니다."

"난 지금도 똑똑히 기억하고 있지. 무림을 일통한 패천궁을 헌신짝 팽개치듯 내버리고, 따지고 보면 패천궁의 가장 큰 적이라고 할 수 있는 자를 따라간 못된 사람의 얼굴을 말이야. 손을 흔들며 떠날 때의 미소가 아직도 기억에 남아 있어."

그 당시 혈참마대를 이끌고 무림을 질타했던 냉악이 어찌 그 심정을 모를까? 그러나 이미 까마득히 오래된 일, 지금은 그저 가끔씩 떠올리며 빙그레 웃음을 지을 수 있는 유쾌한 기억으로 남을 뿐이었다.

"능력도 없는 숙부에게 큰 짐을 맡겨놓고 간 아이. 환야… 무림을 일통한 위대한 절대자. 궁귀가 등장했다면 그 아이 역시 함께일 터."

"그리고 다른 누구보다 패천궁에 대한 애착이 크신 분입니다. 궁주가 저 지경이 되고 패천궁이 위기에 빠진 것을 아시면 반드시 이곳으로 오실 겁니다."

"흥, 오기만 하라지. 내 가만두지 않을 테니까."

콧방귀를 뀌는 안당, 하나 말은 그리하면서도 그의 얼굴에 나타난 것은 간절한 그리움이었다.

"지금 하신 말 꼭 기억하고 있겠습니다. 그건 그렇고……."

허허로운 웃음을 짓던 냉악이 안색을 굳혔다.

"궁주를 저리 만든 놈들은 어찌 되었습니까?"

"한 놈만이 살아남았네."

"다른 자들도 있을 텐데요."

냉악의 시선이 좌중을 훑어갔다. 특히 유수와 유영 형제를 살필 땐 그의 눈에서 한광이 뿜어져 나왔다. 물론 그들이 눈치채지 못하게 재빨리 숨기기는 하였지만.

"분명히 있겠지. 하나 아무리 추궁을 해도 다른 놈들에 대해선 입을 열지 않아. 그렇지 않은가, 유 장로?"

지목을 당한 유수가 헛기침을 하며 고개를 끄덕였다.

"그렇습니다. 그 사건 이후 궁내를 자세하게 내사했지만 뚜렷한 성과를 얻지는 못했습니다. 몇 명 의심이 가는 자들을 점찍어두기는 하였으나 확증이 없는 상황인지라……."

"무턱대고 덮어씌울 수는 없는 노릇이지. 후~ 힘들겠지만 자네가 좀 더 수고를 해줘야겠네."

"죄송합니다. 반드시 며칠 내로 놈의 입에서 자백을 받아내 패천궁에 잠입한 간자를 모조리 색출하겠습니다."

유수가 사뭇 비장한 어조로 대답을 했다. 한데 그의 말이 끝나기가 무섭게 비아냥거리는 소리가 터져 나왔다.

"언제까지 저런 개소리를 들어야 하는 겁니까?"

송백검 백준이 못마땅한 표정으로 소리쳤다. 난데없는 말에 놀람을 넘어 다들 경악을 금치 못하고 있었다.

"말씀이 너무 지나치지 않습니까?"

유영이 벌떡 일어나며 인상을 찌푸렸다.

"이 자리에 모인 모든 분들이 패천궁의 장로요, 호법들입니다. 아무리 원로원의 어른이라도 그리 함부로 말을 하셔도 되는 겁니까?"

그러자 백준의 곁에 있던 웅사웅이 비릿한 웃음을 흘렸다.

"그렇게 나댈 것 없다. 네가 보채지 않아도 금방 머리통을 부숴줄 테니까."

경의비마 한가풍도 한 소리를 보탰다.

"심장이 어찌 생겼는지는 내가 확인하지."

참으로 살벌한 말이 아닐 수 없었다. 유수와 유영은 모욕감에 얼굴을 붉히며 어찌할 바를 몰랐다.

"원로들께서 너무 지나치신 것 같습니다. 비록 아직까지 큰 성과는 없으나 유 장로께선 최선을 다해 간자를 색출하고자 노력하고 계십니다. 한데 그렇게 말씀하시다니요."

동방성이 불편한 심기를 드러내며 유영의 편을 들고 나섰다. 그러자 몇몇 장로들도 이에 동조하는 의사 표시를 하며 유수, 유영 형제에게 힘을 실어주었다. 안당도 어째서 원로들이 그런 험한 말을 내뱉는지 모르겠다는 표정이었다.

"노력이라… 자네는 그가 노력을 하고 있다고 보는가?"

냉악이 동방성에게 물었다.

"분명 그리 보입니다."

"지나가는 개가 웃을 일이지."

"유 장로도 모자라 제게도 모욕을 주시는 겁니까?"

동방성의 눈빛이 서늘해졌다. 그러나 냉악의 태도엔 조금의 변화도 없었다.

"이해할 수가 없어서 말이야. 간자의 우두머리가 간자들을 잡아들인다고 하니, 자네는 그 말을 이해할 수 있겠나?"

"그, 그게 무슨 말씀이신지?"

아무리 연륜이 깊고 무공이 높아도 쉽게 이해할 수가 없는 일이 있는 법이었다. 동방성은 물론이고 원로들을 제외한 좌중의 그 누구도 냉악의 말을 이해하지 못했다. 했다면 오직 두 사람. 안색이 흙빛으로 변한 유수와 유영뿐이었다.

"무슨 말이긴, 말 그대로지. 간자의 우두머리가 간자를 잡는다고 하니 우습다는 것이네."

"닥치시오! 아무리 원로라지만 이건 해도 너무하는 것이 아니오? 간자라니! 우리가 간자란 말이오?"

유영이 발작하듯 소리쳤다.

"아니란 말이냐?"

"모함하지 마시오. 수십 년 동안 패천궁을 위해 싸운 우리를 뭐로 보고. 당장 사과하지 않으면 참지 않겠소."

분기탱천한 유영이 검을 빼 들었다.

"어허, 참으시오!"

"궁주의 앞에서 이게 무슨 불경스런 짓이오!"

일이 이렇게까지 확대될 줄은, 그것도 안당의 앞에서, 미처 생각하지 못한 이들이 당황하기 시작하고 더러는 본능적으로 검을 빼 든 사람도 있었다. 그러나 무슨 언질을 받은 것인지 아니면 냉악이 결코 의미없이 이런 일을 벌일 사람이 아니라는 것을 믿고 있는 것인지 안당은 잠자코 입을 다물고 있었다.

"개 짖는 소리가 참으로 요란하군. 그 입 좀 다물어야겠어."

냉악이 앞에 놓인 찻잔을 홀짝이며 말했다. 웅사웅이 기다렸다는 듯 말을 받았다.

"아예 찢어놓지요."

대답과 함께 그의 몸은 이미 유영에게 접근하고 있었다.

안당의 묵인 하에 벌어진 싸움이라 여기는지 말리는 사람도 없었다. 그저 최대한 자리를 넓혀 편하게 싸우도록 배려하는 것이 전부였다.

"타핫!"

상대가 자신에게 살기를 품은 데다가 정체마저 드러난 듯한 상황인지라 웅사웅을 향해 검을 내치는 유영은 손속에 인정을 두지 않았다.

슈슈슈슉.

주먹과 검이 허공에서 교차했다.

금강불괴의 경지에 이르지 않은 이상 맨살과 잘 벼린 칼날이 부딪치면 그 결과란 뻔한 것. 살이 찢기고 뼈가 잘리는 것이 당연한 이치였다. 하나 한번 주먹을 내지를 때마다 강맹한 회오리가 주변을 휩쓸고, 사막에 부는 폭풍처럼 예측하기가 힘들다고 하여 용권풍이라는 별호를 얻은 웅사웅의 권, 힘찬 기합성과 함께 내지른 주먹은 모든 이들의 예상을 보란 듯이 비웃을 수 있는 힘이 있었다.

팅!

유영의 검은 웅사웅의 주먹에서 일어난 권풍(拳風)에 의해 거한과 부딪쳐 나가떨어지는 어린아이의 모습처럼 힘없이 튕겨 나갔다.

"큭!"

색출(索出) 189

당황한 유영이 이를 악물며 검을 수습하자 냉소를 지은 웅사웅이 그를 향해 연속적으로 주먹을 휘둘렀다.

휘류류류륭!

가슴 한편을 서늘하게 만드는 기묘한 파공음과 함께 어느샌가 나타난 여덟 개의 회오리가 유영을 향해 꿈틀댔다. 생명이라도 담긴 듯 서로 얽히고설켜 가며 접근하는 회오리는 여의주를 놓고 치열한 싸움을 하는 여덟 마리의 용과 같았다.

"팔룡쟁투(八龍爭鬪)? 호~ 다짜고짜 저것을 펼치는 것을 보면 작심을 해도 아주 단단히 한 모양이군."

검을 만지작거리며 둘의 박투를 지켜보던 송백검 백준이 다소 의외라는 듯 탄성을 내질렀다.

그가 아는 한 팔룡쟁투는 웅사웅의 성명절기인 용형십삼권(龍形十三拳) 중에서 최고의 절기는 아니었다. 하나 가장 살벌하고 무지막지한, 그것에 제대로 걸리면 뼈도 추리지 못한다는 것으로 웅사웅 본인도 가급적 사용하기를 꺼려한다는 초식이었다. 그것 하나만 보더라도 지금 웅사웅이 얼마나 화가 났는지를 확실히 알 수 있었다.

"꺼져랏!"

유영이 전신으로 쇄도해 들어오는 회오리를 향해 미친 듯이 검을 휘둘렀다. 그러자 무수한 검기가 뿜어져 나와 그다지 넓지 않은 회의실을 완전히 뒤덮어 버렸다. 이미 장내엔 온전한 집기가 하나도 없었다.

쾅!

엄청난 충격음과 함께 가장 먼저 접근하던 회오리가 검기에 막혀 소멸했다.

꽝꽝꽝!

연속적으로 이어져 오는 충격음, 둘을 중심으로 거대한 충격파가 사방으로 퍼져 나가고 산산조각난 집기들만이 미친 듯이 비산했다.

꽝!

또 한 번의 충돌음이 터져 나왔다. 그리고 지금껏 굳건히 버텨내던 유영의 몸이 휘청거렸다. 애당초 세 개의 회오리를 막아낸 것만으로도 대단한 것, 그것이 그의 한계였다.

"자네!"

깜짝 놀란 유수가 그에게 달려가려 했으나 구양숭과 백준이 그의 앞을 가로막았다.

"서둘 것 없다. 다음 차례는 어차피 네놈이니까."

백준이 외친 싸늘한 한마디에 몸이 얼어붙은 유수는 단 한 걸음도 옮길 수 없었다. 백준과 구양숭이 뿜어내는 살기가 온몸을 난도질하며 그의 움직임을 제어했기 때문이다.

"크악!"

유영의 입에서 단말마의 비명성이 터지고 붕 뜬 몸이 벽을 향해 날아갔다. 하지만 그의 몸이 벽에 부딪치기도 전, 어느새 반대편으로 움직여 대기하고 있던 한가풍이 왼손의 장력으로 날아오는 속도를 제어하더니 갈고리처럼 손가락을 구부린 오른손으로 그의 가슴팍을 쑤셨다.

퍽!

조금 전의 비명이 유영이 살아 내뱉은 최후의 말이었기에 비명성은 없었다.

털썩.

호기롭게 검을 빼 들었던 유영은 웅사웅이 발출한 권풍에 사지 육신이 산산이 조각나고 최후엔 가슴마저 뻥 뚫린 처참한 신세로 바닥에 팽개쳐졌다.

"간자 놈도 있을 것은 있군."

약속대로 심장을 확인한 한가풍은 싸늘히 식어가는 유영의 몸 위에 여전히 팔딱이고 있는 심장을 툭 던졌다.

"으아아아아!"

그 모양을 본 유수가 괴성을 지르며 달려들었다.

"아직 아니라니까!"

차갑게 소리친 백준이 검을 움직였다.

딸각 하는 소리가 들린 것뿐인데도 유수의 발목에서 피가 솟구쳤다. 평소의 그라면, 제아무리 원로원의 고수라도 그토록 쉽게 당하지는 않았을 것이다. 하지만 평생을 함께해 온 유영의 죽음은 그의 머리 속을 백지로 만들어 버렸다.

"으으… 컥!"

힘없이 무너지는 그의 몸을 구양숭이 걷어찼다. 끊어진 연처럼 날아간 유수의 몸이 하필 냉악의 면전에 떨어졌다.

모두의 이목이 그에게 쏠리고 냉악은 천천히 발을 들어 유수의 이마를 살며시 짓눌렀다. 그리곤 안당에게 고개를 돌렸다.

깍지를 끼고 턱을 괸 처음의 자세에서 조금의 미동도 없었던 안당이 손을 풀며 말했다.

"일이 이쯤 되었으면 설명을 해주어야겠지?"

"듣고 싶으십니까?"

"이 소란을 보고서야 당연하겠지. 왜 그랬는가?"

"이 둘이 간자의 우두머리입니다. 모르긴 몰라도 궁주는 아마도 이 자들의 손에 당했을 겁니다."

좌중이 무섭게 술렁거렸다.

"물론 그만한 증거도 있겠지?"

"잠룡부라는 것을 알고 계십니까?"

"들어 알고 있네. 사천에서 각 문파에 잠입시킨 간자들의 명부라지?"

"잠룡부를 보았습니다."

순간, 지금껏 미동도 없던 안당의 눈가에 잔 경련이 일었다.

"확… 실한가?"

"예."

도저히 믿을 수 없다는 표정으로 고개를 흔들고 있던 동방성이 떨리는 음성으로 물었다.

"진정 잠룡부가 맞습니까? 혹, 잘못 아신 것은……."

그의 말은 끝까지 이어지지 못했다.

"자네……."

슬며시 고개를 돌리며 응시하는 냉악의 몸에선 안당도 보여주지 못한 칼날 같은 기도가 뿜어져 나왔다.

"내가 거짓말을 하는 것으로 보이나?"

"그, 그건 아닙니다만……."

명색이 강호오왕이라는 도왕이었다. 하나 환야가 떠나고 안당을 도와 지금의 패천궁을 만들어낸 냉악의 압도적인 기세는 순수하게 무공의 고하를 떠나 감히 대적하기 어려운 힘이 있었다.

동방성이 더 이상 말을 붙이지 못하고 물러나자 기세를 푼 냉악의 시선이 안당을 향했다. 그의 발 아래 놓여 있는 유수의 처분을 묻는 것. 동생의 죽음에 충격을 받고 극심한 부상까지 당한 유수는 미동도 없이 멍한 눈으로 천장만을 바라보고 있었다.

"분명 잠룡부를 보았다고 했나?"

"그렇습니다."

"그렇다면 명줄을 이어줄 필요가 없겠군."

'아령아, 미안하구나. 결국 이렇게……'

둘의 대화를 듣고 있던 유수의 눈가에서 물기가 배어 나왔다.

궁주를 암습한 것에 대한 후회는 아니었다. 평생을 간자로 살아온 것에 대한 후회도 아니었다. 지금도 중천을 위해 할 일을 했다고 여길 뿐이었다. 그저 한 가지, 행복한 삶을 꿈꾸다 자신으로 인해 절망의 구렁텅이로 빠져 버린 딸의 운명을 생각하며 아비로서 흘리는 눈물이었다. 그러나 홀로 남겨질 딸의 운명을 걱정하던 그의 생각은 이어지지 않았다.

퍽!

기분 나쁜 파열음과 함께 모든 이들이 안색을 찌푸렸다. 유수의 이마를 밟고 있던 냉악이 안당의 허락을 받아 그의 목숨을 단번에 끊어 버렸기 때문이다.

"다른 놈들도 있겠지?"

눈 하나 깜빡이지 않고 허연 뇌수가 흘러내리는 것을 지켜보던 안당이 차갑게 물었다.

"몇 놈 있습니다."

"알아서 조치하게. 아니, 자네들이 그런 일까지 나설 필요는 없겠지. 천명아."

안당이 화천명을 불렀다.

"예."

"지금 즉시 궁내에 잠입한 간자들을 모조리 잡아들여라. 아니다. 잡아들일 필요도 없다. 변명 따위 듣고 싶은 생각조차 없구나. 그 자리에서 모조리 목을 베어버려라."

"알겠습니다."

"이것이 명단이다."

냉악이 화천명에게 조그만 서찰을 건넸다.

"처리는 신속해야 할 것이다."

그러잖아도 지난번 실수 때문에 이를 갈고 있던 화천명이 서찰을 꽉 움켜쥐며 대답했다.

"맡겨주십시오."

"그리고 그 아이는 말이다……."

누군지 말해도 알고 있었다. 화천명은 안당의 다음 말을 기다렸다.

"일단은 지켜만 보거라. 단, 궁주의 곁에는 없어야 할 게야."

부친 때문에 사랑하는 사람을 배반하고 지금은 그의 병상을 지키는 불쌍한 여인. 안당의 말 한마디에 그녀는 죽음의 고비를 넘겼다. 살아도 산 것은 아니었지만…….

"존명!"

허리를 꺾으며 대답한 화천명이 간자들을 색출하러 회의실을 빠져나갔다. 그 외에는 어느 하나 움직일 줄을 몰랐다.
회의실은 그렇게 한참 동안 깊은 침묵에 빠져들었다.

　　　　　　*　　　*　　　*

무당을 쑥대밭으로 만든 을지호는 옥허궁 서남방에 위치한 용천관(龍泉觀)에서 당가의 식솔들과 함께 머물고 있었다.
"후~ 아직 멀었군."
용천관 앞을 흐르는 검하(劍河)의 물줄기를 벗 삼아 산책을 하던 을지호가 이마에 송골송골 맺힌 땀방울을 훔치며 긴 숨을 내쉬었다.
철혈마단과의 싸움에서 당한 부상도 치료하지 못하고 연이은 격전으로 온몸이 만신창이가 된 을지호는 용천관에 온 지 사흘이 되어서야 간신히 의식을 회복했다.
그리고 그를 돌보던 당가의 식솔들로부터 그가 의식을 잃고 난 후에 벌어진 일, 그 모든 사건들이 잠룡이라는 사천의 간세들이 꾸민 일이라는 것을 전해 들었다. 적의 간계에 철저히 농락을 당했다는 생각에 쓰디쓴 웃음을 지은 을지호는 이후 몸을 회복하는 데 전력을 다했다. 그러나 내상은 둘째 치고 외상이 너무 심해 의식을 회복하고도 다시 사흘이 지난 어제서야 비로소 거동이 가능할 정도였다.
"그렇게 움직여도 되는 것인가?"
그의 뒤에서 제갈경의 음성이 들려왔다.
"어서… 오십시오."

재빨리 몸을 돌리다 상처를 건드렸는지 인사를 하는 을지호의 인상이 찌푸려졌다.

"쯧쯧, 너무 무리하는 것은 아닌가?"

제갈경이 혀를 차며 물었다.

"괜찮습니다. 자꾸 써야 빨리 낫습니다."

"그것도 어느 정도지. 아직은 누워서 요양해야 할 때가 아닌가 싶어서 그러네."

"괜찮습니다. 빨리 몸을 추슬러야지요."

"그러게 누가 그렇게 흥분을 하라고 했나?"

"죄송합니다."

"죄송할 것까지는 없네. 그 상황이라면 누구라도 그리했을 테니까. 설마 하니 무당파의 제자가 간세일 줄이야 누가 생각이나 했겠나?"

"그래도 너무 성급했습니다. 앞뒤 사정을 파악하고 보다 차근차근 풀어나갔어야 했는데. 참, 제갈세가의 소식은 들었습니다. 참으로 안타까운 일입니다. 어르신께서 걱정이 크시겠습니다."

제갈경의 안색이 살며시 어두워졌다.

제갈세가의 숭고한 희생은 이미 전 무림에 퍼진 상황이고 칭송을 받았다. 그럼에도 당사자로선 괴로운 일일 뿐이었다.

"어쩔 수 없는 노릇이겠지. 그만큼 버틴 것도 나름대로 최선이었을 테니. 그래도 상당수가 몸을 뺐다고 전해왔다네."

"참으로 다행입니다."

을지호가 반색을 하며 말했다.

"지금부터가 문제일세."

"문제라 하시면……."

"제갈세가가 무너지면서 중천은 그들의 모든 역량을 패천궁에 쏟아부을 터, 자칫하다간 패천궁이 무너질 수도 있네."

병상에 있어도 들을 것은 다 들은 을지호는 안휘명이 간자들에 의해 쓰러졌다는 것 역시 알고 있었다.

"아무래도 궁주의 부재가 크게 작용하겠지요."

제갈경이 고개를 끄덕였다.

"장수가 건재한 병력과 그렇지 못한 병력의 전력은 하늘과 땅 차이니까."

"그래도 버틸 수는 있을 겁니다. 누가 뭐라 해도 패천궁 아닙니까?"

"그렇다면야 좋으련만……."

을지호의 호기 어린 말에도 제갈경의 안색은 펴지 않았다.

"아, 그리고 그 소식도 들었는가?"

"무슨 소식 말씀이신지요?"

"자네의 조부께서 소림을 구한 일 말일세."

"예. 듣기는 들었습니다만……."

"정말 다행스런 일이지. 사천이 무림을 제패하지 못한다면 아마도 을지 가문 때문일 걸세. 허허허!"

"설마 그렇기야 하려구요……."

을지호는 웃음을 흘리며 슬그머니 말끝을 흐렸다. 한데 기분 좋게 웃는 제갈경과는 달리 그의 웃음은 어색하기 그지없는 것이 마치 못 들을 것을 들은 듯 떨떠름한 표정이었다.

*   *   *

광동성 화평현(和平縣)에 자리한 화화장(花花莊).

온갖 기화요초가 아름답게 피어 있는, 이름만큼이나 아름다웠던 그곳에 꽃과는 전혀 어울리지 않는 남천의 주력이 자리잡은 것도 벌써 달포 전의 일이었다.

봉황각(鳳凰閣).

날개를 활짝 펴고 펄럭이는 나비들, 꽃과 꽃 사이를 누비는 이름 모를 생물들의 숨결 소리, 흐르는 물소리며 영롱하게 울려 퍼지는 새소리, 가만히 앉아만 있어도 절로 시흥이 떠오를 만한 곳. 그러나 화화장에서도 가장 아름다운 장소였던 봉황각은 원래 주인이었던 화화장주가 살해되어 싸늘한 시신으로 변해 버리고 남천의 천주가 차지한 뒤부터 생기를 잃었다.

주변을 노닐던 모든 생물들이 사라졌고, 사시사철 활짝 피던 꽃마저 시들어 버렸다. 그것들을 대신해 자리를 차지한 것은 매일같이 터져 나오는 살기 어린 호통과 고함 소리였다.

꽝!

봉황각의 한쪽 창문이 박살나며 술병 하나가 주변 연못으로 날아들었다.

"도대체 이따위를 보고라고 하는 건가?"

남천의 천주 기요후(夔燿吼)는 손에 잡히는 대로 온갖 집기를 부수고도 화가 삭지 않는 듯 연신 거친 숨을 몰아쉬며 두 눈을 희번덕거렸다.

"율평(慄萍)!"

"예, 천주님."

오십이 갓 넘어 보이는 중년인이 재빨리 대답했다.

"말해 봐. 이게 말이 되는 것이냐?"

"죄, 죄송합니다."

"죄송, 죄송, 죄송! 언제까지 죄송만 할 건데?"

"죄송합니다."

율평은 그저 머리를 조아릴 뿐이었다.

"그만 하라니까!"

계속 반복되는 대답에 화가 머리끝까지 치민 기요후가 버럭 소리를 질렀다. 그 소리가 어찌나 엄청난지 연못을 차고 오르던 제비가 떨어지고 봉황각 주변을 지키던 수하들마저 귀를 붙잡고 뒹굴 정도였다. 물론 율평을 비롯하여 기요후 앞에서 무릎을 꿇고 있는 남천의 수뇌들은 미동도 하지 않았다. 단지 살짝 인상을 찡그릴 뿐이었다.

"오늘 들어온 보고만으로도 벌써 백 명이 돼겠다. 사흘 전에는 칠십, 열흘 전에는 육십. 우리에게 굴복한 문파란 문파는 모조리 깨져 나가고 애써 만든 분타가 하나둘 박살나고 있다. 지금까지 당한 인원을 헤아리면 천도 넘는다. 천 명도! 천 명이 누구 애 이름이냐? 도대체 언제까지 당하고만 있을 건데? 희염(晞琰)!"

"예? 예!"

사십이 갓 넘어 보이는 사내가 움찔하여 대답했다.

"그쪽은 안심하라고 하지 않았느냐? 분명히 어떤 낌새도 없다고 했을 텐데?"

"그, 그것이……."

대답이 금방 나오지 않자 기요후의 입술이 일그러졌다.

"그, 그래도 꼬, 꼬리를 잡았으니 곧 일망타진할 수 있을 겁니… 아이쿠야!"

희염은 채 말을 끝내기도 전에 면상을 걷어 채이곤 요란하게 바닥을 나뒹굴었다.

"일망타진? 웃기고 있네. 놈들을 포위했던 것이 세 번이었다. 세 번! 그때마다 모조리 전멸을 당한 것은 놈들이 아니라 함정인 줄 모르고 얼씨구나 하고 걸려든 우리들이었고. 명색이 적의 동향을 살피는 취밀단(取密團)의 단주라는 놈이 놈들의 움직임도 제대로 파악하지 못하니까 그따위 함정에 걸려든 것 아니냐?"

"죄, 죄송합니다."

"시끄러! 다시 한 번 죄송하다는 말을 쓰는 놈이 있으면 입을 찢어놓을 줄 알아!"

기요후가 이리저리 고개를 돌리며 소리쳤다.

"그래도 이번에는 제대로 꼬리를 밟은 듯합니다. 지금 열 명도 넘는 취밀단의 인원이 놈들의 뒤를 바싹 뒤쫓고 있다니까요."

그와 가장 멀리 떨어져 있던 한 노인이 공손히 입을 열었다.

"흥, 이번에도 함정에 빠지는 것 아니야?"

"아, 아닙니다. 이번엔 틀림없습니다."

엉금엉금 기어온 희염이 황급히 입을 열었다.

"틀림없다? 도무지 믿을 수가 있어야지."

"믿어주십시오. 이번만큼은 확실합니다. 제 목을 걸겠습니다."

생각보다 강한 어조에 지금껏 불신의 표정을 짓던 기요후의 안색이 조금 퍼졌다.

"호~ 그 정도 각오란 말이지? 좋다, 그럼 내 한번 물어보자. 놈들은 지금 어디에 있느냐?"

"녹산(鹿山) 지역을 지나고 있다 했습니다."

"녹산? 지독한 놈들. 벌써 그만큼이나 이동을 했단 말이지?"

그는 동에 번쩍 서에 번쩍 하는 상대의 기동력에 혀를 내둘렀다. 그랬기에 지금껏 잡지 못한 것이긴 하지만.

"예. 녹산을 지나 조만간 남곤산(南昆山)으로 접어들 것이라 판단됩니다."

"남곤산이라… 확실한 것이냐?"

"놈들을 뒤쫓고 있는 수하들의 보고에 의하면 확실합니다."

"보고 따위를 물은 것이 아니라 네 의견을 물은 것이다."

그 말에 담긴 의미를 알고 있기에 희염은 금방 대답을 하지 못했다. 그렇다고 하지 않을 수도 없었다.

"분명 남곤산으로 갈 것입니다."

"좋아, 네가 목숨을 걸고 그리 말하니 믿어보지. 낭왕(狼王)!"

"예, 천주님."

기요후의 부름에 육중한 덩치를 지닌 사내가 봉황각이 쩌렁쩌렁 울리는 음성으로 대답했다.

"들었느냐?"

"들었습니다."

"더 이상 놈들에게 당하는 것도 지쳤다. 마음 같아선 내가 직접 가고 싶지만 지금 당장은 놈들보다 패천궁을 치는 것이 급하니 어쩔 수 없다. 네가 가서 확실히 마무리를 지어라."

"감사합니다."

그동안 제대로 된 출정을 하지 못해서 늘 불만이었던 낭왕의 얼굴에 화색이 돌았다.

"봉후(蜂后)가 지원을 해라."

기요후가 낭왕의 맞은편에 앉아 있던 중년의 여인에게 고개를 돌리며 말했다. 화들짝 놀란 낭왕이 황급히 고개를 저었다.

"혼자서도 할 수 있습니다."

"알아, 그래도 같이 가. 이 참에 아주 뿌리를 뽑아야겠어. 희염!"

"예, 천주님."

"이 정도 지원을 해주면 되겠지?"

"충분합니다."

희염이 자신만만하게 대답을 하며 고개를 바닥에 처박았다. 그러나 기요후는 뭔가가 마음에 들지 않는 듯 잠시 이맛살을 찌푸렸다.

"그렇게 자신하지 마라. 네놈 목숨이 걸린 것이다. 그래, 기왕 움직이는 것 확실하게 지원해 주마. 만독문의 독혈인도 데리고 가라. 기하학(奇蝦虐)!"

"예."

만독문의 문주 기하학이 공손히 대답했다.

"대기하고 있는 독혈인이 몇이나 있느냐? 이름만 독혈인인 어설픈 것 말고 제대로 된 것으로."

"셋입니다."

"둘만 지원해 줘."

"알겠습니다."

"가, 감사합니다."

희염은 기요후의 배려에 감격해 마지않았다.

"낭왕에 봉후, 그리고 독혈인까지 지원했다. 이번에도 실패하면 돌아올 생각 하지 마라. 차라리 그 자리에서 뒈져 버려."

"명심, 또 명심하겠습니다. 하나 천주님께서 걱정하실 일은 절대로 일어나지 않을 것입니다."

남천의 사천왕(四天王) 중 두 명이 나서고 거기에 단 하나만으로도 절대무적이라는 독혈인까지 움직이는 상황이었다. 일부러 실패를 하려고 해도 절대 할 수 없는 전력이었다.

"눈앞에서 쓸데없이 지껄이지 말고 결과로 말해. 가라! 가서 놈들을 끝장내!"

"존명!"

기요후에게 정중히 예를 표하고 봉황각을 빠져나온 희염은 낭왕과 봉후를 기다리며 남쪽 하늘을 노려보았다.

'기다려라, 해남파! 반드시 네놈들의 명줄을 끊어줄 테니까.'

놈들로 인해 그동안 얼마나 많은 수모와 고초를 당했던가. 그는 두 주먹을 움켜쥐며 이를 부득부득 갈았다.

제61장

구출(救出)

구출(救出)

"후~ 이제 코앞이군."

식솔들과 떨어져 정신없이 달려오기를 나흘, 어느덧 호북성 균현에 들어선 을지소문의 눈에 멀리 무당산의 웅장한 모습이 보였다.

"우선은 요기부터 해야겠구나."

제아무리 급한 일이 있더라도 배를 움켜쥐고 싸울 수는 없는 법. 그동안 제대로 먹지도 못하고 휴식도 취하지 못한 상황에서 무작정 적진으로 뛰어들 수는 없었다.

을지소문은 주린 배를 채우고 바닥난 체력을 회복하기 위해 눈에 띄는 대로 아무런 주점이나 들어갔다.

"어서 오십쇼, 손님."

대략 열서넛 정도 되어 보이는 꼬마 점소이가 쪼르르 달려오며 환대를 했다.

"간단하게 요기나 하고 가련다. 그런데… 자리가 없는 것 같구나."

주점의 내부를 살펴본 을지소문이 다소 짜증나는 어투로 말했다.

널찍한 내부에 놓여 있는 탁자는 대략 열두어 개. 한데 마땅한 자리가 없었다. 한두 곳 비집고 들어가면 될 듯하였으나 자리 자체가 마치 시장통에 들어선 것처럼 몹시 시끄러울 것 같아 영 마음에 들지 않았다.

"이층에도 없느냐?"

"죄, 죄송합니다. 아무래도 이층은……."

을지소문이 이층을 거론하자 점소이의 반응이 어째 수상했다. 그렇다고 신경 쓸 그도 아니었다.

"가보면 알겠지."

말릴 틈도 없이 이층으로 성큼 발걸음을 옮긴 을지소문은 이층에 도착하기도 전에 점소이가 어째서 그런 표정을 지었는지 알 수 있었다.

일층보다 다소 좁은 이층에 놓여진 탁자는 모두 일곱이었는데 모두 주인이 있었다. 각 탁자마다 많게는 대여섯 명에서 적게는 서너 명씩 앉아 술과 음식을 들고 있었는데 하나같이 범상치 않은 기운들을 뿜어내고 있었다.

'무인들이었군.'

이층에 올라서자마자 전신으로 끈적한 살기가 쏟아져 들어오고 몇몇은 옆구리에 차고 있는 검에 손을 대고 언제라도 손을 쓸 수 있는 자세를 취하는 것이 꽤나 실력이 있는 자들로 느껴졌다.

"흠, 이곳도 다들 주인이 있었군."

그러나 말은 그리해도 그의 발걸음은 어느새 난간 쪽 탁자에 홀로 앉아 술을 마시고 있는 노인에게로 향했다.

한 걸음 움직일 때마다 무시무시한 살기가 그를 위협했지만 애당초 그 정도에 겁을 먹을 위인이 아닌지라 그는 오히려 살기를 뿌리는 무인들에게 미소를 지으며 여유롭게 걸음을 옮겼다.

"노인장, 미안하지만 합석해도 되겠소? 아무리 살펴봐도 여기만한 자리가 없구려."

을지소문이 다가올 때부터, 아니, 정확히 말해서 그가 주점에 들어설 때부터 지켜보던 노인은 두말하지 않고 고개를 끄덕였다.

"그러시지요. 마침 혼자 술을 마시느라 적적하던 참이었습니다."

노인이 고개를 끄덕이는 순간, 을지소문을 노리던 모든 살기가 씻은 듯이 사라졌다.

'역시, 이 노인을 따르는 자들이군.'

"허허허, 고맙소. 꼬마야."

너털웃음을 터뜨리며 사의를 표한 을지소문이 거의 울 듯한 표정으로 서 있는 점소이를 불렀다.

"예? 아, 예."

"뭘 그리 놀라느냐. 쓸데없는 생각 하지 말고 주문이나 받거라."

"뭐, 뭐를 올릴까요?"

"흠, 뭐가 좋으려나. 그래, 그냥 밥하고 여기서 잘하는 고기나 몇 접시 구워 오너라. 술도 잊지 말고."

"금방 대령하겠습니다."

대충 뭔가를 끄적이는 것 같던 점소이는 잠깐이라도 이층에 있기 싫은지 서둘러 자리를 떴다.

"먼 곳에서 오신 듯합니다."

노인이 을지소문의 어깨에 묻은 먼지를 살피며 물었다.

"어이쿠! 이런 실례를."

재빨리 자리에서 일어난 그는 탁자에서 다소 떨어진 곳에서 먼지를 털어내고는 다시 의자에 앉았다.

'긴장들 하기는.'

을지소문은 자신이 움직일 때마다 주변에 일렁이는 예리한 기운을 느끼며 피식 웃음을 터뜨렸다.

"급히 달려오다 보니 옷에 먼지가 앉은 줄도 몰랐구려."

"여행을 하다 보면 다 그렇지요. 신경 쓰지 말고 음식이 나오기 전에 술이나 한잔하시지요."

빙긋이 웃음을 지은 노인이 한잔 술을 청했다. 그러잖아도 목이 탔던 을지소문이 거절할 리가 없었다.

"고맙소이다."

단숨에 술을 들이킨 을지소문이 반대로 노인에게 술을 권하고 그렇게 서너 번 술잔이 돌았다.

"이렇게 만난 것도 인연인데 통성명이나 하지요. 노부는 위지건(尉遲乾)이라 합니다."

"허허, 그까짓 이름이 뭐가 중요하겠소. 딱히 내세울 이름을 가진 것도 아니고… 그냥 산골 구석의 촌로(村老) 정도로만 알아주시구려."

을지소문은 자신의 신분을 밝히고 싶지 않았던 마음에 그냥 가볍게 대꾸한 것이었다. 자신을 위지건이라 소개한 노인 또한 그럴 수 있다는 듯 웃으며 고개를 끄덕였지만 노인을 수행하던 수하들은 그렇게 생각하지 않는 모양이었다.

"무례하지 않은가!"

가장 가까운 곳에 앉아 있던 중년의 사내가 벌떡 일어나며 소리쳤다.

"어르신께서 손수 이름을 밝히셨으면 노인장 또한 의당 예를 갖춰야 할 것 아니오?"

"일성(日星)!"

곁에 앉아 있던 노인이 팔을 잡으며 고개를 흔들었다.

"제 말이 틀렸습니까? 게다가 어르신께 하는 말투를 좀 들어보십시오. 보자 보자 하니까 너무 건방지지 않습니까?"

"그래도 자네가 나설 일이 아니네. 어서 앉게나."

노인은 위지건의 눈매가 가늘어지는 것을 살피며 재빨리 사내를 주저앉혔다. 그리고 다시 일어나려는 그의 옆구리를 찔렀다. 그제야 위지건의 안색을 살핀 일성은 자신의 실수를 깨달았는지 황급히 자세를 바로잡았다.

"죄송합니다. 흥분을 잘하는 친구라."

"괜찮소. 원래 주인을 위해 짖는 개는 나무라지 않는 법이라오."

"이 늙은이가 미쳤나! 개라니!"

또다시 참지 못한 일성이 벌떡 일어났다.

"무슨 짓이냐, 일성! 손님께 너무 무례하구나."

"하, 하지만 저 늙은이가······."

"입··· 다물어라."

짧지만 강렬한 힘이 담긴 말이었다. 얼굴은 딱딱하게 굳었다. 근래 들어 위지건이 그와 같이 화를 내는 것을 보지 못했던 일성은 등에서 식은땀이 흐르는 것을 느끼며 황급히 무릎을 꿇었다.

"용서를……."

"용서는 이분께 구해라."

누구의 명이라고 거역을 할까? 일성은 주저없이 을지소문에게 고개를 숙였다.

"죄송합니다. 용서해 주십시오."

상황이 그쯤 되면 다소간 미안해하거나 적어도 무안한 표정이라도 지어야 할 것이나 을지소문은 참으로 뻔뻔하게 고개를 끄덕였다.

"괜찮네. 실수는 누구나 할 수 있는 것이지. 하나 다음부터는 조심하게나. 오래 살고 싶거든 나설 때, 나서지 않을 때를 가려야 할 게야."

'씹어 먹을 늙은이 같으니라고!'

'이놈아, 그리 노려본다고 되겠느냐? 차라리 시원스럽게 덤벼보거라.'

이층에 오르던 순간부터 유난히 자신에게 적의를 보인 일성을 골탕 먹이기 위해 일부러 도발을 한 을지소문은 죽을힘을 다해 화를 삭이는 그의 모습을 보며 간신히 웃음을 참았다.

"자리로 돌아가거라."

위지건이 손짓을 하며 말했다. 아직도 노여움이 풀리지 않았는지 음성은 차기만 했다.

"이것 참, 부끄럽습니다."

"신경 쓰지 마시구려. 허허, 참으로 충직한 수하인 것 같소. 성격만 조금 고친다면 금상첨화(錦上添花)겠소이다."

병 주고 약 주는 것인가? 애써 고개를 돌린 일성의 얼굴이 참혹하게 일그러졌다.

"그나저나 이곳 분이 아닌 것 같은데 어디로 가시는 게요?"

을지소문의 물음에 위지건이 담담히 입을 열었다.

"얼마 전 집을 떠난 아들 녀석이 동료들과 일을 벌였는데 어찌 돼 가는지 한번 살펴보려고 왔습니다. 처음엔 그럭저럭 잘해 나가는 것 같더니만 근래 들어 꽤나 힘들어하는 것 같아서… 뭐, 응원차 왔다고 할 수 있겠지요."

"그렇구려."

"노인장도 이곳 분은 아닌 것 같습니다."

"아니지요."

"한데 어째서?"

그러자 을지소문의 입에서 한숨이 흘러나왔다.

"후~ 노형(老兄)과 똑같은 이유라오. 손자 놈이 일을 저질렀는데 제대로 수습도 하지 못하는 것 같아 야단을 좀 치려고 왔소이다."

"허허허, 그렇습니까? 이것 참 기묘한 인연이로군요. 자자, 한 잔 더 받으시지요."

무엇이 그리 좋은지 크게 웃음을 터뜨린 위지건이 연거푸 석 잔의 술을 권했다.

둘의 술자리는 을지소문의 음식이 나오고 또 그가 시킨 술이 바닥날 때까지 계속되었다.

"그만 일어나시렵니까?"

위지건이 천천히 옷매무새를 가다듬는 을지소문을 보며 물었다.

"아무래도 그래야 할 것 같소."

제법 술이 올랐는지 묻는 위지건이나 대답하는 을지소문 모두 안색이 대춧빛으로 물들어 있었다.

"오랜만에 마음이 맞는 술친구를 만났는데 아쉽습니다."

"그러게 말이오. 하나 어쩌겠소. 손자 놈 뒤치다꺼리를 해야 하는 일이 급하니."

헤어지기 아쉬운 듯 한숨을 내쉬며 천천히 자리에서 일어난 을지소문이 위지건에게 포권을 했다.

"즐겁게 잘 마시고 쉬다 가오이다."

"천만에 말씀을. 만나뵙게 되어 참으로 즐거웠습니다."

"인연이 있으면 또 봅시다."

"예. 한번쯤은 더 뵈올 날이 있겠지요."

"그럼, 이만."

을지소문은 가볍게 고개를 끄덕인 후 몸을 돌렸다. 위지건은 그의 몸이 이층에서 사라질 때까지 미동도 하지 않다가 빈 잔에 술을 따르더니 곧 난간으로 다가갔다.

계단을 내려간 을지소문은 어느새 일층을 가로지르며 출입문으로 향하고 있었다.

"노인장, 이별주나 한 잔 더 받으시지요."

위지건이 을지소문을 향해 술잔을 던졌다.

진기가 실린 것인가?

그의 손을 떠난 술잔은 천천히 하강을 하며 느릿느릿 날아갔다. 거의 칠팔 장의 거리를 격하며 날아가는 술잔은 조금도 떨리지 않고, 단 한 방울의 술도 흘리지 않은 채 을지소문의 손으로 빨려 들어갔다.

"이야!"

"시, 신기로다!"

일층에서 그 모양을 본 사람들은 저마다 입을 쩍 벌리며 놀라워했다. 더러는 박수를 치며 환호성을 질렀다.

"허허, 고맙소."

의미심장한 미소를 지으며 술잔을 낚아챈 을지소문은 단숨에 잔을 비웠다. 그리곤 잔을 돌려주며 말했다.

"술이 없으니 빈 잔밖에 돌려주지 못하겠구려. 언제고 기회가 되면 이 한잔 술의 빚을 갚도록 하겠소."

을지소문의 손을 떠난 잔은 내려올 때와 똑같은 속도로 주인에게 돌아갔다.

위지건이 술잔을 받았을 땐 그의 모습은 이미 사라지고 없었다.

"중원은 참으로 넓은 것 같소. 그렇지 않소, 태상(太上)?"

"예. 저만한 인물이 존재할 수 있다니 그 저력이 무섭습니다."

위지건의 곁으로 다가온 백미노인은 그의 손에 들려진 술잔을 보며 다소 굳어진 얼굴로 대답을 했다.

"이해하지 못하겠다는 표정이구나."

위지건이 입이 한 자나 나와 있는 일성을 보며 미소 지었다.

"그, 그것은 아니오나……."

"할 말이 있으면 해보아라."

잠시 머뭇거리던 일성이 살며시 입술을 깨물고 입을 열었다.

"예. 소신은 태존(太尊)께서 어째서 저런 늙… 노인에게 이리 환대를 하는지 이해를 할 수가 없습니다. 무례한 것도 적당해야지 아예 하늘을 찌르지 않습니까?"

"그리 보였느냐?"

"다르게 보일 수도 있습니까?"

"쯧쯧쯧, 멀어도 아주 한참을 멀었도다."

위지건은 한심하다는 듯 연신 혀를 찼다.

"하긴, 네 탓만 할 것이 아니다. 이곳에서 저 노인의 힘을 가늠할 수 있는 사람이 몇이나 있을까? 태상과 좌(左), 우상(右相)뿐이겠지."

"그, 그 정도로 대단한 인물입니까?"

위지건의 입에서 그 정도의 칭찬을 받을 수 있는 사람이 과연 몇이나 있을 것인가? 질문을 던지는 일성은 물론이고 주변에 있던 모든 이들의 눈이 휘둥그레졌다.

"받아보겠느냐?"

위지건이 술잔을 들었다.

애당초 거절할 수 없는 명령, 일성은 잔뜩 긴장된 표정으로 자세를 잡았다.

위지건은 별다른 힘도 들이지 않고 술잔을 던졌다.

십여 쌍의 눈이 느릿느릿 날아가는 술잔에 집중되었다.

일성이 술잔을 향해 손을 뻗었다.

순간, 그의 입에서 탁한 신음성이 흘러나오고 몸이 크게 휘청거렸다.

"크윽!"

술잔에 담긴 힘이 어짜나 거대한지 혼신의 힘을 다했건만 일성은 연거푸 일곱 걸음이나 뒤로 물러나고서야 중심을 잡을 수 있었다.

"오성의 힘이 실린 것이다."

"아!"

위지건의 말에 모든 이들의 입에서 탄성이 터져 나왔다. 일성 정도의 무공이라면 어디에 내놓아도 손색이 없는 터, 그 정도의 고수를 이처럼 속수무책 뒷걸음질치게 만든 것이 고작 오성 공력이라니! 하지만 그들이 진정 놀라야 할 말은 그것이 아니었다.

"난 그에게 십성의 공력으로 술잔을 던졌다."

쾅!

거대한 둔기로 뒤통수를 맞으면 이런 느낌일런가!

일성 정도의 고수도 고작 오성의 공력을 감당하지 못하거늘 하물며 십성이라니!

"……."

애당초 을지소문의 힘을 알아본 세 명의 노고수를 제외하고는 모두들 놀란 입을 다물지 못했다.

"십성의 공력이 담긴 술잔을 받으면서도 그는 태연자약했다. 보아서 알겠지만 술잔에 담긴 술은 단 한 방울도 흐르지 않았고 그의 자세 또한 조금도 흐트러짐이 없었다. 그리고 나에게 다시 술잔을 보냈다. 한 치의 오차도 없이 내가 사용한 힘에 정확히 일 푼 정도의 힘을 더 담아서 말이다."

"그, 그럴 수가!"

자신도 모르게 주저앉는 일성은 얼이 빠져 있었다.

"태상은 그 노인의 힘을 어느 정도라 보는가?"

"글쎄요……."

백미노인은 말을 아꼈다.

"괜찮네. 말해 보게."

"태존과 동수(同手) 정도의 고수로 보입니다."

백미노인은 한참을 망설인 후에야 대답을 했다. 하나 위지건은 담담한 미소와 함께 고개를 흔들었다.

"아니, 나에게 그렇게 후한 점수를 줄 필요까지는 없네. 내가 보기엔 최소한 동수야."

"그 정도까지는……."

"확실하네. 다른 무엇보다 내 몸이 그렇게 말을 하고 있어. 처음 그를 봤을 때 전신의 모든 털이 곤두서는 느낌. 지금껏 이런 긴장감을 맛본 적은 없었네. 과연 어떤 인물일까? 저만한 고수라면 이름이 알려지지 않을 까닭이 없는데."

"알아볼까요?"

"아니, 관두게. 그럴 필요까지는 없을 것 같네. 왜 그런지 몰라도 언제고 다시 만날 것만 같단 말이야. 그것도 아주 빠른 시간 안에."

위지건은 아직도 저려오는 팔을 의식하며 천천히 술잔을 들었다.

'정말 궁금하군.'

　　　　　*　　　　*　　　　*

북천의 본진이 자리잡은 원화관(元和觀)에서도 가장 엄중히 보호를 받는 회심각.

보통 이중, 삼중으로 호위 무사들이 배치되어 있었지만 오늘따라 유난히 인원이 많았다. 평소보다 두 배는 더 많은 인원이 배치되어 있었고 그들 모두의 얼굴엔 팽팽한 긴장감이 깃들어 있었다.

이유는 하나였다.

늦은 오후, 하루 종일 온몸을 불태우며 세상을 밝히던 태양이 서산마루로 지친 몸을 기대고 있을 무렵 일단의 무리들이 원화관으로 몰려들었다. 처음엔 적이 침입한 줄 알고 잔뜩 긴장하던 북천의 수뇌들은 그들이 서천의 천주 철포산과 그가 대동하고 온 수하들이라는 것을 알고는 극진한 예로 대접했다. 그리고 밤이 깊어질 무렵, 회심각에선 연회를 겸하여 중대한 회의가 시작된 것이다.

"정신들 똑바로 차려. 쥐새끼 한 마리도 침입을 시켜선 안 돼!"

설풍단의 부단주 장방형은 한시도 쉬지 못하고 회심각 주변을 돌았다. 그럴 리야 없겠지만 행여나 불순한 의도를 지닌 자가 접근할 수도 있다는 생각에 만전을 기하는 것이었다. 그리고 그는 자신과 한빙오영, 설풍단이 경계를 서는 한 그 누구도 침입하지 못할 것이라는 자신감이 있었다.

하지만 그런 노력을 단번에 짓밟으려는 사람이 있었으니…….

'흠, 저곳이 회심각이렷다.'

야음을 틈타 원화관에 잠입한 뒤 은밀히 사마유선을 찾던 을지소문은 서천의 수뇌들이 자신보다 먼저 도착하여 큰 환대를 받고 회심각에 모여 매우 중대한 회의를 하고 있다는 것을 알고는 사마유선을 찾는 일을 잠시 미루었다. 지금 당장은 아니지만 언젠가는 부딪칠 인물들, 아무래도 어떤 일을 꾸미고 있는지 정도는 알아두는 것이 좋을 것이란 생각 때문이었다.

'제법 만만치 않겠는걸.'

을지소문은 회심각 주변을 빽빽이 에워싸고 있는 인의 장막을 보며 침입이 생각만큼 쉽지 않으리라는 것을 알 수 있었다. 개개인의 무공이야 문제될 것은 없지만 아무런 소란도 없이 수십 쌍의 눈을 피한다는 것은 그로서도 꽤나 부담스런 것이었다.

'그래도 어딘가엔 틈이 있겠지.'

느긋하게 마음을 먹은 그는 회심각의 주변을 돌며 경계가 가장 허술한 곳을 찾기 시작했다.

한 바퀴, 두 바퀴.

들키지 않으면서 회심각의 경계가 어떤지 살피는 일도 결코 만만치 않은 일이었으나 그 정도는 을지소문에게 있어 그다지 힘든 일이 아니었다.

한참 동안이나 주변을 살피던 그는 결국 회심각의 북쪽, 연못 쪽에서 약점을 찾아내고는 한빙오영 중 한 명이 그들의 경계 상태를 살피는 틈을 타 지붕으로 날아들었다. 호위들은 물론이고 한빙오영도 마치 밤안개처럼 자연스레 어둠에 몸을 숨기고 순간적으로 공간을 이동하여 숨어드는 그를 발견할 능력은 지니지 못했다.

회심각의 지붕으로 숨어든 을지소문은 지붕과 지붕 사이의 사각에 몸을 숨기고 지붕 기와에 최대한 몸을 밀착시켜 외부에서 그의 존재를 눈치채지 못하게 했다. 그리곤 천천히 구멍을 뚫기 시작했다. 어찌나 조심을 했는지 새끼손가락 하나가 겨우 들어갈 정도로 미세한 구멍을 만들어내기까지 걸린 시간이 무려 반 시진. 그나마 다행인 것은 회심각에서 벌어진 연회가 거의 끝나갈 무렵 구멍을 완성할 수 있었는데 만약 연회가 끝난 상황이었다면 제아무리 을지소문이라 해도 적의 이목을 숨기고 지붕에 구멍을 뚫는 데 성공하지는 못했을 것이다.

'후~ 간신히 시간을 맞췄군.'

음악을 켜던 악사(樂士)들과 무희(舞姬)들이 퇴장을 하고 들떠 있던 좌중의 분위기가 착 가라앉는 것을 살피며 을지소문은 콧잔등에 맺힌 땀방울을 닦아냈다. 그리곤 일체의 인기척을 감추고 회심각의 내부를 살피기 시작했다.

"천주의 환대, 참으로 고맙소."

철포산이 붉게 상기된 얼굴로 말을 했다.

"급히 준비하느라 대접에 소홀했습니다."

위지요는 부드러운 미소로 예를 차렸다.

"아니오. 솔직히 말하자면 이 정도까지 환대를 받을 줄은 생각도 못했소."

"과찬의 말씀입니다. 예부터 피를 나눈 형제와도 같은 사이 아닙니까? 당연한 것이지요."

"허허, 딴은 그렇소. 아무튼 나름대로 여흥도 즐겼고 밤도 깊은 것 같으니 이제 본론으로 들어가는 것이 좋겠소."

무희들이 완전히 빠져나가고 문이 닫히는 것을 확인한 위지요도 고개를 끄덕였다.

"예. 천주께서 직접 이곳을 찾으셨다면 그만한 이유가 있으실 터, 어떤 연유로 오셨는지 궁금합니다."

"단도직입적으로 말하겠소."

잠시 숨을 가다듬은 철포산이 곧바로 말을 이었다.

"연합을 합시다."

"연합은 이미 하고 있는 것 아닙니까?"

철포산이 어떤 의미로 그런 말을 하는지 알고 있었지만 위지요는 시치미를 떼고 고개를 갸웃거렸다.

"우리가 무당을 치기 위해 허비한 시간도 벌써 백여 일이 훌쩍 넘었소. 많은 도관을 점령하고 또 그만한 피해를 입혔다지만 사실 우리 쪽 피해도 만만치 않소. 북천에서도 그다지 재미를 보지는 못했다고 알고 있소."

"하하하, 저들의 저항이 워낙 완강하다 보니……."

"그러나 언제까지 이곳에서 머뭇거릴 수는 없지 않겠소? 우리가 무당산에 발이 묶여 있는 사이 저들은 지금도 계속해서 세를 확장하고 있소."

그제야 위지요의 안색에도 변화가 왔다.

"하나 저들 또한 패천궁에 막혀 고전하고 있습니다."

"천주는 소식을 듣지 못했소? 중천의 발목을 잡던 제갈세가가 무너지고 패천궁의 궁주가 사경을 헤매고 있다 하오. 패천궁이 언제까지 버틸 수 있다고 생각하오? 아니, 버틴다고 해도 고작 명맥을 유지하는 것 정도가 될 것이오. 귀주, 광서, 광동은 남천에게 산동, 안휘, 강소, 절강, 강서 지역은 이미 중천의 손아귀에 들어가 버렸소. 남은 것은 호북과 호남뿐. 한데 호남은 남천에게 거의 넘어가 버린 상황이고 중천은 호북으로 세를 뻗치면서 하남까지 노리고 있는 상황이오."

"음."

하남의 얘기가 나오자 위지요는 뼈아픈 신음성을 내질렀다. 애당초 하남은 소림사를 치면서 북천의 영역으로 굳어진 것이었다. 하나 소림사를 다시 빼앗기면서 그 영향력이 급속도로 사라져 지금은 사실상 없다고 해도 과언은 아니었다. 그런 상황에서 최근 들어 중천에서 호시탐탐 하남성을 노리고 있는 것이다.

"중천의 간세들로 무당이 쑥대밭이 되면서 우리도 놈들을 칠 수 있는 절호의 기회를 맞았소. 그러나 서로의 눈치를 보며, 아니, 오히려 서로를 견제했다고 하는 것이 맞겠지. 아무튼 서로의 힘을 의식하고 견제를 하다 보니 공격은 지지부진하고 제대로 된 요충지를 점령하지는 못했소. 이러다간 저들이 패천궁을 무너뜨리고 북상할 때까지도 우리는 무당산에 묶여 있는 상황이 벌어질 수도 있소."

구구절절 옳은 말이었다. 그러한 이유 때문에 만약 오늘 철포산이 찾아오지 않았다면 직접 서천을 방문할 생각까지 하고 있었던 위지요로선 고개를 끄덕이지 않을 수 없었다.

"하면 어찌하자는 것입니까?"

"우선 일체의 사심 없이 힘을 합쳐 무당파와 정도맹을 무너뜨려야 하오."

"그 다음은요?"

"호북은 우리가, 하남은 북천에서 차지하는 것으로 서로를 인정하고 지지하면 어떻겠소?"

"호북을 그대로 넘겨달라는 말씀입니까?"

위지요의 안색이 살짝 굳어졌다. 그들이 소림사를 빼앗겼다는 소식을 듣고도 아직까지 무당산에 머무는 것은 오로지 호북에 진출하기 위함이었다. 생각만큼 일이 쉽게 풀리지 않고 있어서 문제이기는 하지만.

"대신 섬서를 넘보지 않겠소. 알고 있겠지만 섬서는 북천보다는 우리의 힘이 미치기 쉬운 곳이오."

사실이었다. 서천이 마음만 먹으면 섬서 땅은 수일 내로 그들의 손아귀로 떨어질 가능성이 높았다.

"또한 북천의 입장에선 호북보다 하남이 중요하지 않소? 하남을 중천에 빼앗긴 다음에 호북을 차지해서 뭣 하겠소? 외딴 섬도 아니고."

"하남에는 소림사가 있습니다. 그리 쉽게 놈들 수중에 떨어지지는 않을 것입니다."

"허허, 설마 하니 이빨 빠진 소림이 중천의 힘을 막을 수 있다고 생각하는 것이오? 중천이 마음만 먹으면 소림을 무너뜨리는 것은 일도 아닐 것이오."

'저것들이 소림을 뭘로 알고!'

가만히 듣고 있자니 화가 치밀었다.

을지소문은 자꾸만 소림을 무시하는 철포산의 말에 자신도 모르게 흥분을 하고 말았다. 한데 그 때문이었을까?

"누구냐!"

철포산이 갑자기 호통을 치며 앞에 놓인 젓가락을 던졌다.

팍!

연약한 나무로 만들어진 젓가락은 천장과 단단한 지붕을 뚫고 단숨에 사라졌다.

"무슨 일이십니까?"

위지요가 긴장하며 물었다. 그러자 한참 동안이나 천장을 응시하던 철포산이 미심쩍은 표정으로 대답했다.

"인기척이 있는 것 같아서 그랬소."

"저는 아무런 기척도 느끼지 못했습니다."

"내가 조금 예민했던 것 같소. 누군가가 숨어 있었다면 뭔가 반응이 있었을 터인데 전혀 없는 것을 보니 말이오."

철포산은 자신의 신경이 너무 날카롭게 곤두서 있는 것이라 여기며 고개를 흔들었다. 십성의 공력을 실어 던진 젓가락을 간단히 피하고 또 그러면서 아무런 기척도 내지 않는 고수가 있을 수는 없었으니까.

그러나 그는 몰랐다. 그 짧은 순간에 손가락 하나로 온몸의 체중을 버텨내며 그가 던진 두 개의 젓가락 중 하나를 피해내고 다른 하나는 입으로 받아낸 사람이 있다는 것을. 그리고 놀란 가슴을 쓸어내리며 그를 향해 엄청난 욕을 하고 있다는 것을.

"잠시 이야기가 겉돈 것 같소. 어쨌든 내가 하고 싶은 말은 간단하오. 서천과 북천이 힘을 합쳐 최대한 빨리 무당산을 쓸어버리고 병력을 몰아 소림사까지 점령한다. 이후, 호북은 우리가, 하남은 북천이 차지한다. 물론 남천이나 중천의 반발이 있겠지만 그 지역을 먼저 선점한 후 서로 힘을 합쳐 대응하면 그들도 뭐라 하지 못할 것이오."

"호남은 어찌할 생각입니까?"

"호남은 포기할 생각이오. 호남은 애당초 강이 가로막고 있어서 진출하기가 용이하지 않은 곳이잖소. 또한 그곳을 포기하면 저들의 반발도 최소한으로 할 수 있고 나름대로 생색도 낼 수 있을 테니 말이오."

"그다지 나쁜 생각은 아닌 것 같군요."

"최선일 것이오."

위지요의 반응으로 보아 거절할 것 같지는 않았다. 그래도 최종 대답을 듣기 전까지는 안심할 수 없는 것. 수염을 쓰다듬으며 목을 축이는 철포산은 다소 긴장한 모습이었다.

위지요는 쉽게 대답하지 않았다.

철포산도 대답을 채근하지 않았다.

두 눈을 감고 한참이나 숙고하던 위지요는 철포산의 의견이 현 시점에서 최선이라는 것을 인정할 수밖에 없었다.

"알겠습니다. 약속만 지키신다면 함께 힘을 합치는 것도 나쁠 것 같지는 않군요."

"허허허허! 잘 생각했소."

그제야 자신의 의도대로 모든 일이 마무리되었다는 생각에서인지 철포산은 회심각이 떠나가라 웃음을 터뜨렸다.

"세부적인 것은 차후 논의하기로 하고 지금부터는 잠시 물렸던 술이나 한 잔 더 하시지요."

"허허, 어디 한 잔뿐이겠소. 대취하도록 마셔봅시다. 아, 그전에 한 가지 청이 있소."

"무엇입니까?"

"천주도 알고 있겠지만 이번에 노부의 평생지기를 잃었소."

'나렴을 말하는군.'

위지요는 위지청의 보고로 나렴이 을지호의 손에 죽은 것을 이미 알고 있었다.

"들어 알고 있습니다. 참으로 안타까운 일입니다."

"그 친구를 그리 만든 놈이 무당산에 있소."

"삼시파천 말입니까?"

"그렇소. 삼시파천 을지호! 내 이놈의 가죽을 벗겨 신으로 삼고 뼈를 갈아 마시지 않으면 분이 풀리지 않을 것 같소."

나렴의 죽음을 떠올리는 철포산의 눈에서 무시무시한 살기가 뿜어져 나왔다.

"북천은 놈에게 손을 대지 않겠습니다. 행여 놈과 싸우더라도 천주께 넘겨 드리지요."

"고맙소. 하나 내가 원하는 것은 그게 아니오."

순간, 위지요의 얼굴에 의혹이 떠올랐다.

"그게 아니란 말씀입니까? 흠, 말씀해 보시지요."

"이곳에 놈의 계집이 있다고 들었소. 그 계집을 넘겨주시오."

"예?"

설마 하니 철포산이 사마유선을 넘겨달라고 할 줄은 몰랐던 위지요는 자신도 모르게 반문을 하고 말았다.

"무당산을 점령한다고 해도 놈의 목숨을 취할 수 있다고는 장담하지 못하오. 놈이 마음만 먹으면 몸을 빼기는 쉬울 것이오. 그렇지만 제 계집이 내 손에 있는 한 나를 피하지는 못하오."

"아무리 그래도……."

"부탁이오. 계집을 내게 넘겨주시오."

"그것이……."

위지요가 망설이는 사이 위지청이 벌떡 일어나 소리쳤다.

"그것은 안 됩니다."

"어째서 안 된다는 것인가?"

철포산이 다소 기분 상한 듯한 표정으로 물었다.

"그녀가 이곳에 있기는 하오나……."

위지청은 더 이상 말을 잇지 못했다. 위지요가 재빨리 전음으로 그의 입을 막았기 때문이다.

"무슨 말을 하고 싶은지 알겠네. 하나 나 또한 계집 따위로 놈을 위협할 생각은 없어. 그냥 도망만 치지 못하게 하겠다는 걸세. 내가 원하는 것은 놈이지, 놈의 계집이 아니거든."

철포산의 시선이 위지요에게 향했다.

"계집을 다치게 하여 북천의 명예에 누가 되는 일은 없을 것이오. 다시 한 번 말하지만 계집은 놈을 낚기 위한 미끼일 뿐 그 이상도 이하도 아니오. 하니 넘겨주시구려."

넘겨달라고 하는 눈빛이 예사롭지 않았다. 거부라도 한다면 지금까지의 모든 대화를 단번에 뒤집어 버릴 수도 있다는 강한 의지가 담긴 표정. 처음부터 아니라면 모를까 지금 와서 판을 뒤집고 싶지 않았던 위지요는 열심히 고개를 흔드는 위지청을 외면하고 결국 허락을 하고 말았다.

"알겠습니다. 북천의 명예를 지켜주겠다는 말씀을 믿고 넘겨 드리겠습니다."

"고맙소."

"아버님!"

"그만 되었다. 네 마음도 이해는 하지만 먼저 약속을 어긴 자는 그자다. 그는 무당파의 장문인의 목을 베지 못했어. 뭐, 그녀를 구하고 싶으면 그가 직접 움직이겠지. 지금 가서 사마유선을 데리고 오너라."

위지청은 왠지 부친의 처사가 마음에 들지 않았다. 그렇다고 모두가 보는 자리에서 따르지 않을 수도 없었다.

"알겠습니다."

힘없이 대답을 한 위지청이 회심각을 빠져나왔다.

지붕에서 안의 동정을 엿보고 있던 을지소문의 몸도 어느새 사라지고 없었다.

"흥, 아무리 포로 신세라지만 이 밤중에 쳐들어올 줄은 꿈에도 몰랐군요."

"미, 미안하오. 아직은 초저녁인지라……."

"도대체 나를 언제까지 잡아둘 셈이지요?"

재빨리 옷매무새를 다듬고 허리춤에 손을 얹은 사마유선이 차갑게 물었다.

'참으로 대단한 여자야.'

위지청은 포로로 잡혀와 과연 이토록 당당할 수 있는 여자가 또 있을까라는 생각을 하며 쓴웃음을 짓고 말았다.

"언제까지 잡아둘 생각인지 물었어요."

"그것이……."

"흥, 말을 하지 못하는 것을 보니 일이 제대로 안 풀리는 모양이군요. 그럴 줄 알았어요. 고작 여인네나 인질로 잡고 위협할 줄 아는 이들이 무엇을 할 수 있을까?"

"말을 함부로 하지 마시오."

"왜, 찔리나 보지요? 그러니까 더 이상 날 붙잡아두지 말고 풀어줘요."

"나도 그러고 싶지만 미안하게도 그럴 수가 없게 돼버렸소."

사마유선은 위지청의 음성에서 묘한 느낌을 받았다.

"어째서요?"

"당신은 곧 다른 곳으로 가게 될 것이오."

"다른 곳이라면 어디를 말하는 건가요?"

"서천."

"서천이라면… 철혈마단!"

사마유선이 깜짝 놀라 소리쳤다.

"그렇소. 서천의 천주가 당신을 원했소."

일순, 사마유선의 얼굴에 냉기가 피어올랐다.

"나를 이용하여 오라버니를 잡겠다는 것이겠군요."

"아마도. 하나 당신의 안전은 보장될 것이오. 당신에게 해를 끼치지 않겠다고 우리와 약속했소."

사마유선의 얼굴이 더욱 싸늘해졌다.

"약속? 웃기는군. 누가 누구를 위해 약속을 한다고. 왜? 그따위 말을 들으면 내가 고마워할 줄 알았나 보지? 꺼져 버려! 약속도 제대로 지키지 못하는 소인배 따위와는 말도 하기 싫으니까."

"약속은… 그가 먼저 지키지 않았소."

"헛소리! 나는 귀가 없는 줄 알아? 애당초 그 서찰은 사기였잖아. 무당에서 보냈으되 보낸 자가 무당파의 인물이 아니라 너희가 잠입시킨 간세였다면서?"

"중천에서 한 짓이오."

"어쨌든 똑같은 말이잖아. 결국 무당파는 우리를 해칠 의도가 없었어. 무당파와 우리를 이간하려는 의도만 있었을 뿐. 그것을 안 이상 오라버니는 무당파의 장문인을 죽일 이유가 없고. 그렇다면 당신들은 나를 풀어줘야지. 북천의 명예 어쩌구 하며 거창하게 굴었으면 그게 당연한 것 아냐?"

조리있게 풀어가는 사마유선의 말솜씨에 위지청은 뭐라 대꾸할 말을 찾지 못했다. 억지스런 말도 있었으나 대부분 옳은 소리였고 특히 북천의 명예를 거론할 때는 낯이 뜨거워 얼굴을 돌려야 할 정도였다.

한데 바로 그때였다.

"암, 그래야지, 그래야 하고말고. 명색이 천하를 노린다는 놈들이 고작 여인네나 인질로 붙잡아서야 쓰나."

아무런 인기척도 느끼지 못했건만 난데없이 들려오는 음성은 무엇인가?

"누구냐!"

기겁을 한 위지청이 재빨리 몸을 틀며 동시에 검을 휘둘렀다. 하나 검은 허공을 벨 뿐이었고 시선엔 아무도 들어오지 않았다.

'어, 어디로?'

위지청은 눈앞의 상황을 이해할 수 없었다.

"쯧쯧, 제법 실력은 있는 것 같다만 검은 그렇게 앞뒤 재지 않고 휘두르는 것이 아니다."

바로 뒤에서 들려오는 음성에 위지청의 몸이 또다시 회전을 하였고 조금 전보다 더욱 빠르게 검을 움직였다. 그러나 이번에도 검은 허공을 가를 뿐이었고 두 눈 역시 적의 모습을 찾아내지 못했다.

"모습을 보여라!"

위지청이 고개를 마구 돌리며 소리를 질렀다.

"시끄럽다, 이놈아."

또다시 장난기 어린 음성이 들리고 위지청은 자신의 몸이 뻣뻣하게 굳는 것을 느끼며 경악을 금치 못했다.

위지청이 놀란 눈을 껌뻑일 때 그의 등 뒤에서 그가 몸을 틀 때마다 마치 그림자처럼 따라붙으며 장난을 쳤던 을지소문이 모습을 드러냈다.

"뭐 잘났다고 그리 고함을 지르느냐? 귀찮게 다른 녀석들이라도 몰려오면 어찌하려고."

그리곤 손가락으로 위지청의 이마를 튕겼다. 혈을 제압당해도 몸의 감각은 남아 있는지 위지청의 눈가가 고통으로 씰룩거렸다.

"정신이 번쩍 날 것이다."

위지청의 이마를 한 번 더 튕긴 을지소문이 토끼처럼 두 눈을 크게 뜨고 놀라움에 입을 가리고 있는 사마유선에게 다가갔다.

"네가 사마유선이라는 아이냐?"

"예? 예."

사마유선이 얼떨결에 고개를 끄덕였다.

"반갑구나. 나는 을지소문이라고 한다."

난데없는 상황에 정신을 차릴 수 없었던 사마유선은 그냥 그러려니 하고 넘어갔다. 하나 을지소문이라는 이름이 주는 의미를 잘 모르고 있는 그녀와는 달리 비록 말을 하지 못하고 몸을 움직이진 못하더라도 귀는 열려 있었던 위지청은 그 이름을 듣고 기절할 듯 놀라고 있었다.

궁귀 을지소문!

과거엔 몰라도 무림을 도모하고 있는 지금 모를 수가 없는 이름이었다.

자타가 공인하는 천하제일인!

더구나 그로 인해 소림사에 남아 있던 북천의 무인들이 패퇴하여 쫓겨나지 않았던가. 그런 그가 바로 눈앞에 있는 것이었다.

"내가 누군지 아직도 모르겠느냐?"

"그, 그것이……."

생면부지인 노인이 다짜고짜 나타나 이름을 밝히고 아느냐고 묻는 것이었으니 사마유선으로선 당황하지 않을 수 없었다.

그녀가 아무런 대답도 하지 않자 을지소문은 최대한 근엄하면서도 위엄있는 음성으로, 그러나 나름대로 부드러운 표정으로 자신을 소개했다.

"내가 너의 시할아버지가 된다."

"예? 그게 무슨 말씀이신지……."

이해를 하지 못한 사마유선은 여전히 황당한 표정이었다.

"허허, 조금 전 모습으로 봐선 꽤나 당찬 것 같더니만 눈치가 꽤나 느리구나. 내 말인즉슨, 너를 이곳에 두고 고생만 시키는 을지호라는 한심한 놈이 바로 내 손자라는 말이니라."

"오, 오라버니의 할아버님이시라면……."

"네가 내 손자며느리란 소리니라."

"아!"

그제야 말뜻을 이해한 사마유선은 황급히 무릎을 꿇었다.

"사마유선이 어르신을 뵙습니다!"

구출(救出) 233

"어르신은 무슨, 그냥 할아버님이라 불러라."

그러나 사마유선은 대답을 하지 못하고 고개를 푹 숙였다. 을지호와 마음속으로 사모하고 장래를 약속하기는 하였으나 아직은 혼인을 하지 않은 사이인지라 부끄러워하는 것이었다.

을지소문은 그런 사마유선의 모습이 꽤나 마음에 들었다.

"다른 것은 몰라도 나를 닮아서 여자 보는 눈은 있는 것 같구나. 하는 짓을 봐선 평생 장가도 못 갈 것 같더니만. 괘씸한 놈 같으니라고! 그나저나 네놈은 거기서 뭐 하는 것이냐? 오랜만에 봤으면 인사를 해야 할 것 아니더냐?"

을지소문은 방 안 한구석에서 날개를 접고 있는 철왕을 보며 호통을 쳤다. 철왕은 날개를 펴지도 못하고 종종걸음으로 다가와 부리를 을지소문의 다리에 비벼댔다.

"에라이!"

을지소문은 무엇이 못마땅한지 철왕의 머리통을 후려쳤다. 평소라면 무슨 사단이 나도 단단히 났겠지만 그것도 사람에 따라 다른 법, 철왕은 감히 발광도 하지 못하고 죽은 듯 물러났다.

"으이구! 주인 놈이나 데리고 다니는 새나!"

또다시 분통을 터뜨린 을지소문은 옆에 있는 사마유선을 의식하고는 애써 화를 삭이곤 위지청에게 다가갔다.

"네놈들 하는 짓이 괘씸하기 짝이 없지만 그래도 내 손자며느리에게 위해를 가하지는 않았으니 이번 한 번만 참고 넘어가겠다. 차후, 이따위 졸렬한 짓을 했다간 그날로 제사상을 차리게 될 줄 알아."

오로지 눈만 껌뻑이고 있는 위지청에게 간단히 경고를 준 그는 사마유선의 의사를 들어보지도 않고 다짜고짜 그녀의 손을 잡아끌었다.

"너무 지체했다. 가자꾸나."

"하, 하지만 적들이……."

"아무것도 신경 쓸 것 없다. 허수아비 같은 놈들에게 잡힐 내가 아니니라. 그리고 너와 내가 빠져나가는 것을 아는 놈들도 없을 게다."

하지만 세상사 모든 것이 예상대로만 되는 것은 아니었다.

천하제일인(天下第一人)

천하제일인(天下第一人)

아무도 눈치채지 못할 것이라는 을지소문의 장담과는 달리 그들은 방문을 나서자마자 새로운 적과 만나게 되었다.

"웬 놈이냐!"

막 안으로 들어서던 장방형이 갑자기 모습을 드러낸 을지소문과 사마유선을 보며 소리쳤다.

챙챙.

장방형을 비롯하여 옆에 있던 사내들이 재빨리 검을 꺼내며 경계를 했다.

"그건 알아서 뭣 하게?"

을지소문은 잔뜩 긴장한 모습으로 검을 곧추세우는 그들을 보며 가소롭다는 표정이었다.

"단주님을 어찌한 것이냐?"

"걱정하지 말거라. 잠시 쉬고 있으니까. 그건 그렇다 치고……."

심드렁히 대꾸하던 을지소문의 표정이 갑자기 변했다.

짜짝!

경쾌한 타격음과 함께 장방형이 볼을 감싸 쥐고 그대로 주저앉았다.

"어린 놈이 어디서 반말을 찍찍 내뱉는 것이냐!"

어느새 손을 쓰고 사마유선의 곁으로 다가간 을지소문이 짐짓 노여운 표정을 지으며 꾸짖었다.

"어, 언제?"

장방형은 일어설 생각도 하지 못하고 멍한 눈빛으로 을지소문을 응시했다.

그가 본 것이라곤 을지소문의 어깨가 잠시 들썩이는 것뿐. 그것을 보았다고 생각하는 순간 상대는 이미 처음의 위치로 돌아가 있었고 자신은 양쪽 뺨을 한 대씩 얻어맞고 쓰러진 상태였다. 눈으로도 따라가지 못하는 움직임. 결코 인간의 몸짓이 아니었다.

한데 뺨을 맞은 것은 장방형뿐만이 아니었다. 옆에 있던 사내들 역시 함부로 검을 빼 들었다는 이유만으로 뺨을 한 대씩 얻어맞고 나뒹굴었다.

"그만 가자꾸나."

고작 두어 번 손을 쓰는 것으로 앞을 가로막는 이들을 완벽하게 무장 해제시킨 을지소문이 사마유선의 손을 잡고 내달리기 시작했다.

"뭐, 뭣들 하느냐! 빠, 빨리 신호를 울려라!! 침입자가 있음을 알려야 한다!"

일어서기는 하였으나 머리가 어지러운지 중심을 잡지 못하고 비틀거리는 장방형이 인상을 찌푸리며 고래고래 소리를 질렀다.

삐이익!

요란한 경적 소리가 어둠으로 물든 원화관에 울려 퍼졌다.

그사이 방 안으로 들어간 그는 바닥에 쓰러져 있는 위지청의 점혈을 풀고 그를 일으켜 세웠다.

"괜찮은 거냐?"

장방형이 입을 열기도 전 이미 밖의 상황을 알고 있던 위지청이 도리어 그를 걱정하며 물었다.

"그런대로."

"다행이군. 손속에 인정을 둔 모양이다. 사마 소저는 어찌 되었냐?"

"괴노인과 도망쳤다. 빌어먹을 영감탱이. 흥, 하지만 침입자가 있다는 신호를 보냈으니 쉽게 빠져나가지는 못할 거다."

"쉽게 잡힐 인물이 아니야."

"그리 말하는 것을 보니 영감의 정체를 알고 있는 모양이구나? 도대체 누구냐? 명색이 설풍단의 단주인 너나 내가 꼼짝 못하고 당할 정도면 이름깨나 알려진 사람일 텐데."

"을지소문."

"을지소문?"

귀에 확 들어오지 않는 이름이었다. 장방형이 고개를 갸웃거리자 위지청은 한마디를 덧붙였다.

"궁귀."

"구, 궁귀?"

장방형은 두 눈을 크게 치켜뜨고 말의 사실 여부를 확인하고자 하였다.

"지, 진짜냐? 그 재수없는 영감탱이가 구, 궁귀라는 것이?"

"그래. 너나 나나 운이 좋았다. 그가 마음만 먹었으면 우리는 이미 저승길로 접어들었을 거다."

"젠장, 설마 하니 그런 괴물일 줄이야. 그렇다면 이러고 있을 것이 아니잖아. 빨리 보고를 해야지."

침입자가 다른 사람도 아니고 궁귀 을지소문이라면 그들 손에서 해결할 일이 아니었다. 만사를 제쳐 두고 우선적으로 보고해야 할 만큼 그의 존재는 엄청난 것이었다.

"내가 뒤쫓을 테니까 네가 가서 보고를 해."

"알았다."

고개를 끄덕인 장방형이 지체없이 몸을 날리고, 위지청은 그와는 정반대의 방향으로 움직이기 시작했다.

"이것 참, 이상하다. 이쪽이 맞는 것 같은데……."

사마유선을 데리고 탈출한 을지소문은 좌우로 갈라진 길을 앞에 두고 곤혹스런 표정을 짓고 있었다.

원화관이 비록 자소궁이나 옥허궁처럼 규모가 큰 건물은 아니었으나 주변에 크고 작은 도관을 상당히 거느리고 있었다. 더구나 하나같이 비슷한 모습인 데다가 건물과 건물 사이의 길엔 크고 작은 나무들이 자라고 있어 상당히 복잡했다.

어느 쪽으로 가야 할지 감을 잡지 못한 을지소문은 머리를 긁적이며 몹시 난감해했다.

"큭!"

한 걸음 떨어져서 그 모습을 지켜보던 사마유선의 입에서 웃음소리가 터져 나왔다.

"허흠!"

민망했던지 크게 헛기침을 하는 을지소문. 사마유선은 자신의 실수를 깨닫고 황급히 입을 틀어막았다.

"어째서 웃는 것이냐?"

"죄, 죄송합니다."

"혼내려고 하는 것이 아니니 말해 보아라."

"그, 그것이……."

사마유선은 말을 할까 말까 망설이는 눈치였다.

"말해 보래도."

거듭되는 채근에 그녀가 입을 열었다.

"말씀드리기 송구합니다만 오라버니는 유난히 길눈이 어두웠습니다. 특히 밤에는 더욱 심했지요. 한데 할아버님께서도 그러신 것 같아서… 죄송합니다."

"험험, 그, 그랬느냐?"

젊었을 때부터 길눈이 어두워 한두 번 고생한 것도 아닌 터, 누가 손자 아니랄까 봐 그것마저 닮은 모양이었다.

"아무튼 지금은 이곳을 빠져나가는 것이 중요하다. 곧 추격이 있을 것이야. 네가 보기엔 어느 쪽 길이 맞는 것 같으냐? 왼쪽 길이더냐?"

애써 무안함을 감춘 을지소문이 물었다.

"조금 전에 왼쪽으로 갔았습니다."

"그럼 오른쪽?"

"예."

"그럼 오른쪽으로 가보자꾸나. 이거야 원. 이러다간 몇 걸음 도망도 가보지 못하고 잡히고 말겠다."

한데 그 말이 끝나기를 기다렸다는 듯 소리치는 사람이 있었다.

"잘 알고 있구나, 영감!"

을지소문의 고개가 자연스럽게 돌아갔다. 그리고 그가 조금 전 지나온 길에서 열두엇도 넘어 보이는 인원이 모습을 드러내는 것을 볼 수 있었다.

가장 앞장서 달려오며 호통을 친 사람은 원화관에 울려 퍼지는 호각소리를 듣자마자 직속 수하들을 이끌고 직접 침입자를 찾아 나선 완함이었다.

"방금 네놈이 지껄인 것이냐?"

을지소문이 다소 싸늘해진 어조로 물었다.

"그렇다, 영감. 그나저나 뭐야? 비상 호각이 울리기에 뭐 큰일이라도 난 줄 알고 달려왔건만 고작 다 늙은 영감탱이 하나 때문인 거냐? 나 원, 어처구니가 없으려니."

큰 적이라도 쳐들어온 줄 알았건만 상대라고 해봐야 고작 주먹 한 방이면 끝장날 것 같은 비리비리한 늙은이가 아닌가! 잔뜩 긴장을 했던 완함은 자신도 모르게 실소를 내뱉고 말았다.

하지만 그것은 분명 그의 실수였다. 아니, 실수라기보다는 재수가 없다는 것이 정확할 것이다. 적이 침입했다는 것만 들었지 완함은 그

적이 을지소문이라는 것을 미처 전해 듣지 못했고, 또한 그것이 어떤 결과를 초래할 것인지도 미처 예측하지 못했다. 안다면 오직 한 명, 미간을 찌푸리고 있는 을지소문뿐이었다.

"다 늙은 영감탱이라… 어처구니가 없다고 하였느냐?"

"쯧쯧, 귓구멍까지 막힌 모양이군."

순간, 사마유선은 을지소문의 어깨가 살짝 들썩인다고 느꼈다. 그리고 그것을 느꼈을 땐 이미 그의 신형이 완함에게 쇄도하고 있었다.

"뭐, 뭐야!"

난데없이 짓쳐 드는 을지소문. 한데 그 속도가 장난이 아니었다. 기겁을 한 완함이 황급히 몸을 빼며 검을 휘둘렀다. 그 와중에도 상대의 움직임을 예측하며 방어하는 솜씨는 천주의 호위대장이라는 명색에 걸맞게 무척이나 빠르고 적절했다. 하지만 상대는 안타깝게도 을지소문이었다.

그는 달리던 속도를 조금도 늦추지 않고 서너 번 몸을 흔드는 것만으로도 완함의 검을 피해내고 좌우에서 그를 보호하기 위해 달려드는 사내들의 공격마저도 완벽하게 흘려버린 뒤 두 눈이 경악으로 물든 완함의 코앞까지 단숨에 치고 들어갔다.

"있으되 제대로 보지 못하는 눈."

을지소문의 주먹이 허공을 가르자 왼쪽 눈을 부여잡은 완함의 입에선 비명성이 흘러나왔다.

"크악!"

"아무렇게나 지껄이는 것도 말인 줄 아는 방정맞은 입."

을지소문의 주먹이 또다시 허공을 갈랐다. 그 즉시 완함의 비명성이 이어졌다.

"컥!"

두 손으로 눈과 입을 가리며 그대로 주저앉는 완함. 눈 깜짝할 사이에 벌어진 상황에 어쩔 줄을 몰라 하던 수하들이 그의 위기를 보고 일제히 덤벼들었다.

"대장님을 보호해라!"

"꺼져라, 늙은이!!"

"죽어랏!"

사방에서 공격이 밀려들었다. 을지소문은 땅에 떨어진 완함의 검을 대충 주워 든 후 아무렇게나 휘둘렀다.

챙. 채챙!

검과 검이 부딪치며 날카로운 쇳소리를 내고 동시에 번쩍번쩍 불꽃이 일었다.

공격은 제법 그럴듯한 것처럼 보였다. 하지만 한 번의 충돌이 전부였다. 기세 좋게 공격을 했던 사내들은 팔이 끊어져 버릴 것만 같은 고통을 겪으며 모두들 엉거주춤 뒤로 물러나고 말았다. 들고 있던 검은 모조리 부러져 나간 상태. 그들은 재차 덤빌 엄두를 내지 못하고 그저 을지소문의 눈치만 살폈다.

"성질 같아서는 모조리 요절을 내고 싶다만 손자며느리 앞에서 피를 보고 싶지 않아 많이 참았느니라. 그러니 썩 꺼져라. 지금 당장!"

호랑이 앞의 토끼가 이럴 것인가?

그의 호통에 열 명도 넘는 사내들은 찍소리도 못하고 완함을 들쳐업었다. 고작 두 번의 주먹질에 기절 일보 직전까지 간 완함은 맞은 왼쪽 눈과 입이 퉁퉁 부어 있었는데 특히 땅바닥에 토해낸 피에 섞인 희끄무레한 조각 몇 개는 틀림없는 그의 이빨이었다.
"휴~ 또 쓸데없는 놈들 때문에 괜한 시간을 지체했군. 손을 잡거라. 차라리 우리가 먼저 사라지는 것이 낫겠다."
을지소문이 손을 내밀었다. 그리곤 사마유선이 그 손을 잡자마자 지면을 박차고 날아올랐다.
그들이 사라지고 난 후 얼마 지나지 않아 회심각 쪽에서 한 무더기의 사람들이 달려왔다.
"어찌 된 것이냐?"
장방형의 보고로 을지소문의 출현을 알고 황급히 달려오던 위지요가 수하들의 등에 업혀 있는 완함을 보며 물었다.
"다, 다… 개… 스니다. 바, 바싱을……."
발음이 정확하지는 않았으나 못 알아들을 정도는 아니었다.
"멍청한 놈! 상대가 누군지도 모르고 방심을 한단 말이냐!"
주변의 시선에도 아랑곳없이 버럭 소리를 지른 위지요는 한심하다는 듯 그를 노려보다 곧 짧게 한숨을 내쉬었다.
"하긴, 방심을 하고 덤볐으니 이 정도였지 죽자 사자 싸웠다면 죽었을지도 모르는 일. 네겐 차라리 다행인지도 모르겠다."
"천주, 이곳에서 이럴 것이 아니라 빨리 움직여야 하지 않겠소? 그자가 추격을 따돌리고 도주하기 전에 말이오."
서천의 수뇌들을 데리고 위지요를 따르던 철포산이 완함의 상세를 힐끗 살피며 말했다.
겉으로 크게 드러나지는 않았지만 어딘지 모르게 흥분된 모습. 아마

천하제일인(天下第一人) 247

도 그 명성을 사해에 떨치는 궁귀 을지소문을 만날 수 있고, 또 서로의 무공을 겨뤄볼 수 있을지도 모른다는 생각 때문인 듯싶었다. 물론 그것은 고개를 끄덕이는 위지요라고 다르지 않았다.

"가시지요."

위지요가 앞장서서 달리고 그 뒤를 철포산이 따랐다. 방향은 당연히 을지소문이 사라진 쪽이었다.

그사이 방향을 제대로 잡고 원화관을 빠져나온 을지소문과 사마유선은 산길을 따라 그대로 남하하고 있었다. 무당파가 인근에 있었지만 아무래도 적이 밀집되어 있을 터, 그쪽보다는 일단 산 아래로 내려가는 것이 좋겠다는 판단 때문이었다. 하지만 그것도 그리 쉬운 일은 아니었다.

다른 도관에 비해 원화관이 그 규모가 크기는 해도 근 천여 명에 이르는 무인들이 모두 생활하기엔 턱없이 부족했다. 해서 근처 도관은 물론이고 인근 숲에 임시로 거처를 마련하여 머물고 있는 문파와 무인들도 많았다. 한데 끝없이 울리는 비상 호각에 본진에서 다급히 달려온 전령들이 그들 모두를 준동케 했다. 원화관을 중심으로 말 그대로 인의 장막, 천라지망(天羅地網)이 펼쳐진 것이다.

"저쪽이다! 잡아랏!"

삐이이익!

누군가 을지소문을 발견했는지 고래고래 소리를 질렀다. 연이어 호각 소리가 숲을 뚫고 퍼져 나갔다.

"막아랏!"

길을 막으며 삽시간에 모습을 드러내는 무인들. 족히 삼사십은 되어 보이는 인원이었다. 그리고 사방에서 더 많은 인원이 충당되고 있었다.

"흠, 아무래도 안 되겠구나. 좀 더 서둘러야겠어."

"예? 하지만 어떻게……."

정면의 길은 적으로 가득 차 있었고 좌우는 빽빽하게 가로막은 나무들이 있어 움직이기 편하지 않았다. 그 사이 드문드문 보이는 소로 주변으로도 짐승으로는 보이지 않는 미묘한 흔들림이 있었다. 아마도 적이 매복해 있는 것이 분명했다.

"너무 걱정할 것 없다. 아무리 숫자가 많다고 해도 다 방법이 있느니라."

사마유선의 걱정스런 표정을 보며 안심하라는 듯 부드럽게 미소 지은 을지소문은 팔을 빙글 돌려 그녀를 안아 들었다.

"하, 할아버님!"

당황한 사마유선이 깜짝 놀라 두 눈을 동그랗게 뜨자 을지소문이 너털웃음을 터뜨렸다.

"허허, 뭘 그리 부끄러워하느냐? 그럴 필요 없다. 할아비가 손자며느리 좀 안았기로서니 뭐라 할 사람은 아무도 없으니까."

사마유선을 안아 든 을지소문이 천천히 숨을 골랐다. 그리곤 조용히 말했다.

"잠시만 눈을 감거라."

의문이 들었지만 의심하지 않았다. 사마유선은 그가 시키는 대로 두 눈을 감았다.

몸이 움직이는 것이 느껴졌다.

이전보다 훨씬 큰 진동, 그리고 얼굴에 와 닿는 거센 바람. 그녀는 을지소문이 엄청난 속도로 달리고 있다는 것을 알아채곤 자신도 모르게 눈을 뜨고 말았다.

'아!'

살짝 눈을 뜬 사마유선은 어둠을 뚫고 들어오는 광경에 숨이 턱 막히는 것만 같았다.

삽시간에 지나쳐 가는 나무와 바위들. 보았다고 생각하면 이미 한참이나 지난 상태였다. 어쩌면 눈으로 보는 것보다 움직이는 속도가 더 빠른 것 같았다.

원화관을 빠져나올 때도 빨랐지만 지금의 속도에 비하면 가히 조족지혈(鳥足之血)이었다. 기억을 더듬어 보건대 을지호도 가공하다 할 정도로 빠른 경공술을 자랑했으나 이 정도까지는 아니었다. 그녀는 어쩌면 자신 때문에 지금껏 걸음이 늦었을지도 모른다는 생각을 하였다.

"머, 멈춰랏!"

"쏴라! 공격해!"

적이 그렇게 무대포로 달려올 줄은 몰랐다는 듯 길을 막고 있던 누군가의 입에서 다급한 명령이 떨어졌다.

슈슈슈슉!

가장 앞선 화살이 날아갔다. 무수히 많은 암기와 비수들이 그 뒤를 이었다. 그러나 한번 발을 내디딜 때마다 사오 장을 움직이며 방향을 바꾸는 을지소문에게 제대로 접근하는 것은 하나도 없었다.

"으샤!"

낭랑한 기합성과 함께 을지소문의 몸이 허공으로 도약했다. 그리고는 일차 저지선을 펼치는 이들의 머리를 단숨에 뛰어넘어 버렸다.

"뭐, 뭐야!"

그런 식으로 도주할 줄은 몰랐다는 듯 다들 황당한 표정들이었다. 그리고 인간이 그토록 멀리 뛸 수 있다는 사실에 경악을 감추지 못했다.

내리막길인 데다가 공격을 피하면서도 전혀 속도가 떨어지지 않았다지만 무려 십여 장이 넘는 공간을 뛰어넘는 경공술. 오직 출행랑만이 가능한 것이었다.

"정신들 바짝 차려라! 상대는 궁귀다!"

일찌감치 이십 명이 넘는 설풍단을 이끌고 길목을 차단하고 있던 위지청은 삽시간에 일차 저지선이 무너지는 것을 보며 이를 악물었다. 비록 경공 하나뿐이었지만 말로만 듣던 궁귀의 무공을 직접 보게 되자 전신이 덜덜 떨렸다. 하지만 그것은 공포라기보다는 모든 무인이 지니고 있는 강자에 대한 동경 내지는 호승심이라고 할 수 있었다.

"개개인이 공격해서는 소용이 없다. 일제히 움직인다!"

"저런 식으로 회피하면 방법이 없습니다."

을지소문의 엄청난 도약력을 보고 놀란 누군가가 소리쳤다.

"이쪽은 능선이다. 저 정도까지는 뛰지 못해. 그리고 우리만 있는 것이 아니다. 거경궁(巨鯨宮)의 고수들도 있다."

과거 낙검문과의 싸움에 선봉에 섰다가 심각한 피해를 당한 거경궁이었지만 여전히 많은 고수를 거느리고 있었다. 특히 설풍단의 뒤를 받치고 있는 사람은 거경궁에서도 세 손가락 안에 꼽히는 고수 풍항(馮伉)이었다.

"옵니다!"

누군가가 소리쳤다. 일부러 주지시키지 않아도 그 압도적인 존재감을 느끼지 못할 사람은 아무도 없었다.

"쳐랏!"

위지청의 명령이 떨어지자 대기하고 있던 설풍단원들이 동시에 몸을 날렸다.

오직 단 한 번의 공격. 혼신의 힘을 다해야 막을 가능성이 있다는 생각에 모두들 죽기를 각오하고 젖 먹던 힘까지 쏟아냈다.

'제법이로군.'

모든 방위를 완벽하게 차단하며 밀려드는 공세에 을지소문도 긴장하지 않을 수 없었다. 단순히 몸을 피하는 것만으로는 막을 수 없다고 판단한 그는 손에 잡히는 대로 나뭇가지 하나를 분질렀다.

그 모습을 본 위지청은 궁귀 대신 검신(劍神)이란 별호를 떠올렸다. 처음 궁으로써 명성을 날렸기에 궁귀라는 이름을 얻었지만 궁을 들었을 때보다 더욱 가공한 것이 그의 검술이라는 것은 익히 알려진 사실이었다.

'어쩌면……'

침을 꿀꺽 삼킨 위지청은 자신도 모르게 죽음을 생각했다. 공연히 앞을 가로막아 동료들을 죽게 하는 것은 아닌가 하는 후회감도 밀려들었다.

그의 생각이 정리가 되기도 전, 사위를 휩쓰는 설풍단의 공세에 한 손에는 사마유선을, 다른 한 손엔 막 꺾은 나뭇가지 하나를 들고 있던 을지소문이 뛰어들었다.

따땅!

경쾌한 충돌음과 함께 나뭇가지와 부딪친 검 네 자루가 허공으로 치솟았다.

진정한 명필은 붓을 가리지 않는 법. 을지소문 정도의 고수에게 나뭇가지라도 그 어떤 명검과도 비교해 꿀리지 않는 것이었다.

따땅!

또다시 세 자루의 검이 힘없이 날아가고 검의 주인은 손목을 타고 올라와 전신을 뒤흔드는 충격에 피를 토하며 주저앉았다.

"마, 막아랏!"

위지청이 목이 터져라 소리쳤으나 소용이 없었다.

달리던 속도를 조금도 줄이지 않고 이쪽저쪽으로 몸을 흔들며 접근하는 을지소문. 방향을 바꿀 때마다 그의 손에 들린 나뭇가지가 춤을 추었고, 어김없이 비명성이 터져 나왔다.

눈 깜짝할 사이에 열 명도 넘는 설풍단원이 무기를 잃었다. 더러는 손목이 부러지기도 했고, 내상을 입어 피를 토하며 쓰러진 사람도 다섯이 넘었다.

감히 맞서 싸울 수 없는 질풍노도(疾風怒濤)와 같은 맹렬한 기세였다.

"크윽!"

수하들을 독려하며 싸우던 위지청의 입에서도 고통의 신음성이 흘러나왔다.

그의 손엔 검신(劍身)이 박살나며 손잡이만 남은 검만이 들려 있었다. 손목이 부러졌는지 그나마도 덜렁거리는 것이 보기에도 안쓰러울 정도였다.

"이번까지는 경고로 하겠다."

을지소문은 나직이 한마디를 남기고 그를 스쳐 지나갔다.

스무 명이 넘는 설풍단, 그리고 그들을 이끄는 위지청도 을지소문의 발걸음을 막지는 못했다. 고작 몇 푼의 시간을 지체시킨 것이 전부였다.

'틀렸군.'

망연자실한 위지청은 어느새 한참이나 멀어져 가는 을지소문의 등만을 멍하니 바라보았다. 상대가 제아무리 궁귀 을지소문이라지만 이토록 허무하게 무너지다니 도저히 인정하고 싶지 않은 결과였다.

이제 남은 방어선은 거경궁뿐이었다. 그러나 백번 양보해도 그들이 그를 막을 수 있을 것 같지가 않았다.

"진정… 대단하다."

위지청은 어째서 궁귀라는 이름이 인구에 회자되는지 비로소 뼈저리게 절감할 수 있었다.

한데 바로 그 즈음해서 일단의 무리들이 산을 오르고 있었다.

밤이 많이 깊었음에도 서두를 것 없다는 듯 느긋한 걸음걸이에 온 산이 추격전으로 떠들썩했지만 자신들과는 상관없다는 여유로운 태도. 다름 아닌 이름 모를 주점에서 을지소문과 술잔을 기울였던 위지건과 그의 수하들이었다.

"저들이 누구냐?"

잠시 걸음을 멈춘 위지건이 앞을 가리키며 물었다.

"자세히 보이진 않으나 불빛 사이로 언뜻언뜻 보이는 표식을 보니 아무래도 거경궁 같습니다."

두어 걸음 앞선 일성이 다소간 자신없는 말투로 대답했다.

"거경궁이 어째서?"

"거경궁뿐만이 아니라 산 전체가 요동치고 있습니다. 큰 싸움이 벌어진 것 같습니다."

일성이 산을 훤히 밝히는 횃불을 가리키며 말했다. 그러자 태상이라 불리는 백미노인이 고개를 흔들었다.

"아닐세. 신호음에 따르면 큰 싸움이 있는 것이 아니라 누군가를 쫓는 것으로 보이는군. 침입자가 있는 모양입니다, 태존."

"침입자라? 한데 어떤 자가 침입을 했기에 이리 부산을 떤단 말인가? 쯧쯧, 한심하기는. 이건 마치 대적이 쳐들어온 것 같지 않은가?"

위지건이 인상을 찌푸리며 혀를 찼다.

"제가 가서 알아보겠습니다."

"놔두거라. 어차피 가던 길 아니더냐? 굳이 알고 싶지 않아도 곧 알게 되겠지. 걸음이나 재촉하… 헛!"

무엇을 본 것일까?

금방이라도 달려갈 듯 자세를 취하는 일성을 말리던 위지건의 표정이 딱딱하게 굳었다.

일성을 비롯하여 모든 이들의 눈이 위지건의 시선을 쫓았다. 그리고 그들은 저 멀리 거경궁의 무인들이 들고 있는 횃불 너머로 환상적인 움직임을 보여주는 한 사람을 볼 수 있었다.

"따르거라!"

이제껏 느리기만 했던 위지건의 발걸음이 빨라졌다. 동시에 그를 따르는 이들의 걸음도 빨라졌다. 거리가 가까워질수록 그들은 보다 자세히 주변 상황을 파악할 수 있었다.

누군가를 안고 어마어마한 속도로 달려오는 노인. 수십 명이 넘는 적을 상대함에도 그는 조금도 거침이 없었다. 어떤 수를 썼는지 확인할 길은 없었으나 그의 몸이 한번 움직일 때마다 무인들 서넛이 쓰러졌다. 거경궁의 무인들이 그의 발걸음을 막기 위해 필사적으로 덤벼들었지만 결과는 마찬가지였다.

특히 우두머리로 보이는 사내와 그를 돕는 몇몇의 저항이 거셌는데 그 또한 부질없는 짓이었다. 얼마 가지 않아 그를 돕던 이들이 힘없이 나가떨어지고 찰나의 차이를 두고 중심에 있던 사내의 몸마저 기우뚱하는가 싶더니 그대로 꼬꾸라졌다.

위지건의 발걸음은 이미 멈춰져 있었다. 그리곤 놀라움이 가시지 않는 표정으로 한참이나 노인을 응시했다.

"대단하다."

위지건은 자신도 모르게 두 주먹을 불끈 쥐었다. 지금껏 그와 같이 단순하고 빠르게 움직이면서도 효과적으로 상대를 제압하는 것을 본 적이 없었기 때문이다.

"그 노인 같습니다."

그들을 향해 점점 다가오는 노인을 가만히 살피던 태상이 조용히 말했다. 위지건이 고개를 끄덕였다.

"나도 그리 보았네."

"어찌하시렵니까?"

"글쎄."

"적이라면 막아야 하지 않겠습니까?"

넌지시 말하는 태상. 하나 위지건은 고개를 흔들었다.

"일단 두고 보세. 그와는 이런 곳에서 대적하고 싶지 않아."

"알겠습니다."

그사이 천라지망을 뚫어낸 을지소문이 그들에게 접근했다.

"허허, 이게 누구시오? 위 노형이 아니오?"

위지건을 발견한 을지소문이 사마유선을 내려놓으며 반갑게 인사를 했다.

"인연이 있으면 또 볼 수 있으리라 하지 않았습니까?"

"그러게 말이오. 허허허, 그러고 보면 우리의 인연이 꽤나 깊은 모양이오."

을지소문이 너털웃음을 지으며 대꾸했다.

"저 소저는 누굽니까?"

"내 손자며느리라오. 애야, 인사드리거라."

사마유선이 공손하게 인사를 했다.

"사마유선입니다."

"허허, 반갑네."

나름대로 정중히 인사를 한 위지건이 을지소문에게 시선을 돌리며 입을 열었다.

"손자며느님이 참으로 미인입니다."

"그렇소? 험험, 아무튼 고맙소."

경박한 노인처럼 보이는 것이 싫어 애써 담담히 대꾸했으나 을지소문도 가히 싫지는 않은 표정이었다.

"한데 쫓기시는 모양입니다."

위지건이 산 위에서부터 점점 다가오는 횃불과 그들을 번갈아 바라보며 물었다.

"멍청한 손자 놈을 대신하여 적에게 사로잡혀 있는 이 아이를 빼오다 보니 그리되었소. 뭐, 그렇다고 크게 신경 쓸 정도는 아니오."

"허!"

위지건의 입에서 탄성이 흘러나왔다.

무당산 주변에 진을 치고 있는 이들이 철혈마단과 북천이라는 것은 세상천지가 다 아는 사실이고, 적이라고 말하는 이들 역시 두 곳 중 하나일 것이 분명했다. 아니, 조금 전 그를 막았던 이들이 거경궁임을 감안하면 적이란 북천을 의미하는 것이 틀림없었다. 천하를 노리는 북천을 상대하면서도 신경 쓸 일이 아니라니! 참으로 두둑한 배포가 아닐 수 없었다.

"그러나 노형이 나를 막는다면 상황은 조금 달라질 것이라 생각하오만."

"어째서 그리 생각하십니까?"

위지건이 빙긋이 웃으며 되물었다.

"그건 노형이 더 잘 알 것 아니겠소."

"어찌하리라 보십니까?"

"내 입장에서야 뭐라 할 수 있겠소. 그저 죽어라 싸울 뿐이지."

"뚫을 자신은 있습니까?"

위지건이 여전히 웃음을 지우지 않고 물었다. 오히려 곁을 지키는 수하들이 잔뜩 긴장한 모습이었다.

"물론이오."

을지소문은 생각할 것도 없다는 듯 간단하게 대꾸했다.

"……."

위지건의 안색이 처음으로 굳어졌다.

그래도 심각하게 고민을 할 줄 알았건만 묻는 즉시 나오는 대답에 자존심이 상한 것이었다.

"하나 그것은 싸움이라기보다는 나의 도주로 끝날 것이오."

"무슨……?"

위지건이 의문이 드는 얼굴로 쳐다보자 살짝 한숨을 내쉰 을지소문이 말을 이었다.

"이 아이를 품에 안고 노형과 같은 고수와 싸우면 결과는 너무 뻔하지 않겠소? 용을 빼는 재주가 있더라도 상대가 되지 않을 것이오. 그러나 몸을 피하고자 한다면 충분히 그럴 수 있다는 말이오. 난 꽤나 빠른 발을 자랑한다오. 마음만 먹으면 누구도 나를 따를 수 없는."

도망을 칠 수는 있으나 싸울 수는 없다는, 한마디로 위지건의 실력을 인정한다는 소리였다.

그제야 말뜻을 헤아린 위지건의 얼굴에 다시금 웃음이 찾아들었다.

"노부 또한 이런 식으로 노인장과 싸우고 싶지는 않습니다. 좀 더 그럴듯한 무대가 있겠지요."

말과 함께 살짝 몸을 틀며 수하들을 쳐다보는 위지건. 길을 내주라는 의미의 몸짓에 은연중 길을 막고 있던 수하들이 좌우로 비켜났다.

"고맙소. 조만간 그 무대가 마련될 것 같소."

"그렇겠지요."

"그럼, 그때 봅시다."

"기대하겠습니다."

"나 역시."

을지소문은 두말하지 않고 몸을 돌렸다.

바로 그 순간이었다.

쐐애액!

엄청난 파공성이 들리며 뭔가가 날아들었다.

을지소문이 재빨리 손을 휘둘러 그 물체를 낚아챘다.

"건방진!"

손에 잡힌 물체를 확인한 을지소문의 얼굴이 더없이 굳어졌다.

사마유선의 시선이 을지소문의 손으로 향했다. 그리고 그녀는 적과 싸우면서도 크게 동요하지 않았던 을지소문이 어째서 그토록 분노하고 있는지 그 이유를 알 수 있었다.

을지소문의 손에 들린 것은 길이가 석 자에는 이를 것 같은 철시(鐵矢)였다. 거무튀튀한 몸통에 살짝 닿기만 해도 피부를 뚫고 들어올 것 같이 날카로운 촉을 자랑하는 화살.

화살이라니!

천하의 궁귀에게 화살을 날렸다는 것은 명백한 도발이었다.

"재미있군."

을지소문의 입술이 묘하게 뒤틀렸다. 그의 시선이 화살의 주인을 찾아 산 쪽으로 향했다.

"거기더냐?"

그는 거의 사오십 장은 떨어져 있는 곳에서 거대한 궁을 들고 있는 자를 볼 수 있었다. 그가 바로 서천의 천주 철포산이라는 것을 알지는 못했지만.

"궁을."

을지소문이 일성에게 손을 내밀었다.

무인에게 있어 무기란 생명과도 같은 것. 난데없는 요구에 일성은 콧방귀도 뀌지 않았다.

"궁을!"

을지소문이 다시 한 번 소리쳤다.

"드려라."

뭔가 이상한 느낌에 사로잡힌 위지건이 재빨리 손짓을 했다. 어깨에 메고 있던 궁을 풀며 마지못해 건네는 일성. 한마디 하는 것도 잊지 않았다.

"사용할 수 있으면 해보시오. 하나 꽤나 힘들 것이오. 워낙 강궁(强弓)이라서."

다소간 조롱기 섞인 그의 말이 얼마나 우스운 것이었는지는 금방 밝혀졌다.

"시위가 너무 허술하군. 그래도 한두 번은 쏠 수 있겠어."

"이!"

무기를 빌려주는 것도 짜증이 나건만 거기에 트집이라니!

일성은 치미는 화를 참지 못하고 궁을 다시 빼앗으려 하였다. 하나 갑작스레 날아든 전음성이 그의 행동을 막았다.

[일성!]

멈칫한 일성이 재빨리 대꾸했다.

[예, 태존.]

[잘 봐둬라. 어쩌면 궁을 사용하는 너로선 평생 얻을 수 없는 좋은 기회일 수도 있으니까.]

일성이 위지건으로부터 날아든 전음을 듣고 있는 사이 을지소문이 시위를 당겼다.

"먼저 받은 것을 돌려주마."

퉁.

한껏 당겨졌던 시위가 튕겨지고 철포산으로부터 날아온 화살이 맹렬한 기세로 날아갔다.

평이했다. 훌륭한 솜씨였지만 거기까지는 웬만큼 궁을 다뤄본 사람이라면 누구나 할 수 있는 것이었다.

'그다지······.'

위지건의 전음을 듣고 나름대로 기대를 했던 일성의 얼굴이 실망으로 물들었다. 하지만 그것은 시작에 불과했다.

"오는 것이 있으면 가는 것도 있는 법이지. 이자까지 쳐서 보내주마."

을지소문이 또다시 시위를 당겼다. 한데 이번엔 화살이 없었다.

"아!"

그것이 무엇을 의미하는지 알고 있던 사마유선이 자신도 모르게 탄성을 터뜨렸다. 일성을 비롯하여 모든 이들의 얼굴에 의혹이 물들었다.

퉁!

청명한 소리와 함께 크게 당겨졌던 시위가 원위치로 돌아왔다.

분명 화살은 없었다.

그러나 모두들 느끼고 있었다.

눈에 보이지는 않지만 그 무엇인가가 궁을 떠났다는 것을. 그것도 하나가 아니라 무려 세 개의 기운이.

하나는 길을 따라 정면으로, 다른 두 개는 좌우 숲을 크게 가로지르며 날아갔다.

그 세 개의 기운이 하나로 뭉치는 곳.

처음 날아온 철시를 간단히 막아낸 철포산은 형체도 없이 날아드는 기운에 바싹 긴장을 했다.

꽝!

정면에서 날아온 기운과 황급히 쳐낸 그의 검이 부딪쳤다.

꽝꽝!

좌우에서 날아든 기운은 위지요와 우문걸이 막아냈다.

"크……."

누가 먼저랄 것도 없이 세 사람의 입에서 동시에 신음성이 터져 나왔다.

부상을 당한 사람은 없었다. 뒤로 밀려나거나 중심이 흔들린 사람은 없었다. 하지만 손목을 타고 전해오는 아련한 떨림에 다들 충격을 받은 모습이었다. 그 한 수로 궁귀라는 이름이 어째서 천하를 진동시키는지 확실히 알 수 있었다. 그러나 상대가 궁귀 을지소문이라는 것을 알고 있는 그들에 비해 아무런 사전 지식이 없던 일성은 상상을 초월하는 충격을 받았다.

"세, 세상에!"

그는 벌어진 입을 다물지 못했다.

"그, 그것이 무엇입니까?"

어느새 말투도 달라져 있었다.

"무영시(無影矢)라고 해요."

을지소문을 대신해 사마유선이 대답했다.

"무… 영… 시."

일성은 꿈결처럼 그 이름을 되뇌었다. 그런 일성을 쳐다보며 피식 웃음을 터뜨린 을지소문이 입을 열었다.

"보잘것없는 재주를 보였소."

"무슨 말씀을! 진정 신의 솜씨가 아닙니까? 감탄을 금치 못하겠습니다."

"허허, 고맙기는 하나 얼굴에 금칠을 할 필요는 없소."

담담하게 웃음을 지은 을지소문이 아직도 정신을 차리지 못하고 있는 일성에게 궁을 건넸다.

"잘 썼네."

"아, 아닙니다."

두 손으로 공손히 궁을 받아 드는 일성에게선 조금 전과 같은 건방진 태도는 사라지고 없었다.

"뭐든 그렇겠지만 궁이라는 것도 단순히 힘만으로 되는 것은 아니야. 몸과 마음이 하나가 될 때야 비로소 제대로 된 실력이 나오는 것이지. 끊임없이 계속 수련하게."

"며, 명심하겠습니다."

일성은 마치 사부를 대하듯 정중하게 인사를 했다.

"너무 지체한 것 같소. 다음에 봅시다."

살짝 고개를 숙이는 것으로 인사를 한 을지소문이 사마유선의 손을 잡고 다시 산을 내려가기 시작했다.

"곧 다시 보게 될 터, 노인장의 존대성명을 다시 여쭤봐도 되겠습니까?"

위지건이 그의 등을 보며 소리쳤다. 그러나 그의 모습은 이미 사라지고 없었다.

"후~ 내가 짐작한 사람이 맞는지 꼭 확인하고 싶었거늘."

위지건이 아쉽다는 듯 중얼거렸다.

한데 바로 그 순간, 허허로운 웃음과 함께 을지소문의 목소리가 날아들었다.

"을지소문. 이 늙은이의 이름은 을지소문이라오."

"구, 궁귀!!"

궁을 익힌 자라면 모두들 꿈에서라도 한번 만나기를 원한다는 그가 아니었던가!

일성은 혼이 얼어붙는 충격을 받으며 그대로 몸이 굳었다. 그건 다른 사람들도 마찬가지였다. 오직 막연히 짐작을 하고 있던 위지건만이 뛰는 심장을 살며시 진정시키며 다음 만남을 기대할 뿐이었다.

제63장

암운(暗雲)

암운(暗雲)

 북천의 포위망을 뚫고 산을 내려갔던 을지소문과 사마유선은 마을의 객점에서 하룻밤 푹 쉬며 몸을 추스르고 이튿날 아침 일찍 무당파를 향해 걸음을 옮겼다. 그리고 해가 중천에 떴을 무렵엔 자소궁을 병풍처럼 감싸고 있는 전기봉(展旗峰) 중턱에 도착할 수 있었다.

 그사이 둘은 참으로 많은 대화를 나누었다.

 사마유선과 을지호가 어떻게 만나게 되었고 어떤 식으로 사랑을 키워갔는지, 철혈마단을 상대로 얼마나 치열하게 싸움을 하였는지, 그리고 그녀는 자신이 궁왕의 후예라는 것을 밝히는 것도 빠뜨리지 않았다.

 을지소문은 사마유선의 설명을 들으며 크게 탄식도 내뱉고 기분 좋게 웃음을 터뜨리기도 하였다.

 특히, 그녀가 창파령에서 벌어졌던 격전을 설명할 땐 무척이나 흥분을 하였는데 상황이 어쩔 수 없었다지만 을지호가 무리해서 절대삼검을 펼친 것에 대해선 크게 책망을 하였다.

근 한 시진에 걸친 사마유선의 설명이 대충 끝나고 이후 궁왕에 대해 이야기를 나누던 중 을지소문은 을지호가 싸움 도중 환영시를 사용했다는 말을 떠올리고는 질문을 했다.

"참, 환영시를 보았다고 했느냐?"

"예, 할아버님."

"그랬구나. 녀석이 어떤 식으로 사용했는지 몰라도 그 옛날 궁왕 어르신과 대결할 때 그분께서 나에게 보여주신 환영시는 어찌 막아야 할지 암담함을 느낄 정도로 뛰어난 위력을 지녔었다."

"짐작할 수 있었습니다."

처음 을지호가 시전한 환영시를 보고 얼마나 놀랐던가. 그리고 그것이 선조의 무공이라는 것을 알았을 때 느꼈던 그 감동이란……

"그래, 너도 궁을 배웠다니 그러하겠지. 한데 진정 아쉽구나. 그분의 무공이 이어지지 않다니."

"어쩔 수 없는 일이지요."

"그렇다고 실망할 것은 없다. 기회가 되면, 아니, 당장 내일이라도 가르쳐 줄 수 있으니까."

"정말이신가요?"

사마유선이 두 눈을 동그랗게 뜨고 되물었다.

"아무렴. 따뜻한 밥을 먹고 왜 쉰소리를 하겠느냐? 내 차근차근 일러주마."

"감사합니다."

"감사는 무슨, 당연한 것이지. 오히려 고마워해야 할 사람은 네가 아니라 이 할애비, 나아가 우리 가문이니라."

"예?"

"녀석의 나이가 벌써 내일 모레면 삼십이다. 게다가 가문의 대를 이어야 하는 장자이기도 하고."

'그 정도의 나이는 아닌데……'

사마유선이 살짝 웃음을 보였다.

"내색은 안 했지만 우리 모두 걱정이 태산 같았느니. 한데 너처럼 예쁘고 똑똑한 아이를 얻게 될 줄이야! 이거야말로 조상님의 보살핌이 아니고 무엇이겠느냐?"

거듭되는 칭찬에 부끄러웠던 것인지 고개를 숙이는 사마유선의 얼굴이 붉게 물들었다.

"흠, 그나저나 저 봉우리만 넘으면 되는 것이더냐?"

"예, 할아버님. 저 봉우리만 넘으면 바로 자소궁이 보일 것입니다."

"어쩐지, 부산을 떨더라니."

심기가 불편해 보이는 듯한 음성이었다.

"예? 무슨 말씀이신지……"

"곧 알게 될 게다."

하지만 사마유선은 이해를 하지 못한 눈치였다.

바로 그때, 한 무리의 사내들이 나타나더니 그들의 앞을 가로막았다.

"놀라지 말거라. 벌써 한참 전부터 우리를 따르던 녀석들이니라. 아마도 정도맹의 무인들일 것이다."

"예, 할아버님."

자소궁과 곧바로 이어지는 전기봉은 그야말로 요지 중의 요지였다. 그처럼 중요한 장소를 지키는 사람이 없을 리 없을 터, 더구나 청색 도복이 보이는 것을 보아 무당파의 제자들도 섞여 있는 것 같았다.

그녀의 짐작은 정확했다.

"무량수불! 두 분 시주는 잠시 걸음을 멈춰주시지요."

무당파 특유의 도복을 입은 중년인이 앞으로 나오며 말했다.

"무당 제자 자선(紫仙)입니다. 두 분께선 어인 일로 이곳을 오르시는 겁니까?"

예를 차리는 듯 보였으나 다소 고압적인 음성이었다.

말을 섞기가 싫었는지 을지소문이 고개를 돌리며 침묵을 지키자 햇빛을 가리기 위해 잠시 머리에 썼던 방립(方笠)을 벗은 사마유선이 공손히 대답을 했다.

"사마유선입니다."

의외라는 듯 흠칫 놀라는 자선.

"흠, 누군가 했더니 사마 소저시구려. 북천 놈들에게 납치되었다는 소식을 들었소만?"

"다행히 빈틈이 있어 도망을 칠 수 있었습니다."

"많은 사람들이 걱정했는데 다행이오."

'그게 걱정하는 놈의 말투냐?'

겉으로는 걱정하는 듯해도 자선의 냉랭한 말투에서 사마유선을 그다지 환대하지 않는다는 것을 느낀 을지소문의 눈썹이 꿈틀거렸다.

"한데 이곳은 어인 일이시오?"

"오라버니가 이곳에 계신 것으로 압니다."

"을지 공자를 찾아오신 모양이구려. 그러면 용천관에서 부상을 치료하고 있소."

"부, 부상이라니요?"

깜짝 놀란 사마유선이 황급히 되물었다.

"모르셨소? 하긴, 인질로 잡혀 있었으니 몰랐을 수도 있겠구려. 을지 공자 때문에 무당에 얼마나 큰 난리가… 후~ 관둡시다."

을지호로 인해 무당은 엄청난 치욕을 맛봐야만 했다.

무당이 자랑하는 양의합벽검진이 깨졌고, 그와 대적했던 문파의 어른들이 죽거나 크게 다치고 말았다. 비록 그 모든 일들이 중천에서 잠입시킨 간자들이 꾸민 흉계라는 것이 드러났지만 을지호에 대한 감정이 좋을 리 없었다.

"용천관은 어디에 있나요?"

애써 마음을 진정시킨 사마유선이 공손히 물었다.

"옥허궁과 인접한 곳에 있으니 그곳으로 가시면 금방 찾을 수 있을 것이오. 한데 저분은 누구신지?"

자선이 아까부터 딴청을 피우고 있는 을지소문을 찬찬히 살피며 물었다.

"할아버님 되십니다."

사마유선은 아무런 뜻도 없이 그저 자연스럽게 소개했다. 하지만 듣고 있는 자선은 그럴 수 없었다.

사마유선이 패천궁의 사람임을 알 만한 사람은 다 알고 있었다. 그것 때문에 을지호가 패천궁으로 갈 것이라는 좋지 않은 소문이 돈 적도 있는 터, 그녀와 관계가 있다는 것은 곧 그 역시 패천궁의 사람이라는 것을 의미했다.

"패천궁의 어른께서 어째서 무당산에 오신 겁니까?"

지금은 잠시 싸움을 멈추고 사천이라는 공동의 적을 맞아 싸우고 있다지만 백도의 무인들에게 있어 패천궁은 사천과 거의 동일시되는 집단이었다.

질문에 묻어 나오는 기운이 자연히 냉랭할 수밖에 없었다.

일이 그렇게 되자 당황한 것은 사마유선이었다.

"아, 아니, 그게 아니라……."

"되었다. 틀린 말을 한 것도 아닌데 뭣 하러 변명을 하려는 게냐. 그럴 필요 없느니라."

사마유선의 말을 막은 을지소문이 말했다.

"어째서 무당산에 오르느냐고 물었는가?"

"그렇습니다."

"오를 만하니까 오르는 것이네."

"하니 그 이유가 무엇인지 묻고 있는 것입니다."

"이 아이와 같은 이유지. 을지호라는 녀석을 보러 왔네. 아무렴, 아무런 이유도 없을까?"

심기가 불편한지 을지소문의 음성이 점점 뒤틀렸다. 하지만 그것은 자선 또한 마찬가지였다.

"죄송하오나 오르실 수 없습니다."

"어째서?"

을지소문의 눈빛이 차갑게 빛났다.

"무당산은 패천궁의 인물을 반기지 않습니다."

"반기지 않는다? 그래도 간다면?"

"부득불 막아야겠지요."

자선이 번쩍 손을 들며 말했다. 그러자 이곳저곳에서 몸을 숨기고 있던 수십 명의 무인들이 모습을 드러냈다.

"이 정도면 충분하지 않겠습니까?"

"그래? 막을 수 있으면 막아보든지."

"할아버님!"

사마유선이 막 손을 쓰려던 을지소문의 팔을 잡고 고개를 흔들었다.

"……"

을지소문은 사마유선을 가만히 쳐다보았다. 절대로 싸워서는 안 된다는 간절한 눈빛.

'참 많이 닮았어.'

성격은 어떤지 몰라도 눈빛 하나만큼은 그 옛날 청하를 빼다박았다고 느꼈다. 순간, 타올랐던 노기가 금방 가라앉았다.

"허허허, 이놈의 성질은 나도 어쩌지 못하겠구나. 그래, 알았다. 그만두자꾸나."

너털웃음을 지은 을지소문이 몸을 휙 돌려 자선을 노려보았다. 그의 눈에서 엄청난 기운이 뿜어져 나왔다.

'헉!'

가히 칼날과도 같은 날카로운 기운이 전신을 압박하자 자선은 그제야 눈앞의 노인이 결코 범상치 않은 고수라는 것을 알아채곤 그 자신도 모르게 뒷걸음질을 쳤다.

"내가 패천궁의 사람이 아니라면 보내줄 수 있겠나?"

"조, 조금 전 사마 소저가 말하기를 노선배가 할아버님이라고……."

을지소문의 기세에 완전히 압도당한 자선이 기어들어 가는 음성으로 대꾸했다.

"이 아이는 나의 손자며느리일세."

'손자… 며느리? 며느리? 소, 손자? 으, 을지호?'

자선의 얼굴이 경악으로 물들기 시작했다.

"서, 설마… 으, 을지 공자가……."

"내 손자일세."

"헉!"

강한 충격이 머리를 강타했다. 그 충격이 어찌나 강력했는지 하마터면 들고 있던 검을 놓칠 뻔했다.

'무량수불! 무량수불! 도대체 내가 무슨 짓을 하려 한 것인가?'

만약 사마유선이 말리지 않았다면, 그래서 그와 싸움이 벌어졌다면? 생각만으로도 끔찍했다.

연신 머리를 흔들어가며 간신히 정신을 수습한 자선은 그가 할 수 있는 최대한의 예를 갖춰 인사를 했다.

"마, 말학 후배가 궁귀 노선배님을 뵙습니다."

"구, 궁귀!"

"천하제일인!!"

그제야 눈앞의 노인이 누구인지 알게 된 이들의 입에서 저마다 탄성과 경악성이 터져 나왔다. 그리고 누가 시키지도 않았건만 분분히 허리를 꺾으며 극도의 존경심을 나타냈다.

"이제 가도 되겠는가?"

갑작스럽게 돌변한 상황에 스스로도 민망했는지 을지소문은 몹시 겸연쩍어 했다.

"후배가 모시겠습니다."

"그럴 필요는 없네."

을지소문은 자선의 배려를 정중히 거절했다. 방금 전까지 얼굴을 붉힌 사람끼리 안내를 하고 받는다는 것이 왠지 부담스러웠기 때문이다.

"아, 아닙니다. 제가 안내하겠습니다."

고집을 꺾지 않은 자선은 옆에 있던 젊은 도인에게 버럭 호통을 쳤다.

"뭣 하고 있느냐! 어서 가서 이 사실을 알리지 않고!"

"예? 아, 알겠습니다."

자선에게 꾸지람을 들은 젊은 도인은 머리를 묶은 끈이 풀어지는 것도 모르고 부리나케 달리기 시작했다.

"가시지요."

자선이 앞장서며 말했다. 더 이상 거절할 수 없다고 여긴 을지소문이 고개를 끄덕이며 사마유선에게 시선을 주었다.

"이것 참, 아무튼 가자꾸나."

"예, 할아버님."

일이 잘 해결되어 천만다행이라 여기고 있던 사마유선이 밝게 웃으며 대답했다.

"누, 누가 오고 있다고?"

천장 진인이 벌떡 일어나며 소리쳤다.

"구, 궁귀……."

젊은 도인이 미처 대답하기도 전에 제갈경이 물었다.

"그, 그게 사실인가? 진정 그가 오고 있단 말인가?"

"그렇습니다."

"허허, 그렇다면 간밤의 소란도 바로 그가 벌인 일이군."

때마침 지난밤에 북천 진영에 있었던 소란에 대해 의견을 나누던 제갈경이 파안대소를 하며 말했다.

"그러게 말입니다. 누군지 모를 엄청난 고수가 잠입하여 사마 소저를 빼갔다고 하더니만 설마 하니 그가 한 일일 줄이야."

천장 진인이 북천에 잠입시킨 간자로부터 전해져 온 서찰을 흔들며 맞장구를 쳤다.

"자자, 이럴 게 아니라 다들 움직입시다. 마중을 해야 하지 않겠습니까?"

"그래야겠지요."

문 쪽에 있던 혜정 신니가 가장 먼저 몸을 일으켰다. 그녀를 시작으로 회의실에 모여 있던 모든 이들이 황급히 자리에서 일어났다. 그리곤 장강의 모래알처럼 많은 무림인들 중에서도 첫손가락에 꼽히는 궁귀 을지소문을 만나기 위해 분주히 발걸음을 움직였다. 근 이십에 가까웠던 이들이 삽시간에 빠져나가고 잠시 후, 회의실엔 오직 무당파 장문인 천중 진인만이 남아 있었다.

"반길 수도, 그렇다고 반기지 않을 수도 없고……."

모든 오해를 풀고 지난일을 덮기로 하였으나 아무래도 을지호와 무당파의 관계는 소원할 수밖에 없는 터, 그런 와중에 무림인들의 절대적인 신망과 존경을 받고 있는 을지소문까지 나타난 것이었으니…….

천천히 자리에서 일어나는 천중 진인은 무척이나 곤혹스런 얼굴이었다.

　　　　　*　　　*　　　*

"서천의 천주는 돌아갔느냐?"

한가로이 산책을 하던 위지건이 종종걸음으로 다가오는 위지요에게 물었다.

"예, 아버님. 아버님과 좀 더 많은 대화를 나누지 못하였다고 아쉬워했습니다."

"기회가 있겠지. 일선에서 물러난 내가 딱히 나설 처지도 아니지 않느냐? 난 그저 네가 어찌 싸우는지 보러 온 것뿐이야."

단순히 지켜보기 위해 온 것이 아니라는 것은 위지요 스스로가 더 잘 알았다.

"심려를 끼쳐 드려서 송구합니다."

"공연한 소리 하지 말거라. 지금껏 잘해오고 있지 않았더냐? 그래, 함께 공격하기로 했다고?"

"예. 중천과 남천이 패천궁을 끝장내기 전에 이쪽 상황을 먼저 정리할 필요가 있어서…….'

"어련히 알아서 결정했겠지. 인원은 얼마나 되느냐?"

"서천과 합친다면 이천오백은 족히 될 겁니다."

위지건이 고개를 흔들었다.

"이쪽 말고 무당산에 모인 적의 숫자 말이다."

"확실히 파악은 못했지만 대략적으로 칠팔백 정도는 되는 것으로 파악됩니다."

"칠팔백이라……."

위지건이 말끝을 흐리자 위지요는 진땀을 흘렸다.

부친의 말을 어째서 그만한 인원을 아직도 처리하지 못하고 쩔쩔매느냐는 질책으로 여긴 위지요가 재빨리 말을 덧붙였다.

"지형이 불리하여 공격하기가 쉽지 않습니다."

"허허, 오해를 했구나. 내 말은 너를 질책하고자 함이 아니다. 그토록 많은 피해를 당하면서도 아직껏 그 정도의 인원이 남아 있다는 것이 놀라워서 그랬던 것이야. 공격은 언제쯤 시작할 셈이냐?"

"내일 새벽, 동이 트기 직전입니다."

생각보다 그 시기가 빨랐는지 위지건이 다소 걱정스런 음성으로 물었다.

"내일이라면 너무 빠르지 않겠느냐? 준비할 것도 많을 텐데?"

"언제든지 싸울 준비는 되어 있습니다. 서천의 천주와도 지난밤을 지새며 세부적인 사항에 대해서도 조율을 끝마쳤지요."

"승산은 어느 정도나 있느냐?"

"싸움에 이기는 것보다는 우리의 피해를 얼마나 줄이느냐에 초점을 둘 생각입니다."

승리가 아니라 피해를 줄이는 데 힘쓴다? 애당초 패배란 생각지도 않는다는 자신감에 찬 말이었다.

"싸움이란 단순한 숫자놀음이 아니다. 또한 네 말대로 상대가 유리한 지형을 선점하고 있지 않더냐? 죽기를 각오하고 수성하는 자들을 공략하기란 쉽지 않아."

"알고 있습니다. 그렇긴 하지만 전력이 압도적인 데다가 새벽에 하는 기습이니만큼 큰 효과가 있을 겁니다. 놈들에겐 일말의 승산이 없습니다."

"그가 있는데도?"

순간, 위지요의 어깨가 움찔했다. 하나 그것도 잠시였다.

"그가 강하다는 것은 알고 있습니다만 그래도 대적하지 못할 상대라 여기지는 않습니다."

"자신감은 좋은 것이다. 단, 그것이 자만심으로 번지지 않도록 경계하여라."

"명심하겠습니다."

"아, 그리고 한 가지만 더 말해 두마."

"말씀하십시오."

"그의 상대는 오직 나뿐이다."

위지요는 물끄러미 부친을 응시했다. 그리곤 담담히 미소를 지으며 고개를 끄덕였다. 부친의 얼굴에서 참으로 오랜만에 호승심이라는 것을 보았기 때문이다.

그가 아는 한, 그런 각오로 싸우는 부친에게 적수란 있을 수 없었다. 그것은 천하제일인이라 일컬어지는 궁귀라도 예외가 될 수 없었다.

* * *

자선의 안내로 옥허궁에 도착한 을지소문과 사마유선은 마중 나온 정도맹과 무당파의 수뇌들과 간단한 인사를 나누고 곧바로 용천관으로 향했다. 인편을 통해 이미 그들이 오고 있는 것을 알고 있었던 을지호는 용천관 정문에서 그들을 기다리고 있었다.

"오라버니!"

을지소문이 곁에 있다는 것도 잊은 채 사마유선이 그를 향해 달려갔다.

"고생이 심했지? 놈들에게서 도망쳤다는 소리는 들었어."

"부상은 괜찮아요?"

사마유선의 눈에 눈물이 맺혔다.

"울 것 없어. 상처 부위가 조금 쑤시기는 하지만 다른 곳은 아주 멀쩡해."

을지호가 그녀의 등을 부드럽게 어루만지며 말했다.

"걱정 많이 했어요."

"걱정? 누구를?"

"누구긴요?"

"나를? 하하하, 이거야 원. 걱정할 사람은 유선이 아니라 나로 기억하는데."

"자알 논다!"

둘의 모습을 황당하다는 듯 지켜보던 을지소문이 더 이상 참지 못하고 버럭 호통을 쳤다.

"보자 보자 하니까 아주 가관이구나! 네놈 눈엔 이 할애비가 보이지도 않는 것이냐?"

"어머!"

깜짝 놀라 물러나는 사마유선. 반가운 마음에 자신이 누구와 함께 무당산에 올랐는지 미처 생각하지 못한 그녀의 안색은 부끄러움과 죄송스러움으로 목덜미까지 빨갛게 물들었다.

당황해 어쩔 줄을 몰라 하는 그녀에 비해 을지호는 태연자약했다.

"하하하, 그럴 리가요. 장손이 어찌 할아버님을 잊었겠습니까? 자, 절을 받으시지요. 그간 별래무양하셨……."

딱!

"아이고!"

과장되게 호들갑을 떨며 절을 하려던 을지호는 무릎을 굽히기도 전에 머리를 감싸 쥐고 비명을 질렀다.

"왜 이러시는 거예요?"

"뭐? 왜 이러시는 거예요? 에라이!"

을지소문이 두 눈에 쌍심지를 켜고 주먹을 휘둘렀다. 피하자면 피할 수도 있었겠지만 후환이 두려웠던 을지호는 질끈 눈을 감고 움직이지 않았다.

딱!

"크으!"

머리끝에서 발끝까지 찌르르한 고통이 밀려들었다. 그의 얼굴이 고통으로 일그러졌다.

"네놈이 집을 떠난 지도 벌써 삼 년이 훌쩍 넘었다. 그동안 뭐 했느냐?"

을지소문의 음성이 쩌렁쩌렁 울렸다.

"그야 남궁세가에서……."

"시끄럽다. 네놈이 남궁세가에서 낮잠을 쳐 잤는지 애들 모아놓고 병정놀이를 했는지는 내 알 길이 없으니 일단 젖혀논다고 하여도 최소한 어찌 지내고 있다고 연락은 해야 하는 것이 아니더냐? 너를 보내놓고 노심초사(勞心焦思)하는 가족들을 생각했다면 그럴 수는 없는 것이니라."

'노심초사라…….'

문득 의문이 들었다. 자신을 이곳으로 보내놓고 노심초사를 했을 사람이 몇이나 있었을까?

'그래도 두 분 할머님이나 어머니는 걱정을 하셨겠군. 할아버님이나 아버지도? 과연!!'

을지호는 자신도 모르게 피식 웃고 말았다. 가족의 사랑과 정을 떠나 노심초사라는 단어가 할아버지나 부친에게는 참으로 어울리지 않는 단어라는 생각 때문이었다.

"웃어? 이놈이 정녕!"

을지소문의 손이 허공을 갈랐다.

더 이상 맞았다간 머리에 이상이 생길 것 같아 재빨리 고개를 숙여 주먹을 피한 을지호가 사마유선의 등 뒤로 숨었다.

"이리 오지 못할까!!"

그 짧은 순간에 조부의 약점을 파악한 을지호가 순순히 따를 리 없었다. 사마유선이 자꾸 떠밀었지만 그는 꼼짝하지 않았다.

한참이나 그를 노려보던 을지소문이 땅이 꺼져라 한숨을 내쉬었다.

"후~ 도대체 네놈은… 어찌해 하나도 변한 것이 없느냐?"

"죄송합니다."

슬그머니 모습을 드러낸 을지호가 제법 진지한 표정으로 대답했다.

"죄송? 네가 무슨 잘못을 했는지는 알고나 있는 것이냐?"

"예."

"알기는 개뿔! 나나 네 아비야 상관없다손 치더라도 네 걱정을 하느라 얼굴 펼 날이 없었던 어미에겐 그래선 안 되는 것이었다. 할머님들에게도 그렇고. 최소한 잘 도착은 했다, 남궁세가의 사람들과 이러저러하게 지내고 있다, 걱정하지 마라, 이 정도의 연락은 해주었어야지."

"……."

"고작 해남도를 거쳐 갔다고 네 외조부께서 보낸 소식이 전부였으니 어미가 어찌 걱정을 하지 않겠느냐?"

"죄송합니다. 어머니는……."

"흥, 네 녀석이라면 잘 있겠느냐? 그래도 일단은 네 소식에 대해 전해줬으니 안심은 하고 있을 게다."

"어머니만 남은 겁니까?"

을지호가 다소 무거운 음성으로 물었다.

"그래. 친정으로 가 있으라고 했건만 부득불 남겠다고 고집을 피우더구나."

"할머님들은 어디로 가셨습니까?"

"글쎄다. 원래는 함께 움직이고 있었는데 난 너 때문에 이곳으로 왔고……."

말을 멈춘 을지소문이 잠시 노려보자 을지호는 뒷머리를 긁적이며 천연덕스럽게 웃음을 지었다.

"빌어먹을 놈! 아무튼 큰할머니는 패천궁으로 갔을 게다. 궁주가 그리되었다는데 그 성정으로 가만히 있을 사람이 아니지."

"그렇겠지요."

"둘째 할머니는 남궁세가를 찾고 있을 게다. 그리고 아범은… 글쎄, 아범이 어찌할는지는 나도 모르겠다. 알아서 잘하겠지만 그냥 막연히 패천궁으로 가지 않았을까 하는 생각이다."

을지호가 고개를 흔들었다.

"두 분 할머님이 헤어지시기 전 다 같이 남궁세가 사람들을 만나셨다면 아버지는 패천궁으로 가지 않았을 겁니다."

"어째서?"

"남궁세가 일행 중엔 지금 상상도 할 수 없는 분이 계시니까요."

잠룡부를 전하러 온 사람을 통해 비사걸이 남궁세가 일행에 다시 합류했음을 알고 있던 을지호가 의미심장한 미소를 지으며 말했다.

"상상도 할 수 없는 분이라니? 누구를 말함이더냐?"

"할아버님도 익히 아시는 분입니다."

"누구냐니까?"

"궁금하십니까?"

"어허, 당장 말하지 못하겠느냐?"

을지소문이 역정을 내며 크게 소리쳤다. 그래도 눈 하나 깜빡이지 않은 을지호는 한참 동안이나 뜸을 들인 후에야 비로소 궁금증에 대한 답을 내놓았다.

"검왕 어르신께서 계십니다."

"검왕? 검왕이라니? 그분은 분명 지난 싸움에서 목숨을 잃은 것으로 알고 있는데?"

생각도 못한 이름이 튀어나오자 을지소문은 무슨 소리를 하느냐는 듯 반문을 했다.

지난날 대황하에서 벌어진 검왕 곽화월과 북천의 천주 위지요와의 싸움. 초반 전세를 결정짓는 싸움이기도 하였고 처절하다 못해 아름답기까지 했던 둘의 대결은 지금도 인구에 회자되고 있었다. 그리고 을지소문은 그 싸움으로 검왕 곽화월이 목숨을 잃었다는 것을 알고 있었다. 게다가 곽검명을 만나 확인까지 하지 않았던가. 한데 난데없이 검왕이라니?

"그분이 아닙니다."

"그분이 아니라면 누가 검왕이란 말이냐?"

"잘 생각해 보십시오. 그분 말고도 검왕이라는 칭호를 사용하시는 분이 분명 계시지 않습니까? 물론 조금 오래되기는 하였지만 말이지요."

오래되었다는 말을 언급할 땐 을지호의 얼굴에는 장난기가 넘쳐흘렀다.

"오래되었다? 오래… 서, 설마!"

얼굴을 잔뜩 찌푸리며 생각에 잠겼던 을지소문이 번쩍 고개를 들었다.

"서, 설마 하니 그분이!"

"그 설마가 사실입니다."

"그, 그게 말이 되느냐? 그분 연세가 얼마인데!"

"소손도 처음엔 그리 생각하였지요. 하나 틀림없이 그분입니다. 믿기지 않으시겠지만."

"진정이냐?"

"틀림없습니다."

"허허, 세상에… 그분이! 허허허!"

비로소 믿은 것인가? 을지소문의 입에서 너무나도 반가운 웃음이 터져 나왔다. 그와는 달리 슬며시 사마유선의 손을 잡은 을지호는 또 다른 의미의 웃음을 흘리고 있었다.

'휴~ 일단은 넘어갔군.'

* * *

아직 동이 트려면 이른 시간. 남들의 눈을 피해 은밀히 움직이는 사내가 있었다.

제법 한적한 곳에서 이리저리 주변을 살핀 그는 품 안에서 조그만 새 한 마리를 꺼냈다. 그리고 새의 발목에 달린 조그만 통에 뭔가를 집어넣었다.

"가거라. 빨리 가서 알려야 한다."

푸드드득!

말귀를 알아듣기라도 하듯 힘차게 날갯짓을 한 새는 그의 머리 위를 한 바퀴 돌더니 단숨에 하늘로 솟아올랐다. 한데 숲을 벗어나기나 하였을까? 어떤 충격을 받은 것인지 멈칫하는가 싶더니 새는 날개를 접고 힘없이 추락을 했다.

'발각됐다.'

멀쩡히 날아오르던 새가 갑자기 추락한다는 것은 오직 한 가지 이유뿐이었다.

'제길!'

사내는 그 즉시 새가 떨어지는 반대편으로 몸을 날렸다. 하지만 대여섯 걸음도 떼기 전에 그는 자신의 앞을 가로막는 인물을 보고 절망에 떨 수밖에 없었다.

그의 발걸음을 막은 사내는 설풍단의 부단주 장방형이었다.

"쥐새끼 같은 놈!"

장방형은 진한 살소를 흘리며 사내를 노려봤다. 단순히 눈빛만으로 살인을 할 수 있다면 이미 그는 절명을 하고도 남을 매서운 눈빛이었다.

"부단주님."

뒤편에서 세 명의 설풍단원이 달려왔다. 그중 맨 앞의 사내의 손에는 간신히 꿈틀거리는 새가 들려 있었다.

"놈이 날린 전서구입니다."

사내가 새를 내밀었다.

"꺼내 봐라, 묵운(墨雲)."

"예."

묵운이라 불린 사내는 새의 발목에 달린 통에서 아무렇게나 말려 있는 종잇조각을 꺼내 장방형에게 건넸다.

"이럴 줄 알았지. 크크크, 이놈들 아주 똥끝이 탔구나."

장방형이 쪽지를 구겨 바닥에 버리며 음침한 미소를 흘렸다.

암운(暗雲) 289

"네놈은 모르고 있었겠지만 우린 진작부터 네놈을 주시하고 있었다. 네놈까지 벌써 여섯 놈째다. 먼저 걸린 놈들은 모두 첨밀각인가 뭔가 하는 곳에 소속된 놈들이었지. 그래, 네놈도 거기서 나온 놈이냐?"

"……"

"묻느니 뒤져 보는 것이 더 빠르지 않겠습니까?"

"그건 그렇지."

장방형이 고개를 끄덕였다. 공격하라는 신호였다. 사내를 에워싸고 있던 설풍단의 대원들이 기다렸다는 듯 달려들었다.

"나는… 개방 소속이다."

사내가 재빨리 입을 열었다. 공격은 멈춰졌다.

"개방?"

"그렇다."

"하하하, 개방의 거지새끼로군. 하도 말끔하게 차려입어서 생각도 못했네. 하지만 간자로서 자질은 형편없구나. 이처럼 쉽게 입을 열다니."

장방형은 어깨까지 흔들며 한껏 비웃음을 흘렸다. 사내가 겁에 질려 입을 열었다고 생각했는지 곁에 있던 설풍단원들도 마주 보며 따라 웃었다.

바로 그 순간, 두 손을 축 늘어뜨리고 있던 사내가 갑자기 손을 뻗었다. 어느샌가 꺼내 들었는지 그의 손엔 네 자루의 비도가 들려 있었다.

혼자서 모두를 상대할 수는 없기에 그는 일단 한 사람만을 노렸다. 길을 막고 있는 장방형이었다.

쐐애액!

밤공기를 가르며 날아간 네 자루의 비도가 장방형을 향했다. 동시에 사내의 몸이 힘차게 도약했다.

그런데 뭔가가 이상했다.

갑작스런 암습에도 장방형은 당황하지 않았다. 당황하기는커녕 기다렸다는 듯 너무나도 침착하게 검을 휘두르고 있었다. 비록 목숨을 빼앗을 수는 없을지라도 최소한 길은 열 수 있으리라 여긴 사내는 그런 장방형의 모습에 불길함을 느꼈다.

그의 예감은 금방 현실로 나타났다.

네 자루의 비도를 간단히 막아낸 장방형의 검이 힘을 잃지 않고 사내를 향해 그대로 짓쳐들었다. 이미 허공에 뜬 몸, 막을 방법이 없었다.

"컥!"

그는 살과 뼈를 가르며 옆구리를 파고든 싸늘한 감촉을 느끼며 그대로 꼬꾸라졌다.

"그럴 줄 알았다. 다른 녀석들도 다 마찬가지였거든. 체념을 한 듯하면서도 어떻게든지 탈출을 하려고 기회를 노리는 눈빛들이 말이다."

장방형이 싸늘히 웃으며 사내의 가슴팍을 밟았다.

적진에 숨어드는 순간부터 각오했던 일이었기에 목숨을 잃는 것은 두렵지 않았다. 진정으로 두려운 것은 그가 알아낸, 너무나도 중요한 사실을 알리지 못하고 죽어야 하는 것이었다. 정도맹과 무당, 나아가 무림의 사활이 걸려 있는 중대한 사실을.

'알려야… 알려야 하는데…….'

사내는 자꾸만 희미해져 가는 정신을 일깨우기 위해 고개를 흔들었다. 그러나 그가 할 수 있는 일은 아무것도 없었다.

"독한 놈 같으니."

장방형은 죽는 순간까지 임무를 위해 몸부림치는 사내에게 기가 질린 듯했다.

"너희들의 노력은 인정해 주겠다. 하나 이미 늦었어. 날이 밝기 전 무림의 역사는 바뀐다."

나직하게 읊조린 장방형이 고개를 돌렸다.

"대충 정리가 끝났다고 알려라."

"더 있지 않겠습니까?"

"그거야 모르지. 그렇지만 감시하던 놈들은 모조리 끝장을 냈잖아. 우리의 눈을 벗어난 놈이 있다면 그건 할 수 없는 일이다. 그놈의 능력을 칭찬할 수밖에."

"알겠습니다."

대답을 한 묵운의 신형은 금방 어둠 속으로 사라졌다.

"옥허궁을 공격하기 위해선 이곳을 먼저 쳐야 하오."

위지요가 지도에서 가리킨 곳은 팔선관(八仙觀)과 옥허암(玉虛岩)이었다.

"척 보주."

"예, 천주."

세하보의 보주 척목은이 대답했다.

"선봉을 맡겨도 되겠소이까?"

"가장 먼저 결정된 사항이 아닙니까? 다들 출전 명령만을 기다리고 있습니다."

"팔선관을 부탁하겠소."

"실망하지 않으실 겁니다."

믿겠다는 표정으로 고개를 끄덕인 위지요의 시선이 위지청에게 향했다.

"보주께서 공격을 시작하면 그 즉시 설풍단을 이끌고 옥허암을 치거라."

"예."

"어르신께서 도와주셔야 할 겁니다."

"그리하지. 우리도 이미 만반의 준비를 하고 있다네."

우문걸이 흔쾌히 고개를 끄덕였다.

"팔선관과 옥허암 이외에도 주변에 산재한 도관이 정확하게 열두 곳. 비록 병력의 수는 많지 않으나 확실하게 무너뜨리고 가야 할 것이오."

"맡겨주십시오."

각 문파의 수뇌들이 이구동성으로 말했다.

"지금 밖에는 비가 내리고 있소. 기습 공격을 하기엔 더없이 좋은 날이외다."

"하늘이 돕고 있는 것입니다."

누군가가 말했다.

"그렇소. 분명 하늘은 우리의 편이오. 하지만 하늘이 우리를 돕지 않는다 하더라도 나는 여러분의 힘을 믿소."

굳게 다문 입술, 예기로 번쩍이는 눈동자. 모두들 말이 없었다. 그저 위지요의 다음 말을 기다릴 뿐이었다.

"자신이 언제 움직이고 또 어디를 공격해야 하는지 세부적인 것들은 이미 알고 있을 것이오. 더 이상 아무 말도 하지 않겠소. 지금 즉시 출발하시오. 바로 오늘, 이곳 무당산에서 우리들이 지닌 힘을 사해에 떨쳐 봅시다."

마침내 출전의 명이 떨어졌다.

"존명!"

벌떡 몸을 일으킨 수뇌들이 결의에 찬 음성으로 명을 받았다.

촌각도 되지 않아 모든 이들이 빠져나갔다.

언제 그랬냐는 듯 고요한 회의실엔 위지요와 등이 굽은 노인 한 명만이 마주하고 있었다.

"움직였소?"

위지요의 물음에 노인이 고개를 끄덕였다.

"그렇습니다."

"기습을 한다 해도 적의 촉수가 사방에 뻗쳐 있소. 어쩌면 생각보다 힘든 싸움이 될 수도 있소."

"싸움엔 언제나 변수가 있기 마련이지요."

"그렇소. 그래서 사혈곡(死血谷)의 힘이 필요했던 것이오. 그러나 지금 이 순간도 후회하고 있소. 꼭 그래야 했는지 자책하며 말이오. 사혈곡이야말로 외부에 알려지지 않은 비장의 무기와 같기에."

사혈곡.

곡주 노은(盧隱)을 포함하여 총인원 육십육 명. 북천 내에서도 가장 작은 문파 중 하나였다.

문도 전원이 하나같이 뛰어난 살수들로 구성된 사혈곡은 북천의 사대기둥이라 할 수 있는 장백파, 천권문, 세하보, 흑룡문에 못지않은 힘을 지니고 있었는데 위지요가 서슴없이 비밀 무기라고 말할 만큼 어떤 면에선 그들보다 더욱 요긴한 전력이기도 했다. 그리고 보다 먼 훗날을 생각하여 쓰지 않고 감춰둔 사혈곡을 움직일 수밖에 없게 된 상황에 위지요는 무척이나 안타까워했다.

"어쩔 수 없지 않겠습니까? 지금 급한 것은 훗날을 대비하는 것이 아니라 옥허궁을 치는 것입니다."

"후~ 하긴, 곡주의 말도 일리가 있소. 그래도 아쉬운 건 어쩔 수 없지만 말이오. 참, 어찌 움직여야 하는지 이해는 시켰소?"

"예."

"공격이 시작되기도 전 경동해서는 안 될 것이오."

"은밀히 적진에 숨어들되 함부로 살인을 하지 말라고 당부해 두었습니다. 그 아이들이 움직이는 것은 공격이 시작된 이후가 될 것입니다."

"그들이 적의 배후를 교란시키는 순간, 이미 절반의 승리는 얻은 것이나 다름없을 것이오."

"과찬이십니다."

"그것이 과찬인지 아닌지는 곡주가 더 잘 알고 있지 않소. 자, 대충 준비가 끝난 것 같소. 우리도 움직입시다."

위지요는 방문 밖에 있던 완함의 헛기침 소리를 들으며 천천히 자리에서 일어났다. 앉아 있을 때나 서 있을 때나 키에 그다지 변함이 없는 사혈곡의 곡주 노은이 그림자처럼 그의 뒤를 따랐다.

　　　　　　＊　　　　＊　　　　＊

　기나긴 밤을 지나 슬며시 어둠의 옷을 벗어던지고 있는 옥허궁.
　을지소문 본인의 극구 반대로 조촐하게 열린 연회도 그 끝을 보고 있었다.
　어차피 연회라 봐야 정도맹의 수뇌들을 비롯하여 각 문파들의 어른들이나 참석한 자리였지만 분위기는 나름대로 좋았다. 특히 과거 복마단이나 의혈단(義血團)에 속해서 을지소문과 함께 젊은 날의 청춘을 불태웠던 노고수들은 지난 얘기를 하며 웃음꽃을 피웠다.
　물론 그런 분위기에 동참하지 못하는 사람도 있었다.
　을지호와 직접적인 충돌이 있었던 무당파가 그랬고, 무당파에 동조하며 을지호와 사마유선이 무당산을 떠나는데 일조를 했던 몇몇 문파의 수뇌들이 그랬다. 그리고 을지소문으로부터 서천과 북천이 공조를 하여 곧 대대적인 공격을 할 것이라는 소식을 전해 듣고는 잠입시킨 간자들로부터 연락이 오기만을 손꼽아 기다리고 있는 첨밀각의 각주 왕호연이 그랬다. 물론 그의 곁에 앉아 있는 을지호도 예외는 아니었다.
　조부 때문에 애써 자리를 지키고 있었지만 며칠 전만 해도 무당파를 발칵 뒤집어놓은 장본인이 아니던가. 연회 내내 그의 표정은 무겁기만 했다. 그나마 왕호연이 옆에서 말동무를 해주었기에 지금껏 버틴 것이었다.
　"일어나시려는 겁니까?"
　왕호연이 슬며시 의자를 빼는 을지호를 보며 물었다.
　"예. 조금 있으면 날도 밝을 것 같고 더 이상 있을 필요는 없을 듯하여……."
그의 고충을 밤새 지켜봤던 왕호연이 한쪽 눈을 깜빡거렸다.
"고생하셨습니다."
"뭘요."
겸연쩍은 미소와 함께 조용히 자리를 뜬 그는 곧바로 옥허궁을 빠져나왔다.
"휴우~ 무슨 말씀들이 그리 많은지 원."
제갈경 등과 즐겁게 담소를 나누는 을지소문을 떠올리며 고개를 절레절레 내흔든 을지호는 방립과 함께 유지를 덧씌운 도롱이를 걸치고 황급히 움직였다.
그렇게 얼마를 달렸을까?
그의 눈에 용천관의 모습이 들어왔다. 비가 오는 와중에도 횃불을 밝히고 경계를 서는 이들의 모습도 보였다.
"고생들 하는군. 그나저나 잘 자고 있겠지?"
을지호는 아무래도 불편했는지 연회가 시작되고 얼마 후 자리를 뜬 사마유선을 생각하며 부드러운 미소를 지었다.
한데 바로 그때였다.
뭔가를 발견한 것인지 을지호가 가던 걸음을 멈추고 재빨리 몸을 숨겼다.
'동물인가?'
하지만 그 움직임이 동물처럼 여겨지지는 않았다. 경계 서는 이들의 눈을 피해 용천관으로 접근하는 물체는 분명 사람이었다. 그것도 극도로 조심하며 움직이는 것을 보면 좋지 않은 뜻을 품은 사람이 분명했다. 그의 뇌리에 곧 대대적인 공격이 있을 것이란 조부의 말이 떠올랐다.

'침입자로군.'

그는 용천관에 잠입하는 이들의 모습을 보며 적정을 미리 살피려고 파견된 척후라고 여겼다. 그러나 일체의 동작에 군더더기가 없는 것이 척후치고는 너무도 뛰어난 자들 같았다.

경계병의 눈을 피해 용천관의 담을 넘은 그들은 좌우를 살피며 조심스레 이동을 했다.

그들의 모습을 빠짐없이 살피던 을지호의 안색이 확 구겨졌다. 용천관에 잠입한 네 명의 인원 중 두 명이 하필이면 사마유선이 거처하고 있는 곳으로 향했기 때문이다.

"저것들이!"

신경질적으로 도롱이를 벗어 던진 을지호가 황급히 몸을 날렸다. 완전히 완쾌가 되지 않은 옆구리에서 은근한 통증이 있었지만 신경 쓸 겨를이 없었다.

한번 발을 내디딜 때마다 사오 장을 넘나들며 단숨에 용천관의 담을 넘은 그는 경계병은 물론이고 은밀히 발걸음을 옮기는 침입자들의 이목도 속이고 사마유선이 머물고 있는 건물의 지붕 위로 올라갔다. 그리곤 그들이 올라오기를 기다렸다.

스스스.

자세하게 귀를 기울이지 않으면 전혀 들리지 않을, 더구나 빗방울 떨어지는 소리 때문에 더욱 알아채기 힘든 미세한 마찰음이 들리며 온몸을 묵의로 감싼 사내 둘이 모습을 드러냈다.

극도로 조심을 하며 조금씩 이동을 한 그들은 출입문이 있는 반대쪽의 용마루에 몸을 숨기고서야 비로소 안심을 했는지 서로의 얼굴을 바라보며 고개를 끄덕였다. 하나 그런 그들의 모습을 처음부터 지켜보는 사람이 있었으니…….

"애썼다."

"헉!"

난데없이 들려온 소리에 기겁을 한 사내들이 튕기듯 몸을 날렸다. 하지만 그들은 전광석화와도 같은 을지호의 발길질을 피하지 못했다.

퍽! 퍽!

연속적으로 들려오는 격타음.

거의 무방비 상태로 턱을 얻어맞은 침입자들은 외마디 비명도 지르지 못하고 지붕에서 떨어졌다.

"누구냐!"

지붕 위의 소란을 눈치챈 경계병들이 소리를 지르며 달려왔다. 그리고 그들은 바닥에 큰대 자로 뻗어 있는 두 명의 사내를 볼 수 있었다.

"몰래 잠입해 들어온 간자들이오."

"을지 대협!"

경계병들이 을지호를 알아보고 인사를 했다.

"적의 공격이 시작될 것 같소. 빨리 보고를 하시오."

"알겠습니다."

경계병 중 가장 빠른 경공을 자랑하는 이가 옥허궁으로 달려갔고 나머지 인원은 잠을 자고 있는 이들을 깨우기 위해 서둘러 용천관 내부로 들어갔다.

"시작… 인가?"

그들과 기절해 있는 살수들을 물끄러미 살피는 을지호의 안색은 무척이나 어두웠다.

사혈곡의 서열순으로 스물한 번째와 두 번째의 살수이자 용천관에 잠입한 네 명의 살수 중 두 명은 그렇게 허무하게 모습을 드러내고 말았다. 문제는 그들로 인해 북천의 준동이 감지되었다는 것이었는데 본격적인 공격이 시작되기 바로 직전의 일이었다.

동쪽 하늘에서 먼동이 트고 있었다.

『궁귀검신』 8권으로 이어집니다

청어람 신무협 판타지소설

최고의 신무협 작가 『설봉』의 최신작!

사자후(獅子吼) / 설봉 지음

다시 한번 당신을 잠못들게 만들
불후의 대작!

깊게 깊게 빠져드는 몰입의 세계!
온몸을 전율케 하는 짜릿 듯한 강렬함을 느낀다!

그에게서는 묘한 악취가 풍겼다. 그가 창을 겨눴을 때……
화염이 이글거리는 눈동자를 보았을 때……
비로소 악취의 정체를 짐작해 냈다.
피와 땀이 켜켜이 쌓여 자연스럽게 뿜어져 나오는 살인마의 냄새.
그는 허명(虛名)을 좇아 비무를 즐기는 낭인(浪人)이 아니라 야성(野性)이 살아서 꿈틀거리는 진짜 살인마였다.
투지가 끓어올라 활화산처럼 꿈틀거렸다.
그의 눈길을 정면으로 맞받으며 묘공보(妙空步)를 밟기 시작했다.
우리의 첫 만남은 그렇게 시작되었다.

- 환봉개(幻棒丐)의 회고록(回顧錄) 中에서 -

- 유행이 아닌 자유추구 -
WWW.chungeoram.com

청어람 신무협 판타지 소설

『초일』,『건곤권』으로 유명해진 작가 백준의 신작!!

송백(松百) / 백준 지음

"강해지고 싶었다!"

그녀의 검끝… 그 검끝에 닿은 그의 목젖… 목젖에 맺힌 붉은 피 한 방울.
그리고 그 피 한 방울이 흘러… 닿아버린 반쪽의 승룡패…….

"당신… 누구?"
"너를 위해 살아왔다."
"…저의 과거는… 아무것도 없어요."

『초일』의 끈끈함, 『건곤권』의 시원화끈함!

이번 작품 『송백(松百)』에
작가 백준의 모든 것을 걸었다!

유행이 아닌 자유추구 -
WWW.chungeoram.com

청 어 람 신 무 협 판 타 지 소 설

독특한 소재, 괴팍한 주인공의 활약에 절로 신이 나는 작품!

"연주 한 번으로 대량 살상이라… 멋지지 않소?"

음공의 대가

음공의 대가 / 일성 지음

만월교의 남무림 통일 계획에 의해 납치된 찬팔십이 명의 예능(藝能)에 재능을 가진 아이들!
그런 가운데 헌원세가의 어린 음악가 또한 사라졌다!
그리고 나타난 극악한 인물, 악마금(惡魔琴)!!
극악한 행동 패턴! 예측불허의 교활함! 고난이도의 정신 세계를 자랑하는 막가파 탄생!
신비로운 음공의 무한한 위력 앞에 강호가 무릎 꿇고, 누천년을 이어온 검과 도의 역사가 막을 내리니
이제 최고의 무공은 음공(音功)이라 말하리라!

**훗날 '음공의 대가' 로 불리며 무림의 전설이 되어버린
그의 흥미진진한 강호 이야기가 펼쳐진다!**

청어람 신무협 판타지 소설

「Go! 무림판타지」를 점령한
최고의 인기와 화제를 뿌리는 대작!

화산질풍검(華山疾風劍) / 한백림 지음

화산에는 질풍검이 있고 무당에는 마검이 있으니, 소림에는 신권이 있어 구파의 영명을 드높인다.
육기에는 잠룡인 파천과 오호도가 있고, 낭인들은 그들만의 왕이 있어 천지에 제각기 힘을 뽐내도다.

겁난의 시대에 장강에서 교룡이 승천하니, 법술의 환신이 하늘을 날고,
광륜의 주인이 지상을 배회하며, 천룡의 의지와 살문의 유업이 강호를 누빈다.
천하 열 명의 제천이, 도래하는 팔황에 맞서 십익의 날개를 드높이고…
구주가 좁다 한들, 대지는 끝없이 펼쳤구나.

"잔잔한 미풍으로 시작한 한 사람이, 천하를 질주하는 질풍이 될 때까지.
그의 삶은 그의 이름처럼 한줄기 바람과 같았다."

유행이 아닌 자유추구 -
WWW.chungeoram.com